|台湾研究系列|

教育部人文社会科学研究青年项目"海峡两岸社会
转型期乡村叙事比较"（12YJC751045）结项成果

呈像的镜子

海峡两岸社会转型期乡村叙事比较

李　勇　著

九 州 出 版 社 ｜全国百佳图书出版单位
JIUZHOUPRESS

图书在版编目（CIP）数据

呈像的镜子：海峡两岸社会转型期乡村叙事比较 /
李勇著. -- 北京：九州出版社，2020.8
　　ISBN 978-7-5108-9356-8

　　Ⅰ.①呈… Ⅱ.①李… Ⅲ.①海峡两岸－乡土文学－
文学研究 Ⅳ.①I206.7

　　中国版本图书馆CIP数据核字(2020)第140660号

呈像的镜子：海峡两岸社会转型期乡村叙事比较

作　　　者	李　勇　著
出版发行	九州出版社
地　　　址	北京市西城区阜外大街甲 35 号 (100037)
发行电话	(010)68992190/3/5/6
网　　　址	www.jiuzhoupress.com
电子信箱	jiuzhou@jiuzhoupress.com
印　　　刷	北京九州迅驰传媒文化有限公司
开　　　本	710 毫米 ×1000 毫米　16 开
印　　　张	14
字　　　数	240 千字
版　　　次	2021 年 3 月第 1 版
印　　　次	2021 年 3 月第 1 次印刷
书　　　号	ISBN 978-7-5108-9356-8
定　　　价	48.00 元

序　言

　　看到李勇教授新著《呈像的镜子：海峡两岸社会转型期乡村叙事比较》，眼前不禁一亮，新生代学者的关怀视野与研究范式，带来了新的思考和启示。

　　自《上海文学》1979 年第 3 期率先在祖国大陆推出美籍华人作家聂华苓的《爱国奖券——台湾轶事》，并同期发表大陆学者张葆辛的《聂华苓二三事》，由此拉开大陆学界台湾文学研究的序幕；迄今为止，台湾文学研究走过了 40 余年的风雨历程，并且经历了从台湾文学到台港澳文学，从台港澳暨海外华文文学到世界华文文学的新学科格局建构。其研究阵容，也从沿海深入内地渐趋遍地开花，由边缘返向中心愈发成为一种显学。而专业研究的队伍，经由老一代学者披荆斩棘的学术拓荒，中年学者艰苦执着的追寻探索，如今令人欣喜地看到新生代学者不断崛起的研究姿态。缕缕不绝的学术薪火传递，昭示着这个学科领域充满希望的明天。

　　与前代学者那种拓荒型的研究相比，近年来不断加盟台湾文学乃至世界华文文学研究领域的年轻学人，面对改革开放和文化多元碰撞的社会氛围，享有互联网时代的资讯便捷，拥有学科资源积累与不断发展的学界优势，具备高学历训练的科研资质和理论自觉；因而，在学术出发伊始，相对较少于早年台港澳文学研究者所遭遇的"身份质疑"和现实困扰。他们方向明确，全力以赴，更专注于选定某种研究制高点的学术出击，在更加开放的文化氛围中埋头耕耘，迎来学术丰收。作为"80 后"青年学者的李勇，从陈映真个案研究的深度发掘，到海峡两岸文学比较研究的视野拓展，他进入台湾文学领域的路向踪迹与研究成绩，与许多年轻的学界朋友一道，是以新的学术高度，见证了台湾文学研究队伍代际更替、后浪奔涌的发展态势。

　　选择海峡两岸社会转型期乡村叙事的比较作为自己的研究对象，就李勇而言，一是基于攻读硕博研究生期间对乡村叙事的持续关注与学术积累，二是出自于对两岸社会转型期乡村问题和现代化进程的人文关怀与现实敏感，三是与他有心于两岸文学比较研究的学术志趣直接相关。以"台湾 20 世纪 70 年代前后"和"大陆新世纪以来"的乡村叙事作为切入点，李勇首先锁定现代化演进、社会转型、乡村变迁的特定背景，突出了文学研究的时代性和当下意义。以当代中国、海峡两岸展开乡村叙事考察的学术视野，跃出了执于"大陆"抑或"台湾"的单向度考察，更具有文学研究的整合意义。

　　比较研究视角自始至终的贯穿，特别是对两岸乡村叙事差异性的探讨，成为李勇新著的亮点。这种两岸比较，无论是对彼此乡村叙事文学传统的溯源，还是对其创作形态的差异性辨析，全部深入到作家和文本的世界里展开，并将文学比较与海峡两岸的社会、历史、文化、心理的考察相结合，因而具有了开阔的社会认知视野与坚实的文学批评基础。诸如，选择具有典型创作意义的大陆乡土作家贾平凹，与陈映真、黄春明、王祯和等台湾作家的乡村叙事作为比较对象，以两岸对照的方式，从作家情感的迷惘／忧愤，文学观念的游移／坚守，书写立场的"观念"焦虑／"小人物悲悯"，创作方法的"呈现"／"分析"，以及两岸乡村叙事在鲜活感性与理性品质方面所发生的"美学的吊诡"，通过个案作家的创作比较来透视群体文学现象，提出了具有原创意义的学术新见。与此同时，在更开阔的视野中，延伸出大陆乡村叙事"无边现实主义"的多元艺术形态，诸如高建群、田中禾、贾平凹融合了浪漫主义的现实主义，莫言、余华融合了现代主义的现实主义，乔叶小说中发生异变的现实主义，等等；由此对比台湾乡村叙事的"批判现实主义"面貌，更凸显其创作所带有的典型的"左翼风"。探究上述情形的实质，正如李勇所说："这里显现着海峡两岸作家某种深在的精神差异。这种差异不再只是来自时代，还更来自脚下的土地，以及这块土地上所生长出的文化性格、人文（文学）传统。"

　　李勇新著以"呈像的镜子"来点题，包含了多重意蕴。不仅仅是乡村变迁真相的呈现和还原，亦有透视与穿越的反省力量。两岸作家的乡村叙事，如同那面照亮时代和生活的文学之镜，它直面海峡两岸社会转型期的时代脉动、城乡变迁以及问题症结，在特定的大时代氛围中，为现代化进程中曾经的和正在发生的乡村阵痛与历史动态，为那些世代农民在土地上的留守与出走，那些乡村景象的新变与消逝，留下一幕幕真实的生活映像。不仅如此，李勇执着追寻的，是穿越纷繁的文坛世相与文人的精神世界，多方面映射出两岸作家在乡村叙事语境中复杂的文化人格与时代表情。那些或充满乡土依恋的情感投掷，或秉持左翼精神的人文关怀，或坚守现实主义的当下批判，或反观现代化的理性沉思，或在乡村急剧变迁面前焦虑、困惑、彷徨、失衡的无力感……凡此种种，正是我们当下文坛、作家乃至每个人在转型期社会变迁中感同身受的心理过程，是我们与所生活时代关系的种种理解和阐释，它无异于一面照彻我们自身的心灵之镜。尤其令人耳目一新的，是李勇凭借比较研究的路径，深入到两岸乡村叙事的特定语境，溯源乡村叙事何以在海峡两岸发生，比较两岸乡村叙事形态与艺术面貌的异同，发掘各自的内在精神特质与文学传统底蕴，探究特定背景下两岸乡村叙事差异的深层原因，厘清两岸文坛乡村叙事的创作资源与经验教训；因而，这面"呈像的镜子"，更成为以他山之石互为参照、启示和推动两岸乡村叙事的艺术借镜。强烈的镜像意识背后，是李勇决心走进社会视野和文学语境，探寻文学如何表现和照亮社会生活的艺术路径及思想力量的学术之旅，是他有心于整合两岸文学资源、在比较视野中呈现中国文学之全景影像的研究意识。其自觉的人文情怀与学术志向，从中可以窥见一斑。

值得一提的是，身处台湾文学研究"边缘"地带、缺乏在地的相关学术团体与资源支持的河南，李勇的研究方向选择与学术坚守，是于寂寞耕耘中逐渐走出了自己的道路。当然，对于研究者而言，他还有许多等待开发的学术空间，以及需要拓展的台湾文学视野，包括这面"呈像的镜子"所能折射的更丰富、更开阔的时代面向和文学内涵。

李勇的学术前景远在前面，新的出发已在路上。我们期待着他的下一部著作，那将是独辟蹊径、辛勤耕耘的另一番学术风光。

是为序。

樊洛平

2020 年冬于郑州大学

目　录

导　论

　　中国的现代化进程约始自鸦片战争之后，而进入 20 世纪以后，台湾和大陆的社会转型先后全面展开。这个过程是漫长的，也是曲折的。但对于海峡两岸而言，虽然现代化转型的具体历史过程并不相同，但从人类历史发展的趋势来看，却又殊途同归——它们都是以实现社会的全面现代化为目的和方式，内在于世界各民族几乎都无法自外的人类文明进化历程之中。对于两岸来说，只是其全面展开的时间有别而已：全面的社会现代化转型，[①] 在台湾约开始于 20 世纪 50 年代，在大陆则始于 80 年代改革开放。这也使得两岸文坛分别在 20 世纪 70 年代前后和 21 世纪以来各迎来了一次乡村叙事的高潮。这两次乡村叙事高潮皆发生在社会转型加速的历史背景之下。从具体的创作来看，作家在题材选择、关注焦点、主题表达、创作手法等方面也都表现出很多相似性，然而在更深在的叙事立场、叙事情感、艺术风格等方面却又有着不易察觉的差异。这些差异，追根溯源与两岸作家的文化性格有根本的关联，而文化性格又形成于他们各自脚下的土地——那土地上所上演过的历史以及正在上演着的现实。这种不同，无法简单以高下论之，而须放置于海峡两岸的乡村叙事传统乃至新文学叙事传统之中，同时结合两岸不同的社会、历史、文化环境和知识者文化性格，才能深入解析。本书即由这两次乡村叙事高潮入手，探究其异同表现、深层原因，并对其作意义评价等。

---

　　① 台湾社会的现代化转型如果追溯的话，应该从它 16 世纪被纳入世界近代化进程开始，先是大航海时代的葡萄牙人、荷兰人，后来是郑成功、清朝统治者的相继开发……这些力量和影响，对于台湾的近现代化都有贡献。参见许倬云：《台湾人四百年》，浙江人民出版社 2016 年版，第 7—19 页。

一

对于转型期中国现实的密切关注和书写，是 20 世纪 90 年代之后大陆文学一个显著的发展趋向。而近 30 年大陆社会发展的复杂性，则直接造成了文学叙事的某种"言说困难"：作家一方面对历史和现实失去了清晰的判断，另一方面对于如何表达这样一种历史和现实，也失去了以往的自信。就乡村叙事而言，随着现实当中农村发展和农民出路问题的严峻化，乡村叙事者在理解和判断现实与历史等问题上日益陷入一种显著的困惑和迷惘，而单一化和平面化的写实的艺术表现，也充分体现了他们在"怎么写"问题上所面临的焦虑和困难。

理性（思想或理念）和文学的关系始终纠缠不清、众说纷纭。以当代乡村小说叙事而言，历史理性丧失导致的迷惘和焦虑主宰了转型期尤其是 21 世纪初以来的大陆乡村小说叙事，但迷惘和焦虑下的文学表达却又并未如我们想象得那么不堪。对"后改革"时代乡土中国颓败景象的全方位表现，对迷惘和焦虑的直接呈现以及整体感和秩序感丧失所致的文本"失序"景观，[①] 共同构成了一种与"五四"以来传统的以浪漫主义和现实主义为主的乡村书写截然不同的叙事风貌，它的感性、直接和新异特征在审美趣味更为开放者看来不啻为一种美学上的创新与超越。这种创新与超越大致表现于两点：一是对于现代性视野的打破，它呈现了在传统现实主义和浪漫主义主导的现代性观照视野下所无法呈现的乡村和农民的本真生存状态；二是它还原和呈现式的表现形式也表现出一种新的审美冲击力。

然而，不得不说的是，这种美学上的创造和超越，更多地是受惠于时代，而非叙事者对于叙事传统的反思。现代性视野下传统的浪漫主义和现实主义乡村叙事对于乡村和农民在现代化历史进程中的悲剧性命运遭际有着难以避免的轻忽和遮蔽，这源于现代作家对"现代化"价值观念体系的认同和批判，这种认同和批判所造成的作家对作为文化喻体的"农村""农民"的"提升"（批判）和"回归"（歌颂）操作，使作为本然存在的实体的农村和农民的生存状态与命运遭际得不到有力的呈现。21 世纪初乡村叙事以其对乡村颓败、农民受难的

---

① 李勇：《"现实"之重与"观念"之轻——论 20 世纪 90 年代以来的乡村小说叙事》，中国社会科学出版社 2013 年版，第 39—59 页。

全力关注，对传统乡村叙事的这一缺憾有所弥补，但这"弥补"并非源于对传统乡村叙事的批判和反思，而是源于现代性价值观念体系在后改革时代的自行崩解。

如果说，在现代性视野下，传统乡村小说叙事表现出来的是现代性"观念"对"事实"（即本然存在的实体的乡村和农民悲剧性命运遭际）的遮蔽，那么对21世纪初的乡村叙事而言，它所表现出来则是"观念"的消解和"事实"的凸显。而这种"消解"和"凸显"，又是20世纪90年代以来中国现代化事业遭遇瓶颈，现代性价值观念体系随之遭受反思的一个自然而然的结果。

换句话说，时代的转变使作家由背负观念之"重"走向了一种无观念之"轻"。然而，一重一轻，却不过是从一端走向了另一端，其间的问题却并没有得到真正的反思与清理。当前文学叙事的感性、直接，便从侧面反映了其内在的不足——思辨力不足，因而无法对历史进行深刻的反思，更无法对现实进行深入的分析、辨别和批评，从而也就使具有"超越性"和"创新性"的美学表达缺乏持续发展的动力和支撑，很容易也很快地便陷入了单面和疲惫——21世纪初日渐流于程式化并陷入困境的"底层叙事"便是典型体现。

因为缺乏对历史的清理与反省，所以在认知和表达现实时往往不得不直面一种无法克服的无奈和焦虑："作家能做什么呢，他的认知如地震前的老鼠，复杂的矛盾的东西完全罩住了他，他所能写出的东西就只能是暧昧、晦暗和多元混杂。"①因为所面对的是"复杂的矛盾的东西"，所以便只能去描写那些"暧昧、晦暗和多元混杂"——这里所体现出来的，其实是传统乡村叙事在长久的历史过程中所形成的作家对"观念"的一种惯性依赖。在"复杂的矛盾的东西"面前，作家确实会失去某种判断，但我们要问的是：对作者来说，他们所失去的这种判断，究竟是什么样的判断？除了这种每每不得不失去的判断之外，作家还有没有、应不应该有其他的判断？

源于文化批判立场和指向的不同，"五四"以来现代性视野下的传统乡村叙事，主要呈现为启蒙—批判、浪漫—回归两种乡村叙事范式（前者以鲁迅、后者以沈从文为代表）。除此之外，新文学别无第三种甚至第四种可与之颉颃共竞的乡村叙事表达（以阶级论为基础的革命文学从一开始便备受政治意识形态的

---

① 贾平凹、黄平：《贾平凹与新时期文学三十年》，《南方文坛》2007年第6期。

干扰，从而在之后的社会历史实践中难免于非文学甚至反文学的极端主义的文学工具论的操弄，最终趋于式微）。而两种主导范式下的乡村书写，无论是对"乡村"和"农民"施以批判和"提升"的启蒙叙事，还是对其表示认同、歌颂的浪漫主义叙事，二者其实都没有将实体的乡村和农民作为直接的观照对象——鲁迅笔下的"未庄"和"阿Q"是封建文化和"落后中国"的象征，沈从文笔下的"湘西"则是其厌弃现代文明、寻求灵魂归宿的精神飞地。"实体的农民和乡村"本是丰富的生命存在和文化存在，但在现代化转型的历史时代，其更突出的"身份特征"是直接承受了社会转型和文化断裂之痛的"被侮辱与被损害者"。它（他）们以及它（他）们被侮辱和被损害的命运遭际，构成了整个社会转型时代最突出、最醒目的"事实"。然而这一"事实"在传统的现代性视野下的乡村叙事中并没有得到有力的反映，现代作家往往更执着于某种社会的、政治的、文化的"观念"表达，却轻忽了眼前这个最基本的"事实"。

21世纪初的乡村叙事，显然是将"实体的乡村和农民"作为了直接的观照对象，但如前所述，这种对"事实"的关注更多地是受惠于时代，而非创作者对自身写作传统的反思；而且在"观念"解体和与"事实"相趋近的过程中，作家并没有表现出应有的积极和主动，反而或满足于对"事实"的本能呈现，或一而再再而三地诉说着自己失去"观念"的不适。由此也便可以见出，现代性视野下传统乡村叙事对"观念"的执着和对"事实"的轻忽在今天并没有得到太大的改观。我们只是在时代的作用下被动地与"事实"发生了趋近，而对于是否应该主动地与之趋近、该如何趋近，以及长久以来为什么没有趋近、不能趋近等缺乏认真和彻底的思考。

与大陆作家这样一种叙事表现形成鲜明对照的是台湾现代化转型期的乡村叙事。台湾大约从二十世纪六七十年代开始进入社会转型的全面加速期（大陆则应该是改革开放后的90年代），基于复杂的国际政治因素的推动，短短二三十年时间便完成了由农业社会向现代工商业社会的飞跃，面对社会转型，台湾作家和今天的大陆作家面临的是几乎完全一致的文明和历史情景——其中社会转型所带来的人群（尤其是农民）疼痛同样触目惊心，但两厢表现却极其不同。在此，不妨以两岸最具代表性的乡村叙事者——台湾以黄春明、陈映真，大陆以贾平凹——为例，将其做一个简单的对比，便能看出二者的不同。

　　贾平凹是大陆新时期以来最具代表性的乡村小说家，21 世纪初他发表了长篇小说《秦腔》，作品集中展现了作家面对转型期中国农村复杂现实时的迷惘和困惑——农村该往何处去？农民的未来怎样？困惑和迷惘是复杂现实的心理投射，是一种典型的时代情绪。而对迷惘和困惑的坦承，实际上也标志着贾平凹自身思想和意识的一次重大调整，即由 20 世纪 90 年代面对城乡问题时的主动寻找答案且力图给出答案，到新世纪之后对寻找和给出答案的放弃。而这种放弃，也使其创作一改以往观念化痕迹过重的弊病，表现出一种真挚动人的气质。然而令人诧异的是，在嗣后发表的《高兴》中，《秦腔》所表现出的这种迷惘和困惑却被一扫而空，作者以刘高兴这个进城打工的农民形象明白无误地传达出这样一种富有"积极的建设性"的观念：对于贫富不均和城乡对立的严酷现实来说，改变的希望在于农民的自我心理调整——他们不应该仇视、敌对城市，而应该主动地示好、积极地融入城市（用作品中的话说就是"得不到高兴但仍高兴着"）。[1] 也就是说，从《秦腔》到《高兴》，作者从失去"观念"的迷惘和困惑，很快地便重新寻找和确立起了一种新的具有答案性质的"观念"。然而，将改变社会现状的责任归之于弱势群体（农民）的自我心理调整（而非体制变革），这样一种新确立的"观念"在当下复杂沉重的社会现实面前显然是极其欠缺说服力、极其浅薄的。

　　观念的浅薄显示出作家思想能力的薄弱，也更彰显了他对"观念"一贯的热衷——贾平凹整个小说创作历程其实一直都贯穿着一种显在的观念焦虑，从《腊月·正月》《浮躁》，到《土门》《高老庄》，到《高兴》，来自政治的、社会的、文化的各种各样的"观念"主宰着他不同时期小说的表达，而且这些"观念"历时地来看往往又是前后冲突的。这种观念、立场的不稳定，根源于作家思想能力的不足，同时也与其对"观念"的趋附和热衷紧密相关，二者内在地造成了贾平凹乡村叙事的悲剧性宿命。

　　反观台湾作家黄春明，同样是执着于某种"观念"，他的乡村叙事在立场和情感方面却要稳固和坚定得多。黄春明是台湾 20 世纪 60 年代后期成长起来的乡村小说家，他的小说和陈映真、王祯和等当时其他台湾乡村小说家的作品一样，有一个共同的主题，那就是战后"美式资本主义"侵入台湾导致的乡土社

---

　　① 贾平凹:《我和刘高兴·后记一》,《高兴》,作家出版社 2007 年版。

会的急速转型。而这其中，黄春明书写自己家乡宜兰地区小镇生活的作品可以说尤有代表性，它们包括《青番公的故事》《看海的日子》《锣》《儿子的大玩偶》，等等。这些作品都是瞩目小人物的底层民生，通过他们所经受的疼痛、哀伤、彷徨和挣扎，表现一种对"文明"和"现代"的抗拒。彼时，以美国和日本为代表的资本主义生产方式迅速侵入包括台湾在内的东南亚和东北亚地区，"它先涌入这些地区的各主要大都市，然后再由这些主要大都市扩及四周的一些大市镇，由近而远，最后无远弗届，一步步加快了这些地区的彻底改变"。① 而在这样的情况下，宜兰这样的台湾小市镇受冲击发生的变动更为剧烈，人们在他们原来生活居住的土地上被连根拔起，变成"新的游牧民族"，其情形与今天大陆城市化、农民离土的情形极为相似，而面对这样的情形，黄春明等台湾写作者以毫不迟疑的态度（明显区别于贾平凹等大陆作家的矛盾和彷徨）与那些备受侮辱和损害、即将逝去的小人物站在一起，从他们微弱的生命身上寻找一种弥足珍贵的、永恒的生命伦理和精神价值。

陈映真同样也是如此。他不是纯粹的乡村小说家，其作品专门描写农村和农民的也不多，但他所有的创作却都能让人感受到黄春明小说所透露出来的那种小人物立场，而且更加彻底。作为台湾知识界和思想界的一面旗帜，陈映真的成就不单单限于文学——正如人们所评价的，自从 20 世纪 50 年代末 60 年代初作为文学青年步入公共视野以来，"他一直孤单却坚定地越过一整个世代对于现实视而不见的盲点，戳穿横行一世的捏造、歪曲和知性的荒废，掀起日本批判、现代主义批判、乡土文学论战、第三世界文学论、中国结与台湾结争论、台湾大众消费论、依赖理论和冷战·民族分裂时代论等一个又一个纷纭的论争……"② 而作为文学家的陈映真，他四十年的文学创作亦是其彰显着浓重的"异端·乌托邦主义"色彩的理想主义精神和批判思想的一个缩影，而不论是艺术还是非艺术地表达对台湾社会、历史、文化的批判，陈映真的宗旨其实只有一个，那就是"从社会弱小者的立场去看台湾的人、生活、劳动、生态环境、

---

① 尉天骢：《小市镇人物的困境与救赎——黄春明小说简论》，《世界华文文学论坛》1998 年第 4 期。

② 《陈映真作品出版缘起》，《陈映真作品集》，台北：人间出版社 1988 年版。

社会和历史，从而进行纪录、见证、报告和批判"。①

　　陈映真的"社会弱小者立场"（即小人物立场）使"他同情一切被损害、被侮辱、被压迫的人们，这些人包括工人、农民、妓女、残疾者、少数民族，和一切生活在社会最低层的人们。因而他也同情，甚至崇敬一切为这些被损害、被侮辱、被压迫的人们奋斗的知识分子和仁人志士。进而对那些加害者的帝国主义、资本主义、官僚主义也有着强烈的批判"。②这种"社会弱小者立场"贯穿于陈映真的整个创作生涯。他的早期创作大约是从1959年发表处女作《面摊》到1967年发表《第一件差事》，这一时期的作品虽然总体上透着"市镇小知识分子的忧悒和无力感"，③带有强烈的个人主义感伤色彩，但从题材和主题上来看，却都是对社会历史和现实问题的反映与批判；而从1968到1975年陈映真经受牢狱之灾，这前后发表的《唐倩的喜剧》《贺大哥》等标志着他的创作已在挣脱早期的感伤、忧悒和苍白，开始获致一种强健的理性和批判力，自1978到1982年，这种不断壮大的理性和批判力使陈映真在面对当时几乎已完全资本主义化的台湾社会时，写出了带有强烈的社会分析和文化批判色彩的"华盛顿大楼系列"（《夜行货车》《上班族的一日》《云》《万商帝君》）；也正是基于对转型之后台湾社会的本质的这种认识，他也才于1983年到1987年写出了《铃珰花》《山路》《赵南栋》，用以追怀革命、悼念历史、表达理想；而当他于1999年到2001年的世纪之交又写出《归乡》《夜雾》《忠孝公园》时，他实际上是想通过对人物心理和命运的"记录"，从而以更客观、更有说服力的方式进入历史、探究历史，以此重申对人的基本生命价值的尊重与守护，以及对战争、体制等所有不义力量的控诉。

　　早期创作中，陈映真的"社会弱小者立场"体现在那些背负"历史"之重和现实之痛的生命身上，康雄（《我的弟弟康雄》）、吴锦翔（《乡村的教师》）、安某（《文书》）、三角脸和小瘦丫头儿（《将军族》）、季公（《一只绿色之候鸟》）

---

　　①　这是陈映真对自己所创立的《人间》杂志的宗旨的归纳，用之于他整个的文学和思想归纳再合适不过。参见陈映真：《后街——陈映真的创作历程》，《陈映真文选》，生活·读书·新知三联书店2009年版，第25页。

　　②　王晓波：《重建台湾人灵魂的工程师——论陈映真中国立场的历史背景》，《陈映真作品集》（11），台北：人间出版社1988年版，第20页。

　　③　陈映真：《试论陈映真——〈第一件差事〉、〈将军族〉自序》，《陈映真文选》，生活·读书·新知三联书店2009年版，第11页。

等等，他们所背负的苦难、创伤是作者感伤、忧悒的主要制因。在创作生涯的中后期，随着思想的成熟、对社会历史和现实的认识的深入，"文学家的陈映真"开始逐渐涵容于"思想者的陈映真"，其作品所负载的"理念"也越来越鲜明而"多样"。这些"理念"包括他对日美新殖民主义的批判，对资本主义跨国企业、台湾消费社会的批判，对专制、伪民主和"分离主义"的批判，对民主和革命的吁求，等等。然而纷纭的思想和"观念"始终有一个不离不弃的中轴，那就是对边缘和底层社会人群的体恤和关爱，这种体恤和关爱，不仅是悲悯和同情，更包括从苦难和不幸中掘发人的尊严和价值：早期创作中那些背负"历史"之重和现实之痛的心灵创伤者，都是历史和现实罪恶的见证，他们以自我的苦痛和毁灭控诉了战争、贫困、习俗的压迫，同时也以如康雄、三角脸和小瘦丫头儿那般的主动赴死彰显了"被侮辱与被损害者"的尊严和神圣；在"华盛顿大楼系列"中，辗转于跨国公司剥削体制下的既有林荣平、黄静雄、林德旺那样的人格扭曲和精神异化者，又有詹奕宏、刘小玲和张维杰那种不甘麻木与堕落的觉醒者与反抗者；而《铃珰花》《山路》《赵南栋》三篇革命先驱题材的作品，则通过对牺牲、担当等革命精神的追怀，以及革命一代在富足年代的忧痛与忏悔，表达了作者对"后革命"时代思想荒芜、精神退行、理想失落的不满，而此不满所产生的根由——隐藏在和平、繁荣背后的那些由贪婪、放纵、不公、不义所制造的"看不见的杀戮"和"没有硝烟的战争"——也使蔡千惠和叶春美等革命一代的忏悔与担当变得无比动人和伟大；而在世纪之交的《归乡》《夜雾》《忠孝公园》中，战士杨斌（林世坤）、军统特务李清皓以及曾为日军军伕的林标，他们作为历史和战争的"创伤"，也作为战后时代的"零余者"，不仅是历史罪恶，也是现实压迫与伤害的见证，而李清皓的敏感软弱乃至于自杀、林标的善良、杨斌的情深义重又都是于苦难不幸的阴霾中散射出来的人性之光。

作为陈映真思考和创作的出发点与宗旨，"社会弱小者立场"使陈映真具有一种罕见的思想的穿透力。比如在台湾和大陆关系问题上，他能轻松地超越知性匮乏的地方分离主义，一针见血地指出两岸之间根本不存在所谓"民族矛盾"，而只有共同的阶级和民主矛盾（正如《将军族》中的三角脸和小瘦丫头儿不分本省人和外省人而只有共同的被剥削的苦难的命运），所以，"海峡两岸的人民应该以鲜明的主体性推动各自的具有广泛民众基盘的民主化……使民族内部的和平与团结创造最有利的条件。"① 又如他对美国为首的西方新殖民主义的批判，也是因为它是导致第三世界国家人民贫困的根源，是将"发达—不发达""富裕—贫困"的世界秩序和阶级秩序扩大化和长期化的罪魁；而他对台湾党外运动和知识界的批判，很大程度上也是因为他们在对台湾乃至整个第三世界的现状和历史的认识上所表现出来的无知、怠惰和冷漠。

"社会弱小者立场"使陈映真的思想和创作带有鲜明的阶级性，但小人物立场的彻底性却使他超越和摆脱了狭隘的阶级论和民族主义的倾向，而获致一种建基于普遍的人道主义之上的深刻和动人。也就是说，他的文学从始至终都是从人——尤其是那些始终与苦难相伴随却寂默无声的底层的人——出发的；他关注的是苦难和不幸中的人，他们的身体与心灵，他们的受伤、毁灭，以及在受伤和毁灭中彰显出的人的尊严、爱与牺牲。陈映真说："中国的文学和世界上一切伟大的文学一样，侍奉于人的自由，以及以这自由的人为基础而建设起来的合理、幸福的世界。因此，中国的新文学，首先要给予举凡失丧的、被侮辱的、被践踏的、被忽视的人们以温暖的安慰；以奋斗的勇气，以希望的勇气，以再起的信心。"② 这便是非止于文学家的陈映真对文学、对中国文学的期望。

除了黄春明、陈映真之外，台湾20世纪70年代的"乡土文学"作家，比如王祯和、洪醒夫等，他们在关怀"小人物"，由文学而社会实践，从而干预现实、改变社会等方面都表现出一种共同性。这种由文学而社会实践的共同品格，也在70年代酿成了对于台湾后来整个社会都影响深远的"乡土文学运动"（包括"乡土文学论战"）。这样的一种实践的、斗争的品格与大陆作家在现实面前的精神困顿（困惑和迷惘）形成了鲜明的对照。他们的差异究竟在哪里？造成这种差异的原因又是什么？台湾与大陆社会转型期乡村叙事的差异是我们最直接地观察和感受到的，但是在这种表面的差异之下，还深藏着更深厚的历史的、社会的甚至文化的根由。

---

① 蔡源煌：《思想的贫困——访陈映真》，《陈映真作品集》（6），台北：人间出版社1988年版，第128页。

② 陈映真：《建立民族文学的风格》，《陈映真作品集》（11），台北：人间出版社1988年版，第30页。

二

本书以"台湾 20 世纪 70 年代前后"和"大陆新世纪以来"的乡村叙事为切入对象。学界对海峡两岸这两个历史时段乡村叙事分别进行研究的成果不少，但从"社会转型"角度对二者进行专门比较的研究，还少有见到。对海峡两岸转型期乡村叙事的比较，始于我对大陆"新世纪乡村叙事新变"的关注和考察，所以这一方面的研究，加上两岸文学比较研究以及一些侧重于"文化"角度的两岸文学研究和社会学研究对我的助益最大，当然从本书的研究角度来看，它们也存在一定的不足，下面我们分别介绍。

在对"大陆新世纪乡村叙事新变"的研究方面，代表成果主要是学术论文，如丁帆的《中国乡土小说生存的特殊背景与价值的失范》《"城市异乡者"的梦想与现实——关于文明冲突中乡土描写的转型》，施战军的《时代之变与文学之难》，王光东的《"乡土世界"文学表达的新因素》，陈晓明的《乡土叙事的终结和开启——贾平凹的〈秦腔〉预示的新世纪的美学意义》，等等。这些研究的长处和启发之处在于：第一，对大陆"新世纪乡村叙事新变"在题材、创作视域等方面的表现进行了总结；第二，指出了"新变"背后作家"历史理性能力不足"的问题；第三，从对乡村叙事传统的反思角度，对新世纪乡村叙事的革命性和创造性进行了肯定。不足之处则在于：第一，对作家"历史理性能力不足"缺乏深入的原因探究；第二，对"新变"思想和审美的评价，因缺乏横向的比较而缺乏说服力；第三，对"新变"的审美特质、未来发展趋势分析不足。

在海峡两岸文学比较研究方面，代表性研究成果，专著方面有王淑秧的《海峡两岸小说论评》、赵联的《台湾与大陆小说比较论》、杨匡汉主编的《扬子江和阿里山的对话——海峡两岸文学比较》、丁帆主编的《中国大陆与台湾乡土小说比较史论》等；论文方面有王淑秧的《海峡两岸"乡土文学"比较》、田中阳的《从文化视角观当代海峡两岸乡土小说之异同》、罗关德的《生成、繁荣与变迁——现代化进程中的大陆与台湾乡土文学》，等等。这些研究的长处和启发之处在于：第一，视野开阔，从特点和关系等方面对两岸文学发展进行了整体比较；第二，引入了新的比较视野，如"现代化（性）""文化"等具有前沿性和反思性的研究角度。不足之处则在于：第一，从研究对象来看，大都从"历时"和"整体"着眼，缺少对特定历史阶段两岸乡村叙事的比较；第二，对某些具体研究对象缺乏深入的分析，从而使有些结论和观点失之于笼统。

在侧重于"文化"角度的文学和社会学研究方面，代表成果包括：陈晓明的论文《现代性与文学研究的新视野》、何吉贤的论文《农村的"发现"和"湮没"——20世纪中国文学视野中的农村》、罗关德的论文《风筝与土地：20世纪中国文化乡土小说家的视角和心态》；黎湘萍的著作《台湾的忧郁》《文学台湾——台湾知识者的文学叙事与理论想象》，朱双一的著作《台湾文学思潮与渊源》《闽台文学的文化亲缘》，朱立立的著作《知识人的精神私史——台湾现代派小说的一种解读》；汪毅夫的著作《台港近代文学丛稿》《台湾社会与文化》《中华文化与台湾社会》，刘登翰的《中华文化与闽台社会》，等等。这些研究的长处和启发之处在于：第一，对海峡两岸新文学的乡村叙事传统进行了反思；第二，从"文化和精神""社会"等角度对台湾作家文化人格、台湾文学精神特质、台湾社会进行了深入研究；第三，研究者知识构成多样，研究特点鲜明、个性突出。不足之处则在于：多将视线对准"大陆"抑或"台湾"一域，缺乏对二者的比较研究。

综上能够看出，学界目前还少有对"台湾20世纪70年代前后"和"大陆新世纪以来"乡村叙事的比较研究。当然，这和研究者个人的研究兴趣、研究方法、发现问题的方式和方法有关。不过从反思海峡两岸文学（尤其是大陆当代文学）发展，进而推动海峡两岸文学乃至社会共同发展来看，这一比较研究却是十分必要的。而相对前述学界已有的研究成果来说，本书的特点和意义在于：第一，以"社会转型"为文学观照背景，更重视文学的时代性和当下意义；第二，将文学比较与海峡两岸社会、历史、文化、心理的考察相结合，更深入地认识和考察海峡两岸社会历史和文化；第三，更注重海峡两岸文学差异性的比较，并力图通过比较达到相互参照、互相借鉴、互相推动，促进两岸文学和社会共同发展的目的。

海峡两岸在"20世纪70年代前后"和"新世纪以来"出现的乡村叙事高潮，在台湾主要以陈映真、黄春明、王祯和、洪醒夫等作家的创作为代表，[①] 大陆则以贾平凹、迟子建、尤凤伟、林白、孙惠芬、李锐、刘庆邦、陈应松、李

---

① 鉴于政治立场等方面的原因，有些台湾作家在此不便提及。

洱、阎连科、邵丽、乔叶、鬼子等的乡村写作为代表。本书即以上述作家作品为直接研究对象，把握其特征，比较其异同，探究其原因，评价其表现。

第一章　海峡两岸社会转型期乡村叙事的发生

海峡两岸转型期乡村叙事具有相同的发生背景，它们都起源于社会转型的全面加速——台湾在 20 世纪 50 年代至 70 年代，大陆在改革开放之后（尤其是 90 年代以来）。海峡两岸社会转型全面加速的历史原因各有不同。台湾在 20 世纪 50 年代之后，开始了一个政治上高压统治的时代，1947 年 "二二八" 事件、1950—1952 年 "白色恐怖" 等，作为 "戒严" 时代的标志性历史事件，它们也象征着国民党高压统治给整个台湾精神文化史留下的 "巨大伤痕"。但让人诧异的是，在这种高压政治统治之下，经济上的发展却颇为吊诡地展开：国民党当局一方面实行 "土地改革"，① 将大地主的土地通过赎买政策，分配给农民，另一方面又通过对外接受美日援助、发展进口替代工业（以及此后利用美日产业升级发展出口加工业），从而在 50 年代至 70 年代短短二十年时间，实现了社会转型和经济腾飞。而大陆的社会转型加速，则明显与改革开放尤其是 20 世纪 90 年代以来的市场经济体制改革有直接关联，不管是国家层面的政治力的 "放开"，还是在整个社会层面的 "搞活"，都是以一种以我为主、借助他力，借以发展自身的策略，这和台湾受制于各种外部政治因素而不得不更多地借助、利用外力（尤其是美国、日本）以图发展的路线，还是有根本的差异。

但是不管原因如何，两岸社会共同的文化历史渊源，以及社会转型所共有的现代性内核，使得两岸社会的转型在经济发展、社会文化变迁、伦理道德动变等方面，都表现出诸多相似，这也决定了反映此一社会动变的文学在许多方面的相似：都以表现社会转型期的社会现实（尤其是传统农耕文明和农业社会

---

① 台湾 1949 年后 "土地改革" 的详细状况，可参见台湾大学历史系教授黄俊杰访问、记录：《台湾 "土改" 的前前后后——农复会口述历史》，九州出版社 2011 年版。

遭受冲击）为主要内容；都尤其注重表现乡村和农民在历史转型期的悲剧性处境与命运；都倡扬写实的艺术表现手法，等等。而单就两岸这股社会转型刺激下的文学创作潮流而言，它们在具体的发生上，也有着共同的发生学表现，即都以对现代主义文学的反拨起步，这是很有意思也颇耐人寻味的一点。

第一节　共同的起点：对现代主义文学的反拨

当我们将目光对准海峡两岸社会转型期乡村叙事的发展（不管是大陆还是台湾，因社会转型而催动的"乡土文学"在这个特定的历史阶段——台湾 70 年代、大陆 90 年代以来——都有较之于之前的历史阶段比较明显的繁荣、振兴态势）时，我们会发现它们的发生有一个颇让人惊奇的相同之处，即它们都是从对现代主义文学的反拨开始的。这个反拨是如何开始和发生的？作为一次文学发展潮流的更替过程，它所内含的那些质疑和肯定、批判与倡扬，今天看来又能带给我们怎样的思考？

一、大陆 20 世纪 90 年代对"先锋文学"的反思

进入新时期（1976— ）之后，伴随着整个国家的现代化事业推进，尤其是意识形态领域的相关宣传，文化（包括文学）界的现代化冲动便开始鼓荡。在此情况下，在文学尚受瞩目的 80 年代，西方现代主义和后现代主义文学被作为"现代"的文学形式和样态受到推崇，便是很容易理解的事情了。当然，除了这种现代化冲动之外，80 年代大陆社会实际的发展态势和文化氛围，对于现代主义文学思潮的发展，也有整体性的推动和促进作用：

在 80 年代中后期，文学与社会政治的关系，不像 80 年代初那样呈现"粘着"状态，作家、读者对文学成为政治意图和观念载体的方式，也不再持普遍的赞赏、呼应的态度。与此同时，商品经济的发展，不可避免地改变人们的生存条件和生活方式，"纯文学"的"边缘化"趋势也日益明显。在这一情势下，文学观念的反省、调整的步伐加速，作家有可能向"通俗小说"等大众文艺的方面倾斜，但也有可能转而更多面向"文学自身"，探索的势头得到加强。从

后一方面说，诗歌有明显的"实验色彩"的"第三代诗"。小说则有"寻根小说""现代派小说""先锋小说"和"新写实小说"的出现。这些探索的趋向，主要表现为借助西方20世纪文学所提供的经验，寻求创作题材和艺术方法上的各种可能性。主题的对于具体现实社会政治问题的超越，艺术上摆脱"写实"方法的拘囿，以追求"本体意味"的形式，和"永恒意味"的生存命题：这在当时成为很有诱惑力的目标。①

也正是因为相较于传统的、旧式的文学形式的这种带有现代性诉求的新质，这一表达"'永恒意味'的生存命题"和具有"'本体意味'的形式"的文学，在当时才获得了所谓"先锋"的称号。

前述的话提到了"寻根小说""现代派小说""新写实小说"，但实际上，表达"'永恒意味'的生存命题"和具有"'本体意味'的形式"的文学，最典型的当属"先锋小说"。今天我们所谓的"先锋小说"或"先锋文学"，当然是作为一个文学史——而非文学理论——概念被使用的，当它摆脱了80年代与"现代派小说""实验小说""新潮小说"等概念混为一谈的状态后，从进入90年代乃至于今天，它就是专指80年代中期以马原、余华、苏童、格非等为代表的受西方现代派艺术影响，着力于主题和形式创新，从而表现出相较于传统现实主义文学更前卫和反叛的创作姿态、艺术特征，并在当时风行一时的小说创作潮流。据程光炜考证，"先锋小说（当时叫先锋派文学）的名称可能最早出现在《文学评论》和《钟山》编辑部1988年10月召开的一次'现实主义与先锋派文学'的研讨会上。90年代后，密集使用这一概念的是陈晓明、张颐武等批评家。"因此，他也认为，"先锋小说"是"一个带有追授性色彩的历史性命名。"②而从整个现代主义文学在新时期的流传过程来看，这个小说派别的产生，大致又经历了从80年代初王蒙等"意识流小说"，到1985年前后徐星、刘索拉等的传达个体与社会对抗的"现代派小说"（《你别无选择》《无主题变奏》等）和马

---

① 洪子诚：《中国当代文学史》，北京大学出版社1999年版，第335页。
② 程光炜：《文学史二十讲》，东方出版中心2016年版，第169—173页。

原、余华、苏童、格非等更注重语言和形式实验的"先锋小说"的过程。①今天我们对于"先锋文学"的理解已经不会像在 80 年代前期那样充满争议，作为一个被"追授"命名的文学思潮（并非所有文学潮流都有这样的待遇），这本身便昭示了今天我们在理解它方面所取得的共识。

共识的形成，当然也折射了当时它的受瞩目。但时至今日，相对于在 80 年代的繁盛，它在 90 年代的衰落，却也是人所共知、人所共见的事实。笔者读书的新世纪前后，"先锋文学"仍然是一个能引起我们青年学生兴味的事物，然而今天的大学生和研究生，除了对余华、苏童的名字可能还有所耳闻外，对于"先锋文学"大都缺乏真正的了解，甚至没有了解的兴趣——为了完成课业任务除外。现在的学生可能已经无从想象，不用说马原、余华、苏童、格非，就算不及他们有名的洪峰、扎西达娃等这些名字，在 30 年前的当时也如雷贯耳。

当然，徒然感叹时过境迁是没有多少意义的，我们要问的是，这样的转变是怎么发生的？这样的追问，可能还伴随着我们自身的惆怅：那些当年让我们兴奋、追逐，甚至勾连着我们青春记忆的文学"弄潮儿"和"宠儿"，今天的处境令人唏嘘，②除了苏童、格非少数人之外，继续在文学写作上坚持并展现出创造力的，几无可见——即便苏童、格非，他们的写作实际上也早已和"先锋"脱轨。随着这个社会在一条崭新的轨道上奋力前进，伴随了那个至今还为很多人怀念的文学"黄金时代"的"先锋文学"，会不会进一步遭人遗忘，终致湮没无形？

追溯"先锋文学"的衰落，首先要观察它如何兴起。相较于 80 年代人们更多地把"先锋文学"（包括整个现代主义文化）做一种单一的文学层面上的理解，也因此"先锋小说的含义实际已经被不少文学研究所窄化"。③今天的研究者已经普遍认识到，当年轰轰烈烈的"先锋文学"，其发生乃是受"政治／文

---

① 其实即便到了 1994 年，仍有批评家将刘索拉、徐星和马原、余华等混为一谈："因此，先锋小说应该是指脱出'五四'以来文学传统，摆脱'五四'以来小说创作常规的作品；而先锋小说家，则应该是指五六十年代出生，于 1985 年前后崛起于文坛，为中国新文学另辟异境的新锐作家，如刘索拉、徐星、马原、洪峰、余华、苏童、格非、孙甘露、叶兆言、残雪、王朔，等等。"参见昌切：《先锋小说一解》，《文学评论》1994 年第 2 期。

② 马原几年前传出生病，但似乎无大碍；洪峰更是网传"上街乞讨"，据说后来开淘宝店、经营"珞妮山庄"。

③ 程光炜：《文学史二十讲》，东方出版中心 2016 年版，第 163 页。

化／经济多边作用的结果，而不仅仅是某个历史事件起到突发性的杠杆作用"。①事实确实如此，对于"先锋文学"的理解，在其产生和兴盛的当时确实是有些窄化的，当时的研究者更多地关注到了它在文学、文化、哲学层面的意涵，而真正把它放置于中国社会发展（尤其是社会转型）的整个历史过程来观察的并不多。作为证明，一个简单的事实是：如果我们当时真正把它放置于整个中国社会发展的真实历史过程去看的话，就不会有当时那些对它铺天盖地的"溢美之词"，因为先锋小说虽然确实有其一定的美学新质和精神价值，但是显然并不像很多人当时所断言和预言的那样空前绝后、不可替代，否则它也不会在仅仅十年不到（从 1985 年开始算起）的短暂时间内，便从被追捧和瞻仰的高处跌落神坛。

"先锋小说"的高潮，不少研究者都把它定位为 1987 年。程光炜认为：1985 到 1987 年，仅仅在《上海文学》上发表的先锋小说（当时叫"新潮小说"）就有"30 篇左右"，而与创作繁荣相呼应的，是人们对于它的研究和理解也更深入地展开——最明显的标志是 1987 年"先锋文学"这一命名开始被确立下来。②洪子诚先生也认为："在 1987 年间，这种写作，成为一股潮流。除了马原、洪峰外，这一年'先锋小说'的重要作品，有余华的短篇《十八岁出门远行》《西北风呼啸的中午》，中篇《四月三日事件》，格非的《迷舟》，孙甘露的《信使之函》，苏童的《桑园留言》《一九三四年的逃亡》《故事：外乡人父子》，叶兆言的《五月的黄昏》。在此后的几年里，上述作家还发表了许多作品，如余华的《现实一种》《世事如烟》《劫数难逃》，苏童的《罂粟之家》《仪式的完成》《妻妾成群》，格非的《没有人看见草生长》《褐色鸟群》，孙甘露的《访问梦境》《请女人猜谜》等。"③

但是仅仅三五年之后，对于"先锋文学"的批判和反拨便开始了。反拨一方面发生在先锋文学阵营内部。余华在 1996 年说："现代主义到今天已经完成

---

① 陈晓明：《先锋派之后：九十年代的文学流向及其危机》，《当代作家评论》1997 年第 3 期。

② 程光炜认为："探索小说、新潮小说这种群雄并起的混杂局面到 1987 年有一个急刹车。原因是西方结构主义理论开始被中国知识界接受，结构主义推崇的语言、形式、深化结构很大程度上声援了正在兴起的纯文学思潮。"参见程光炜：《文学史二十讲》，东方出版中心 2016 年版，第 173 页。

③ 洪子诚：《中国当代文学史》，北京大学出版社 1999 年版，第 338 页。

了，已经成为了权威，成为了制度，成为了必须被反对的现行体制。"①而在更早的1991年，余华已经写出了《呼喊与细雨》（后更名《在细雨中呼喊》），这是大家普遍认为的他"转向"（这是比言论更具有说服力的行动上的"反拨"）的开始——而实际上《呼喊与细雨》，也包括嗣后的《活着》《许三观卖血记》，和他早期的《现实一种》《鲜血梅花》等"先锋小说"相比，确实也展现出了一种截然不同的反先锋的风貌。不过，直到他1993年写出《活着》为止，他内心的困惑其实并没有消除：在1993年的《活着》"前言"中，他表示，自己仍然对于"现实"充满畏惧（因为"真实的现实，也就是作家生活中的现实，是令人费解和难以相处的"），而相应地，温暖只在于自己的内心——"人的友爱和同情往往只是作为情绪来到"。②这是作家的骄矜，还是他"先锋"（对于历史的主观主义、虚无主义认识）的惯性使然？不管怎样，这种对于"内心"（自我）的推崇和对"现实"（外部世界）的畏惧，所折射的，可能是作家开始"转型"时真实的心理状态：表面在"转向"，内心在"犹疑"。这当然也说明，余华在选择艺术调整时，是在有意识地、主动地放弃着什么（不然不会有"犹疑"）。但是，仅仅三年之后，在同样关于《活着》的"韩文版自序"中，他的态度已有着明显的差异：在那段被广为征引的关于《活着》的著名的话（"这部作品的题目叫《活着》，作为一个词语，'活着'在我们中国的语言里充满了力量，它的力量不是来自喊叫，也不是来自进攻，而是忍受……"）中，"内心"和"现实"的紧张关系解除了，他开始强调"忍受"。所谓"忍受"，我们可以理解为余华向读者传达的他的某种观念，但也可以视为他面向自己的独语，它所说明的是发生在他精神世界内部的变化："内心"向"现实"妥协。当三年前余华还在强调作家应该写"现实的作品"（这里的"现实"更倾向于"主观的现实"）而不是"实在的作品"（指老老实实描写客观现实的作品）时，我们还看到他的抵抗（他对这两个词的辨析本身便反映了当时他的某种执拗和坚守），而三年后他却开始将理解作品的权力让渡："文学就是这样，它讲述了作家意识到的事物，同时也讲述了作家所没有意识到的，读者就是这时候出来发言的。"③

① 《余华谈先锋派》，《当代作家评论》1996年第1期。
② 余华：《〈活着〉前言》，《活着》，南海出版公司2003年版。
③ 余华：《韩文版自序》，《活着》，南海出版公司2003年版。

　　而实际上，在余华写出《细雨与呼喊》之前，苏童已经发表了《妻妾成群》（《收获》1989 年），这个作品虽然被很多人归为"新历史小说"（余华的《活着》其实也可以归类为"新历史小说"），但不管怎样，无论从语言还是结构而言，整个小说所呈现出来的正是"现实"（并非指时间意义上的当下，而是指更近于日常生活的一种存在状态）的回归和"先锋"的退却。

　　面对先锋作家的"转向"，"新潮"的批评家未免感到遗憾："先锋派的实验突然而短暂，在九十年代随后几年，先锋派差不多放弃了形式主义实验。"虽然开始"突然"，结束也"突然"，但其实在先锋派转向之前，其自身困境却早已显现："一方面，先锋派的艺术经验不再显得那么奇异，另一方面艺术的生存策略使得先锋们倾向于向传统现实主义靠拢。故事和人物又重新在先锋小说中复活。"[①] 批评家的这番话只是在陈述事实，而更激烈的批判其实已经到来。对于那些曾经被视为"新潮"和"先锋"的精神挑战与形式实验，有人直接质疑和指责其为原创性匮乏的"寄生"性表现："在缺乏文化与文学资源的前提下，直接以其他门类的文学艺术样式或文化资本为生长点，并使之小说化的写作特征。……之所以称之为'寄生'而非'借鉴'，乃是因为先锋文本中的意义元素与它们的参照文本几乎是相同的，原生性的中国经验与存在体验在先锋小说中缺席。"[②]

　　和西方现代派根深蒂固的牵连，是先锋派的一个"致命伤"，它所折射出来的，一方面是先锋小说家对于"现代"的迷恋，另一方面则是其文化根底的清浅——90 年代仍对先锋小说家仍寄予厚望的胡河清曾将格非、苏童、余华比喻为"蛇精""灵龟""神猴"，但他同样认为，格非、苏童、余华虽有江南才子的灵通之气，但"他们日后若要求更远大的发展，则必须兼取北学之长，多读书而穷其枝叶。否则一候先天之气用尽，学无隔宿之储，纵是蛇精、灵龟、神猴化身，也难保不坠入凡尘、沦为俗物！"[③]

　　文化储备不足，临摹西方现代派，如果说这些批评主要还是着眼于先锋派自身内部的问题的话，那么另外的一种重要批评声音则是在它与外部社会的关

---

① 陈晓明：《先锋派之后：九十年代的文学流向及其危机》，《当代作家评论》1997 年第 3 期。
② 李静：《先锋小说：寄生的文学》，《南方文坛》1996 年第 5 期。
③ 胡河清：《论格非、苏童、余华与术数文化》，《当代作家评论》1992 年第 5 期。

系展开的。其实，所谓"原生性的中国经验与存在体验在先锋小说中缺席"，这样的批评已经点出了这方面的问题：先锋小说对于社会现实的疏离。先锋小说作为一股更侧重于精神颠覆和形式实验的文学思潮，它精神气质上的哲学和语言学倾向，必然使它欠缺了更多传统现实主义文学那种社会学气质，这一点不言而喻（实际上先锋文学在其受到推崇的80年代中期前后，也正是它的这种形式主义的创造力为它赢得了声誉）。然而这样的一种倾向和风格（尽管后期有些作品在这方面表现得有些过分和极端），几年之后却成为他们受指摘的"罪证"，这不能不让我们怀疑：真正的问题究竟是出在"先锋文学"本身，还是时代环境变化了，才使它显得格格不入？不管怎样，迷恋于形式和语言这样的所谓"形式主义"的问题，并不应该成为本就以创新和反叛为其精神标签的"先锋文学"的真正罪证。

某种程度上说，与社会现实的疏离，本就是"先锋"本性使然。这也曾经——乃至今天——让它获得赞誉。[①] 但如果过于疏离，以至于成为一种"不及物"的写作，那么在对文学仍有人文主义期待的批评家眼里，这样的文学也便堕落为一种纯粹的智性操作，甚至一种语言游戏："游戏者的写作是丧失了深度、为创新而创新的写作，他们退回到平面模式和语言的解析之中，只注意语言表面并专心探讨字面上极为肤浅的意义。人也不再是语言的主人，而是一个依赖于语言获得存在的存在物。与此同时，作家的自我也消匿在非对象化了的现象之中，使得作品在语言的自我表演中回避阐释，也无法阐释。就这样，先锋作家通过语言轻易地消解了他们对终极真理和生存意义的追寻，并将生命的价值和世界的意义消泯于语言的操作之中。"批评者言简意赅地总结道："他们为了与现实保持适度的距离，却付出了远离生存本真的惨重代价。"[②]

其实，对于现代主义文学形式主义倾向的指责是很难把握尺度的。形式创新的尺度在哪里？什么是"富有精神深度的形式创新"，什么是"丧失了深度、为创新而创新"？这里的区分是很难把握的。比如孙甘露《信使之函》《请女人

---

① 张清华在新世纪仍表示："我之所以看重先锋文学，一方面是因为它们代表了我们时代文学的'精神难度'、思想高度，也代表了在艺术探险上曾经达到远足之地。"张清华：《关于先锋文学答问》，《文艺争鸣》2016年第3期。

② 谢有顺：《历史时代的终结：回到当代——论先锋小说的转型》，《当代作家评论》1994年第2期。

猜谜》等作，似乎批评者和赞扬者都可以找到他们批评和赞扬的依据，而这依据竟然很可能还是一样的——都指向它们创新性的语言和形式。现代主义文学的价值，其实很大程度上仰赖于阐释，也就是说它的意义产生，并不是仅仅依靠文本自身完成的，更还取决于阅读和阐释者对它的态度。《尤利西斯》《为芬尼根守灵》这样的作品，如果没有文本之外的阐释力量的介入，它能获得今天人们对它的价值认可，是值得怀疑的。

所以，对于先锋文学的形式主义的指责，看起来是有些错位的。就像你埋怨馒头没有馅一样，如果你想吃带馅的，应该直接去买包子。不过也有一种情况需要考虑，那就是当时少有包子可买，到处都是卖馒头的。那么 80 年代后期的中国文坛是否是这样呢？先锋文学确实一度风靡，但是否达到了这样的独占的程度呢？作为后来者推测历史，总是有隔膜的。我们今天谈起 80 年代中后期当时的情形，可以根据我们的印象，谈起方兴未艾的"寻根文学"，谈起崭露头角的"新写实—新历史小说"，甚至我们还会谈起路遥 1984—1988 年写就的《平凡的世界》——看起来当时的文坛并不是"先锋文学"一元独霸的，但其实这种我们后来者仅凭现在的认识所追忆的历史是不可靠的，因为仅仅从路遥《平凡的世界》写成后在文坛遭到冷遇①这样一个当年的事例，便能略略推知当时"先锋文学"所代表的现代派文学对于其他文学形式（尤其是现实主义文学）的挤压。当年拒绝了路遥《平凡的世界》稿子的《当代》编辑（当时还是年轻编辑）周昌义回忆说：

可惜那是 1986 年春天，伤痕文学过去了，正流行反思文学、寻根文学，正流行现代主义。这么说吧，当时的中国人，饥饿了多少年，眼睛都是绿的。读小说，都是如饥似渴，不仅要读情感，还要读新思想、新观念、新形式、新手法。那些所谓意识流的中篇，连标点符号都懒得打，存心不给人喘气的时间。可我们那时候读着就很来劲，那就是那个时代的阅读节奏，排山倒海，铺天盖

---

① 路遥的《平凡的世界》当年写成后，先是被《当代》退稿，后在《花城》《黄河》"勉强"得以发表，直到路遥去世后方才开始畅销。据周昌义回忆，当年北京召开作品研讨会时，在场者给外界透露的消息是"大家私下的评价不怎么高"。参见周昌义：《记得当年毁路遥》，《文艺理论与批评》2007 年第 6 期。

地。喘口气都觉得浪费时间。[①]

当事人的回忆也许并无法代表全部历史，但是他所谈到的当年的那种文学感受，那种在今天的他也有些费解的文学趣味，却是真实的。

所以，进入90年代之后，对于"先锋文学"——其实也是对于整个现代派——的形式主义的批评，仅仅就事论事地从批评者口中的话去理解，显然是不够的。换句话说，那些批评并不能太当真，不能太较真。正确的理解方式，不是看它们批评得合不合理、在不在点子上，而是——它们当时为什么产生？

对于"先锋文学"的批评之所以在90年代产生，原因大致有以下几个方面：

第一，当然是"先锋文学"本身的问题。但是这个问题并不是当时批评者所谓的"形式迷恋""寄生性"等——就像我们前面分析的，这些批评并没有抓住要害。而是首先，"先锋文学"在80年代后期以至90年代确实出现了一些末流之作，因为现代主义文学的那种形式主义实验的可复制性（某种程度上还可以说是"易复制性"），在理解和阐释这些作品方面的那种主观性和自由度等，确实给这些鱼目混珠的末流之作产生提供了便利；其次，很多"先锋作家"在度过了他们的创作高峰（80年代中期马原、格非、余华等都写出了他们的先锋代表作）后，本身陷入了创作瓶颈期——这也很容易理解：形式的实验、观念的挑战都是一种意识和思维追求极限的高位操作，在持续一段时间、达到一定程度之后，必然会面临精神和形式的疲惫。

第二，从读者接受的角度来看，80年代末期的先锋文学，在经过了发生、发展、高潮之后，已经开始面临发展困境，而在读者心目中，也经过了一个新奇—适应—厌倦的接受过程。只是这个过程看起来似乎有点太快了，但仔细理解，其实也不是那么不可思议，因为现代主义文学的小众性，其孤绝的艺术姿态、形式主义的面孔，实际上很容易会使它陷入一种单面化、重复化的境地（从世界范围内来看，这也是整个现代主义艺术的困境）。实验性写作本就是在刀锋上跳舞，所立足、施展的空间（无论思想的还是艺术的）本就有限，更加上写作者自身文化知识储备不足等问题，所以越到后来，我们越发现"现代主义的疲倦"：总是"语言""结构""时间""存在""虚无""偶然"……无非是

---

① 周昌义：《记得当年毁路遥》，《文艺理论与批评》2007年第6期。

这些，不过是这些。

第三，更关键的原因，其实是整个社会环境发生了改变。90 年代之后，大陆开始了一个急速转型（世俗化）的进程，这个进程确切地说应该是从 1976 年之后便开始了，但是到了 90 年代，随着体制力量和意识形态的有意识推动，①加上新时期以来整个社会逐步放开之后在各方面所打下的基础，整个社会的现代化进程步入了一个显著的加速期。而转型加速带来发展的同时，也带来了问题：乡村凋敝、贫富分化、城市拥挤、信仰缺失、道德滑坡，等等。这些问题，至今已成为中国面临的发展困境。而这样的问题，在 90 年代开始催化出一种普遍性的忧患和焦虑。人们渴望寻求答案和解决之道，而习惯了从文学中寻找力量和安慰的当时的人们，自然对于仍沉浸在高蹈的形式主义世界中的现代主义文学不满。

上述这样一些因素，共同催发了当时对于"先锋文学"的批判。而在这样一些因素中，总体来看，社会环境的改变——而非"先锋文学"本身的问题——才是当时它受到批评的关键。所以，这也让我们对于今天"重审先锋文学"、重新发现"先锋文学"价值的呼声保持警惕。因为先锋文学的价值本就在那里，只是时代环境的改变才让先锋文学受到质疑和批判。所以我们今天也同样有理由发问：重审和重新发现"先锋文学"的呼声今天重现，是否又是同样的原因呢？还是只是一种对于当下艺术的不满和厌倦所造成的怀旧心理使然？不管怎样，客观地看待问题，理性地理解历史，确实是不容易的，因为我们本就在历史之中，本就是问题的制造者。我们所能做的可能只是尽力而已。

而借由这样的一种尽力理解历史的思路，我们也可以后来者的便利（后见之明），回看 90 年代以来由"先锋文学"批判所开启的近 20 余年当代文学发展的道路，并由此反观当年的"先锋文学"批判的得失。

90 年代以来的文学发展，今天看来正是沿着当时"先锋文学"批判者的思路展开的。其实在 80 年代末的当时，与"先锋文学"形成对照的写作已经产生——不管是"新写实小说"，还是"新历史小说"，它们当时都以一种反先

---

① 1992 年 1 月 18 日—2 月 21 日，邓小平视察南方发表讲话，提出"计划和市场都是经济手段，不是社会主义与资本主义的本质区别"；1992 年 10 月 12 日—18 日，中国共产党第十四次全国代表大会在北京举行，江泽民作《加快改革开放和现代化建设步伐，夺取有中国特色社会主义事业的更大胜利》的报告，确定"我国经济体制改革的目标是建立社会主义市场经济体制"。

锋的写实姿态，形成了明显的反拨力量。而随着韩东、朱文、何顿、毕飞宇等"晚生代"（甚至林白、陈染等"女性主义"）在 90 年代的进一步崛起，"先锋文学"的地位完全被替代。到了 90 年代中期以后（大概 1996 年前后），"现实主义冲击波"（以及"新体验小说""新状态文学"等）兴起，以及新世纪之后"底层文学""非虚构写作"兴起……现实主义文学在近二十年间的发展可以说达到了一个高潮。

但是这种现实主义文学发展的质量到底如何？显然仍不能令人满意，这方面的批评——诸如"历史理性不足""艺术创新能力欠缺"等——已经为数众多，在此不赘。我们需要指出的正是，正是在这个背景下，重审"先锋文学"的呼声才得以出现。"先锋文学"对于艺术性的追求，对于形而上思辨的痴迷，竟都成了它们今天被怀念的理由。鼓吹者似乎忘了，正是这些同样的东西，恰恰是它当年受指责的缘由！

当然，我们在这里并不是为"先锋文学"在当年受到批评鸣不平、做辩护——正如我们前面所说的，"先锋文学"发展到 80 年代末，确实已经面临它自身的问题。我们只是想把问题呈现得更加长线化、历史化，从而试图将对问题的讨论变得全面化、复杂化。本着这种态度，我们会发现更多。比如，如果说当年"先锋文学"所存在的、被批评的那些它自身的问题还只是局限于文学范畴内的话，那么有的问题却似乎超出了"文学"范畴，而上升到了政治和道德层次——尽管它们看起来需要更进一步的确证。据陈晓明透露，当时在对于"先锋文学"的批判中，有人认为："先锋文学和先锋批评不过是 1989 年以后的特殊意识形态氛围的产物，得到官方意识形态的有力支持而风行一时"。[①]

这样的批评显然和前述那些批评都不同。虽然批评者也有可能出于同样的历史感受才做出这样的论断，但这样的论断显然已超出了文学范畴。它以阴谋论解读历史，这和当时大陆一般人的历史感受和思维方式不同（可能是和当时去政治化的社会气氛有关）。不过，对于这样的一种批评，暂且不管它合乎事实与否，当我们将目光转向台湾，便会发现它并不新鲜。

---

① 参见杨扬：《先锋的遁逸》，（香港）《二十一世纪》1995 年 6 月号。转引自陈晓明：《先锋派之后：九十年代的文学流向及其危机》，《当代作家评论》1997 年第 3 期。

二、台湾20世纪70年代的"现代主义"文学批判

观察台湾文坛20世纪70年代的"现代主义"文学批判，需要从光复后台湾文学的整体发展情况谈起。

1945年光复之后，台湾文学和大陆文学实现了合流。而受到回归祖国鼓舞的台湾作家，也有一种全新的获得解放和新生的感受：杨逵出版小说集《鹅妈妈出嫁》《送报伕》等，并创办《台湾文学丛刊》等刊物，编印包括鲁迅《阿Q正传》、郁达夫《微雪的早晨》、茅盾《大鼻子的故事》等在内的中文、日文对照的《中国文艺丛书》；吴浊流出版了小说《亚细亚的孤儿》和其他散文集；龙瑛宗作为"光复初期最为活跃的台湾作家之一"，主持《中华日报》日文版的文艺栏……与此同时，回到祖国怀抱的台湾，还迎来了许寿裳、李何林、台静农、黎烈文、雷石榆、钱歌川等作家、艺术家；许多大陆作家作品（刘白羽中篇小说《成长》、张天翼《华威先生》等）在台湾出版、推介。其他，像台湾文坛出现的"鲁迅风潮"，《台湾新生报》"桥"副刊上的关于台湾文学名称、性质、发展方向等的论争……都推动了光复后台湾现实主义文学的发展。[1] 从1945—1949这一时期，正是台湾社会新旧交替的时期，新生、动荡、希望、失望交织，正是在这一时期，"二二八事件"直接催生了吕赫若的短篇小说《冬夜》，吴浊流也写作了《波茨坦科长》，大陆赴台的欧坦生写出了《沉醉》《鹅仔》……这些作品都是对于那个动荡、混乱时代的反映。

尽管在战后初期这个特殊历史阶段，文学有了一种整体的复苏、发展态势，但由于国民党的反动、腐朽统治移入台湾，文坛也渐渐开始受到影响。1947年"二二八事件"发生，台湾社会流血动荡、风声鹤唳，事件爆发的社会原因，我们在吕赫若的《冬夜》、吴浊流的《波茨坦科长》等作品中已能窥见一二。而如果说这样的作品在当时还能够问世，至少说明国民党当局的政治高压统治在战后初期几年还没有完全覆盖的话，那么嗣后所发生的一切则展示了这种高压是如何吞没当时文学和社会的新生势头的："二二八事件"后的1948年2月18日，鲁迅的好友、当时任职于台湾大学的许寿裳（1883—1948）在其台北寓所被暴徒残害，也正是从1947年2月这个时间点起，"台湾就再也见不到有关鲁迅著

---

① 朱双一：《台湾文学创作思潮简史》，九州出版社2010年版，第131—132页。

作的出版了"；^①1949 年下半年国民党统治集团败退台湾，一个政治意识形态上极端反共、实行文化高压的时代开启——随着"白色恐怖"的展开，进步的左翼文艺仆倒，"反共文艺"（脱胎于 20 年代末便开始的"三民主义文艺"）在政治权力的推动下大行其道。

在这种情况下，在"五四"之后尤其是三四十年代大陆获得比较充分发展的自由主义文艺，开始在台湾获得了更大的空间。自由主义文艺的发展，当然是和胡适等自由派在台湾所拥有的生存空间有关。在 20 世纪 50 年代，政论性刊物《自由中国》（1949 年 11 月 20 日创刊，1960 年 9 月终刊）影响广泛，自由派推崇"自由的文学"和"人的文学"的理念，雷震、殷海光等自由派知识分子对台湾知识界有重大影响；而当时任教于台大外文系的夏济安创办的《文学杂志》（1956 年 9 月 20 日创刊，1960 年 8 月停刊），一方面继承自由派的精神理念，另一方面更切实地对中国古典文艺和西方文艺进行宣扬与推介，尤其是它对"人的文学"的推崇更是影响深远。^②

整体来看，台湾进入 1949 年之后，随着"戡乱时期戒严令"的发布，一个政治上的高压威权时代便开始了。50 年代的"白色恐怖"使得大批左翼和倾向左翼的进步文化人士被害。^③也正是在这种肃杀的社会气氛中，自由主义文艺能获得些许生存空间，本身便说明自由主义文艺在政治姿态上的某种温和或保守。^④但是"自由"和"人性"的理念，与僵化腐朽的政统显然也是格格不入的，所以随着自由派以某种理想主义的姿态对国民党政统权威形成挑战，自由派有限的生存空间也便被挤压殆尽了。

---

① 朱双一：《台湾文学创作思潮简史》，九州出版社 2010 年版，第 158 页。

② 朱双一认为，自由主义文艺的发展"一方面冲淡了当时文学的极端政治化氛围，另一方面则是使文学应以'人'为中心，着重描写人生、人性的观念得以深入人心。"参见朱双一：《台湾文学创作思潮简史》，九州出版社 2010 年版，第 187 页。

③ "根据今人的统计，因而被整肃的人高达十四余万，包括至少三四万人被处死（当时台湾人口约六百余万）。"参见吕正惠：《战后台湾文学经验》，生活·读书·新知三联书店 2010 年版，辑一。

④ 吕正惠认为，自由主义在中国现代时期便带有明显的"保守"色彩，他分析道："五四"之后，新知识分子大部分"左倾"，并逐渐走向革命，但是"在这整个过程中，以胡适为首的自由主义的那一系知识分子，基本上并没有投入"，在"国民党北伐胜利在望并开始清党的时候，自由主义的知识分子跟国民党逐渐有了接触，虽然期间也有"小小的摩擦""始终没有跟国民党融洽无间"，"但却可以称得上是某种程度的'合作'"。参见吕正惠：《战后台湾文学经验》，生活·读书·新知三联书店 2010 年版，第 7 页。

但自由主义的精神理念却是影响深远的。像在"人的文学"理念影响下，五六十年代一度流行的"大时代，小儿女"的文学主题模式（白先勇的作品便极为典型；而从较表面的层次看，陈映真早年的《将军族》《累累》等实际上也是这样一种模式），虽然也有所谓"儿女情多，风云气少"的问题，但它不仅仅在当时影响深远，时至今日仍然经久不衰。这种精神倾向所奠基的乃是一种具有普适性的精神价值理念，但是它的缺陷也比较明显，那就是社会历史的"背景化"不免让社会历史本身所具有的复杂性受到遮蔽。自由主义文学是指向"人"的，但是这种缺少社会历史分析的对于"人"的价值的呼喊，很容易走向抽象的本质主义。可能也正因为这样，它和现代主义文学才具有着一种内在共通性。

而从台湾战后文学发展来看，这一点也得到了验证。一个简单明了的例子，便是《文学杂志》和《现代文学》的渊源。《文学杂志》的主要创办者夏济安，他的自由主义精神理念直接启发和影响了他的学生白先勇、欧阳子等。1959 年 11 月 13 日，白先勇写信给已赴美的夏济安，称他和其他夏济安的学生"一共有十人"，计划在下一年元月成立一个刊物，"内容以新为主……不崇拜传统"，[①]这便是 1960 年 3 月 5 日创刊的《现代文学》。[②]白先勇、王文兴、欧阳子、陈若曦、刘绍铭、李欧梵、叶维廉等当时的台大外文系学生、《现代文学》的主将，他们以《现代文学》为中心，团结当时台北文艺青年（不仅仅包括现代派，也包括后来逐渐表现出其左翼面相的陈映真、刘大任等）所形成的这个文学群落的出现，可以说是战后台湾现代主义文学走向繁荣兴盛的一个标志。而在此之前，1953 年 2 月到 1954 年 10 月创立的"现代诗""蓝星""创世纪"三大诗社所集结的诗坛力量（纪弦、郑愁予、覃子豪、余光中、钟鼎文、洛夫、痖弦、张默等），则可以说是"现代主义文学最早的弄潮儿"[③]——每在时代气氛发生

---

①　白先勇编：《现文姻缘》，台北：联经出版事业股份有限公司 2016 年版，第 2 页。

②　50 年代末台大外文系的夏济安的学生在外文系成立"南北社"，后改名"现代文学社"，1960 年 3 月创刊《现代文学》，白先勇任首任社长，刊物《发刊词》宣称"我们打算有系统地翻译介绍西方近代艺术学派与潮流，批评和思想"，"我们有感于旧有的艺术形式和风格不足以表现我们作为现代人的艺术情感。所以我们决定实验，摸索和创造新的艺术形式和风格。""我们尊重传统，但我们不必模仿传统或激烈地废除传统，不过为了需要，我们可以做一些'破坏的建设工作'。"古继堂：《简明台湾文学史》，时事出版社 2002 年版，第 317—318 页。

③　朱双一：《台湾文学创作思潮简史》，九州出版社 2010 年版，第 196 页。

萌动变化时，总是诗歌领域首先感应变化，这点在 70 年代前后"乡土文学"兴起而现代主义文学渐颓时，又一次得到验证。

其实，早在大约 60 年代中期，现代主义一统文坛的局面便有了悄悄的改变："60 年代中期，台湾文坛上兴起了一个以本省籍作家为主要创作成员，强调文学创作的民族性，并以现实主义为主要创作方法，被称为'乡土文学'的文学思潮。"1964 年吴浊流等 27 位本省作家创办《台湾文艺》。①1964 年 6 月吴瀛涛、赵天仪等发起成立'笠'诗社（并出版《笠》诗刊）。1966 年 10 月 10 日陈映真、黄春明、王祯和、七等生、尉天骢等创办《文学季刊》（1973 年改名《文季》）。②而黄春明、王祯和等乡土作家也是在这段时期登上文坛。这股文学创作潮流和文坛变化，在当时虽然并没有占据主流，但是它们强调本土的精神立场和倾向于现实主义的创作方向，则在当时已经显现了它们和现代主义的差别。

在当时的台北文艺界，社团、刊物乃是文学青年发声的主要方式，在《文学季刊》创刊之前，《笔汇》杂志已经显露出较之于《现代文学》有所不同的风貌，《笔汇》最早并非一个纯文学杂志，1959 年尉天骢接编《笔汇》，开始约请陈映真等写稿，此后陈映真最早的一批小说，《面摊》《我的弟弟康雄》《乡村的教师》等十一篇作品，都在此刊物问世。这些小说虽然表面上呈现出浓重的个人主义的抒情气质，但是它们深在的社会历史忧患却显现了一种"现实主义"的精神质地。其实不仅陈映真，黄春明、刘大任、王祯和，这些作家也大都是走了这样一条从现代主义转向现实主义的创作道路。③也就是说，60 年代中后期，在现代主义的高潮期，已经开始有一股反拨的力量在萌发、暗暗成长。

到了 70 年代，首先是整体的社会形势发生了巨大的变化。这种变化大约可以分为以下几个方面。第一个方面是国际方面，当时陆续发生了数件对台湾来讲极具震动的大事：首先是 1970 年 11 月海外"保钓运动"爆发，并蔓延至岛

---

① 《台湾文艺》创刊于 1964 年 4 月，前 53 期主要由吴浊流主持，1977 年 3 月起因吴浊流逝世而由巫永福、钟肇政等接棒。参见朱双一：《台湾文学创作思潮简史》，九州出版社 2010 年版，第 229 页。

② 古继堂主编：《简明台湾文学史》，时事出版社 2002 年版，第 412—413 页。

③ 某些作家转变得较为彻底，比如黄春明；有的则是一种将现代主义与现实主义进行了程度不同的融合的"转向"，比如刘大任。

内；其次是 1971 年 10 月 25 日，联合国通过决议，恢复中华人民共和国合法席位，台湾当局代表被逐出联合国；再一个则是 1972 年 2 月 21 日尼克松访华（在此之前，1971 年 7 月 8 日基辛格已经秘密访华），2 月 28 日《上海公报》发表；同样在 1972 年，日本和台湾当局"断交"……这一系列国际形势变化，使得国民党当局在台湾的统治一时间风雨飘摇，尤其是这一系列事件在整个台湾人民心目中所造成的冲击和震荡，使得人们对于国民党统治的合法性产生了极大质疑。在战后"戒严"体制、"反共"教育所驯化下长大的台湾青年一代，感受到一种完全不同的甚至颠覆性的精神冲击，在这种情况下，很多人（尤其是青年学生）开始了对新的精神出路的寻找。第二个方面则是台湾岛内的社会发展：台湾经过了二十余年相对和平安定（以对内高压专制和对外丧失主动权、甘愿接受美国对其附属性的角色定位为代价）的发展，尤其是"土地改革"、接受美援、发展进出口加工产业，[①] 这一切使得台湾的经济短时间内实现了腾飞，但是这种高速的以特定产业发展为导向的经济也导致了显著的问题：农业的衰败，城乡差距的拉大，自然环境的破坏，社会伦理道德滑坡，等等。第三个方面，则是国民党专制统治的一意孤行。50 年代的"白色恐怖"所造成的压抑和苦闷在 60 年代造成了一些暗暗的反抗，比如 1968 年发生的"民主台湾联盟案"，便是因陈映真、吴耀忠等左翼青年进行孤绝精神探索所引发，这种精神探索的被压制，又更进一步在思想文艺界造成威吓。刘大任 70 年代在非洲创作的反映 60 年代台北文艺青年精神压抑的小说《浮游群落》便生动表现了当时整个社会的这种窒息状态。但这种令人窒息的精神统治随着它的不断强化，实际上也日渐达到一个临界点。70 年代源发于海外的"保钓运动"是一个导火索，它直接引爆了整个 70 年代的左翼社会运动高潮。

因应于这种变化，文学界内部也在 60 年代中期以后至 70 年代，发生着由细微以至明显的变动。这种变动，首先便是对于现代主义文学的批判。对于台湾现代主义文学的批判，大多人首先会想到的是 70 年代初期的"现代诗论战"

① 1951 年开始到 1965 年，美国"以平均每年一亿元的额度"，对台实行经济援助；50 年代便开始"对日输出农产品，自日输入轻工产品的殖民地性质贸易"；60 年代中后期，"国际资本主义体系进行重组"，国际劳动成本上扬导致的美日劳动密集型、资本密集型产业向台湾转移，从而使得其进出口工业化进程得以迅猛发展。陈映真：《七十年代黄春明小说中的新殖民主义批判意识》，《陈映真文选》，生活·读书·新知三联书店 2009 年版，第 172—173 页。

以及后期的"乡土文学论战"，但实际上，在此之前的 60 年代，便已经有了对于现代主义的反省，只是并没有形成后来那么大的规模。前文已经述及，在 60 年代中期前后，《笠》诗刊、《台湾文艺》和《文学季刊》所团结的文学力量，已经显现了与现代主义文学不同的写作姿态。而今天回头来看，在前二者的"本土乡土文学"与后者"左翼乡土文学"①这两种不同文学路线中，后者对于现代主义的反省和批判，是更具有理性自觉，因而在后期的发展中理论能力最强，从而对现代主义的反拨力度也最大的。这其中最有代表性的当属陈映真。陈映真 1959 年踏上文坛。他在尉天聪接编的《笔汇》杂志发表了处女作《面摊》，此后接连发表了《我的弟弟康雄》《乡村的教师》等 11 篇作品。青年时代的陈映真借由在牯岭街旧书店所读到的为国民党当局所禁绝的左翼书籍而思想"左倾"，1965 年 12 月，他发表了《现代主义底再开发：演出〈等待果陀〉底随想》（《剧场》第 4 期）。在这个文章中，他直言："我对于文艺上的现代主义，抱着批评的意见，已经数年了。"而借由《等待果陀》演出而发的这个"随想"他也明确地提出他之所以批评现代主义的理由。这理由，第一是"台湾的现代主义文艺，在性格的根本上"缺乏"一个健康的伦理能力"（教人辨别善恶，给人希望，倡扬善意和公正）；第二是用"一种做作的姿势和夸大的语言，述说现代人在精神上的矮化、溃疡、错乱和贫困"；第三是"现代主义文艺的诡奇和晦涩的形式，使它远远的离开了读书群……史无前例地从民众中孤立起来，史无前例地舍弃了丰富民众精神生活的任务"。在文章中，陈映真固然反省了自己这个认识的"机械"，但他仍然坚持认为，台湾的现代主义"性格上是亚流的""思考和知性上的贫弱症"乃是它致命的病根。②而在两年之后，他又发表了《期待一个丰收的季节》（1967 年 11 月《草原杂志》创刊号），这篇文章则更为具体地谈论到了现代主义诗歌，他指出，当时的现代主义诗歌其实已经遇到了发展困境："虽然在表面上仍然有热闹的朗诵会，和各种诗刊的出版，但在骨子里

---

① 对于这一时期台湾"乡土文学"的这种分类，来自于朱双一。"左翼乡土文学"主要以 1966 年 10 月创刊的《文学季刊》（上接 50 年代《笔汇》，下启 70 年代初的《文季》乃至 1983 年的《文季双月刊》。至 1971 年 10 月停刊，共出版 10 期）为营地，团结了陈映真、七等生、施叔青、刘大任、王梦欧、姚一苇、何欣、黄春明、王祯和等。参见朱双一：《台湾文学创作思潮简史》，九州出版社 2010 年版，第 232 页。

② 陈映真：《现代主义底再开发：演出〈等待果陀〉底随想》，《陈映真文选》，生活·读书·新知三联书店 2009 年版，第 77—80 页。

却日深一日地感到一种危机。"所以,"现代诗坛应该做一个诚实的、勇敢的、深刻的反省"。而之所以会遇到危机,陈映真认为乃是现代主义诗歌"与整个中国的精神、思想的历史整个儿疏离着"的性质决定的。所以他期待有一种在反省台湾现代诗的基础上"而新生的新诗"——它的特征是:"清楚的白话","拥抱整个社会和人生",以"成熟时代的信心,去建造、去追求一个全新的信仰",有着"生动活泼的内容"从而"使形式因溶化在内容中而不见了"。①

陈映真的这些对于台湾现代主义的批评,发生于 60 年代中期,当时的《现代文学》创刊不过五年,而三大诗社——"现代诗""蓝星""创世纪"——创立也不过十年,所以从目前来看,陈映真的对于现代主义文学的批判,确实是非常早的。而他对于当时台湾现代主义文学的批判——不管是批判它内容层面的苍白、空虚、堕落、颓废,还是形式上的晦涩、做作,乃至于欠缺社会历史的根基,等等——不仅仅点出了正值高峰的现代主义的病患,也同时显现了这种批判本身所具有的一种在当时尚无法被看清和言明的带有马克思主义色彩的社会历史分析的特质。其实在当时,左翼的思想已经在陈映真等一些青年心中萌动、生长,刘大任、黄春明、尉天骢等围绕着《文学季刊》所形成的一个以陈映真为精神核心的左翼知识青年的小圈子已经形成,这个小圈子的核心陈映真,当时一边参与台北文艺界的活动,一边暗暗地以"地下读书会"的形式集结力量。当时,带有左翼倾向的青年,比如陈映真和他那时的朋友刘大任(后来他们二人因为某种原因逐渐走向疏远),他们本身便是从具有现代主义倾向的《剧场》杂志(邱刚健创办)中分裂出来的,当他们和《剧场》分道扬镳时,他们其实早就已经形成了一定的左翼知识基础。②

在当时的台北,确实在青年人当中正酝酿着一股混合了青春冲动和叛逆、左翼理想主义激情的寻求精神出路的潜流。但是,随着 1968 年陈映真

---

① 陈映真:《期待一个丰收的季节》,《陈映真文选》,生活·读书·新知三联书店 2009 年版,第 84—87 页。

② 陈映真主要是由于在台北牯岭街旧书店读旧书(禁书),刘大任则是因为在夏威夷大学做交换生时"如饥似渴地大量阅读了五四以来直至上世纪三四十年代的文学、历史和社会科学的著作",从而都思想左倾。参见陈映真:《后街——陈映真的创作历程》,《陈映真文选》,生活·读书·新知三联书店 2009 年版;刘大任:《那个时代,这个时代》,深圳《晶报》,2016 年 12 月 2 日 A21 版。

案——"民主台湾联盟"案①——的爆发，陈映真等被捕入狱，恐怖的政治气氛迅速扼杀了这股刚刚萌芽的思想启蒙运动，并使整个台北知识分子圈噤若寒蝉。

不过，70年代初的时候，台湾社会已经处在一个矛盾爆发的临界点。而伴随着国际环境的变化，一系列打击接踵而至，台湾知识界开始了"对台湾整体问题的大反省"。这股大反省，与60年代中后期陈映真等批判现代主义是一脉相承的：它所反省的就是台湾从50年代至70年代在政治高压下所发展起来的"一面倒地接受西方自由主义思想"。这股思想最大的问题，恰如吕正惠所言："他们所想的'中国'问题，其实只是台湾如何现代化的问题；他们不了解造成两岸对峙的历史因素，更不会从更高一层的角度，把大陆包括进来，而思考真正的中国问题，以及由此而引发出来的台湾问题。"但是到了70年代初，台湾各种政治、社会问题却一一呈现了出来。这迫使"一向习惯于'向外'追求知识、习惯于自由主义思考的知识分子，突然之间不得不转回来'面向本土'。"②

这股"面向本土"的思潮，在70年代初的文坛，首先酿成了一股围绕现代主义诗歌所展开的批判、论争——"现代诗论战"。其实，在论战之前，诗坛已经开始酝酿有对于现代主义诗歌的反省。60年代以文晓村、陈敏华、王在军、古军等为核心成员的"葡萄园"诗社（1962年7月成立），不满于现代诗的"晦涩"而提倡"明朗化"和"普及化"，并进而提出"回归传统"的口号。70年代伊始（1971—1972），"龙族""主流""大地"等一批年轻的诗社成立，他们宣称"我们敲我们自己的锣打我们自己的鼓舞我们自己的龙"③"把我们的头颅掷向这新生的大时代巨流"。④这些主张，已经带有回归本土、回归传统的趋向。

更旗帜鲜明的反省来自理论批评界。1972年2月底，剑桥大学文学博士、当时在新加坡大学英文系任教授的关杰明，在《中国时报》"人间"副刊发表《中国现代诗的困境》一文，同年9月，又发表《中国现代诗的幻境》，对现代主义诗歌进行批判。在这些文章中，他批判现代诗的西化风，指斥它们乃是对

---

① 1968年5月，"民主台湾联盟"案发，陈映真、吴耀忠、李作成、陈述孔、丘延亮等被捕，并以"意图颠覆政府"罪被起诉、判刑。此案共逮捕36人，判刑者14人。其中陈映真、吴耀忠、李作成、陈述孔被判十年，丘延亮被判六年；陈映和、林华洲等被判八年、六年不等。

② 吕正惠：《战后台湾文学经验》，生活·读书·新知三联书店2010年版，第70—71页。

③ 陈芳明：《龙族命名的缘起》，《诗与现实》，台北：洪范书店1977年版，第199页。转引自朱双一：《台湾文学创作思潮简史》，九州出版社2010年版，第239页。

④ 朱双一：《台湾文学创作思潮简史》，九州出版社2010年版，第239页。

于欧美文学的"生吞活剥"。他的批判主要以当时三本诗集为对象：叶维廉编译的《中国现代诗选（1955～1965）》，张默、痖弦、洛夫编的《中国现代诗论选》，洛夫等编的《中国现代文学大系（1950～1970）》诗一、二辑。他认为，这些台湾现代诗仰望西方，无视中国，在洛夫、叶维廉、叶珊、白荻、商禽、郑愁予等人的笔下出现的那些所谓现代诗，实际上乃是一种"殖民文学"。[①]关杰明的第一篇批判文章发表时，正值现代派诗人内部论争，"再加上关杰明文章是对整个现代诗的思考，并没有针对个人，所以除了周宁与洛夫外很少有人关注"。但他的第二篇文章发表后，矛头更为具体地对准了几位"当红"诗人——洛夫、叶维廉、郑愁予、纪弦等。所以也引起更大范围的关注。不过，当时关杰明对现代派诗歌的批判并非一概而论、一棒打死，比如他对周梦蝶、余光中颇具有中国传统之风的诗歌创作便更为肯定。[②]

如果说关杰明的现代诗批判是打响了批判台湾现代主义诗歌的第一炮的话，那么一年之后的唐文标，则是打响了第二炮，而且炮火更为猛烈。1973年，返台担任客座教授的美国加州大学数学博士唐文标，发表了《什么时候什么地方什么人——论传统诗与现代诗》《诗的没落——香港台湾新诗的历史批判》《僵毙的现代诗》等文，对台湾现代主义诗歌发起更猛烈的抨击。这些文章指斥现代诗"不只是他们逃避社会的路，而且是他们拿来骄人的，高高坐上云端，俯视世界的利器了"。[③]和关杰明尚且更多地从文学本身探讨问题不同，唐文标的斥责更多地指向了诗歌的主体层面：诗人的立场、价值观、趣味，等等。更因为他在措辞用语等方面的尖锐、激烈（比如他形容迷恋现代诗的少数人为"遗老遗少"，称"他们吸毒似的囚困在自己和文字之中，缠着自己的尾巴尽自打转。若这些人不自觉地知道自己在做什么，那么就让时代碾他们而过吧"，"今日的新诗，已遗毒太多了，它传染到文学的各形式，甚至将臭气闭塞青年作家的毛孔。我们一定要戳破其伪善的面目，宣称它的死亡，而希望中国年轻一代的作

---

① 关杰明：《中国现代诗的困境》，台湾《中国时报》1972年2月28—29日。

② 参见柴高洁：《20世纪50—70年代台湾现代诗潮转向研究》，南开大学博士论文2013年，第89—90页。

③ 唐文标：《什么时候什么地方什么人——论传统诗与现代诗》，《天国不是我们的》，香港：文化出版事业公司，出版年月不详，第214页。

家,能踏过其尸体前进。"①)所以在台湾文坛引起一片哗然。颜元叔在《中外文学》发表《唐文标事件》,余光中等也撰文反驳。当然,唐文标的现代诗批评也不乏支持者,1973 年 8 月龙族诗社"龙族评论专号"的推出,将现代诗论战推向高潮的同时,某种程度上也呼应着关杰明、唐文标所鼓与呼的诗歌应该面向现实、传统的呼声。②

在现代诗论战的同时,小说领域的现代主义批判也矛头初显。陈映真的好友尉天骢,1973 年间在《文季》发表了《对现代主义的考察——幔幕掩饰不了污垢》《对个人主义文艺的考察——站在什么立场说什么话》等文,对台湾现代主义小说（欧阳子、王文兴）展开批评。此时的陈映真身在绿岛,而绿岛之外的他的朋友,显然是接续了他入狱前便开始的批判现代主义的炮火。当然,相对于现代诗批判,此时的小说领域还算不得主战场。但是等到陈映真出狱后的1977 年,一场超出了诗歌领域蔓延至小说乃至整个文学、文艺,甚至社会领域的"乡土文学论战",以更为凶猛的力度,将现代主义批判运动推至高潮。

其实回头来看,60 年代开始的现代主义批判,除了受前述国际环境因素影响外,还有一个国际因素起到了重要作用,那就是当时世界范围内的左翼思潮运动的高涨。这股思潮与当时资本主义世界内部出现的经济危机,以及大陆的"文革"运动影响有关："60 年末,受到中国大陆文革的影响,连续 20 年世界景气在先进资本主义社会中积累的矛盾,发展成北美、法国、东京知识分子的'反叛'潮流。反对美国对越南的干涉战争运动；黑种人民权运动；言论自由运动；民歌复兴运动；教育改革运动；对中国、越南和古巴革命的高度评价,激荡了美国、法国、欧洲和日本的校园和文化圈。校园思想和社会科学的激进化,

---

① 唐文标:《僵毙的现代诗》,《天国不是我们的》,香港:文化出版事业公司,出版年月不详,第 144 页。

② 关唐二人对现代诗的批判,除了激烈程度有异外,其实具体观点也有差异："关杰明的论点可以说是基于对中国传统文化没落的忧虑而展开对台湾现代诗过度西化的强烈否定,所以他在批评洛夫、叶维廉、纪弦等人的同时还肯定了余光中、周梦蝶等能运用现代语言表达中国传统精神的现代诗作,并且其对现实的指涉并非客观的社会生活,而是表现中国文化之现实,把现代诗纳入整个中国文化氛围内,而不是仅仅拾西方之牙慧。唐文标的论述切入点基本上是意识形态的而非文学内涵,或者更准确地说,他是基于社会主义左翼思来来批评现代诗,所以他认为诗应该有社会性功用,应该为大众服务,而脱离了社会与大众的台湾现代诗显然就是'僵毙'的,是消闲阶级的产物,是不需要存在的。"参见柴高洁:《20 世纪 50—70 年代台湾现代诗潮转向研究》,南开大学博士论文2013 年,第 89—90 页。

启蒙了台湾和香港留美、留欧学生。"① 左翼运动乃是以关注平民、反对不公，倡扬以激进方式追求理想主义远景为特征的。台湾当时虽然处于"反共"高压的国民党专制统治之下，但是世界范围内的动变也不可能不影响到岛内的知识分子，尤其是一些脱离这种高压统治的留学生更能捕捉这些气息——关杰明、唐文标便都是海外留学出身的知识分子。更加上 1970 年"保钓运动"爆发，海外青年学生更是冲锋陷阵的主体力量。当时不仅海外留学生，当运动蔓延到岛内，一向在高压体制内被驯化、噤声的岛内青年学生，也开始警醒，并加入运动。②

很显然，关唐所发起的台湾现代主义诗歌批判运动，其背景无法绕开当时台湾社会的这些政治风浪——它们可以看作是当时世界左翼运动、台湾社会动变的回声，甚至组成部分。而这种社会的左翼浪潮的高涨，到了 70 年代后期则直接酿成了另一次声势更大、影响更深远的文坛事件："乡土文学论战"。从"现代诗论战"到"乡土文学论战"，两次论战的关系，陈映真曾经比较精准地做过评价："总的说来，77 年的乡土文学论战，思想内容上是 70 到 73 年'现代诗论战'的延长，然而在台湾社会分析上，台湾经济的'殖民地性'的提起，有新的发展。由于国民党和一些'自由主义'的批评家公开对乡土文学论者打棍子，彭歌并公开搞'点名批判'，指控乡土文学既有'台独'之嫌，又有'工农兵文字'之嫌。乡土文学批判被党和军方扩大到'国军文艺大会'上，一时风声鹤唳，形势恐怖，但也因此使'乡土文学论战'比'现代诗论战'远远有名得多。"③

陈映真的话，道出了两次论战的关系，也道出了"乡土文学论战"的激烈和惊险。其实早在 60 年代，台湾的乡土文学已经有了复苏，黄春明、王祯和

---

① 陈映真：《回顾乡土文学论战》，《文艺理论与批评》1994 年第 2 期。

② 1971 年 4 月，《大学杂志》（1968 年 1 月《大学杂志》由台大毕业学生邓维桢等创办，初为文化和思想刊物。1971 年元月改组后，政论批判性增强）由 93 名学者、中小企业家等共同署名的《我们对钓鱼台问题的看法》，使保钓运动开始在岛内掀起浪潮：赴"美日大使馆"抗议、出版保钓专号，等等。1973 年初，"警总"搜捕台大学生，台大哲学系解聘青年教师陈鼓应、王晓波等，造成"台大哲学系事件"。

③ 陈映真：《回顾乡土文学论战》，《文艺理论与批评》1994 年第 2 期。

等已经发表了他们具有代表性的作品。① 对于社会将其称为"乡土文学"，1977年4月1日，《仙人掌》杂志第二期发表了王拓的《是"现实主义"文学，不是"乡土文学"》一文，为"乡土文学""正名"，该文强调那不是所谓"乡土文学"，而是一种更为宽宏博大的"现实主义文学"——"这种'现实主义'的文学是根植于我们所生长的土地上，描写人们在现实生活中种种奋斗和挣扎、反映我们这个社会中的人的生活辛酸和愿望，并且带着进步的历史的眼光来看待所有的人和事，为我们整个民族更幸福更美满的未来而奉献最大的心力的。"②

《是"现实主义"文学，不是"乡土文学"》对于"乡土文学"的不满，以及其明确提出"现实主义"的口号，显然是更寄望于文学的社会批判和反抗功能的发挥，而这样的呼声则直接引发了反弹：银正雄《坟地里哪来的钟声？》直接将矛头对准乡土文学作品《坟地钟声》，指责作者在"创作动机和文学态度上有令人怀疑的地方"，进一步地，他指出，包括黄春明等人的小说在内，它们已经丧失了早期的纯净质朴，越来越"有变质的倾向"——在乡土作家的脸上"赫然有仇恨、愤怒的皱纹"，他们的文学也"有变成表达仇恨、憎恶等意识的工具的危机"。③

这是乡土文学阵营和其对立面的初度交锋。这一时期的交锋，"乡土文学阵营所受的外来压力还不是很大，它同时也进行着对乡土文学本身的检省和讨论"。而"从1977年8月间彭歌《不谈人性，何有文学》等在《联合报》上发表开始，乡土文学论战进入第二阶段"。这一阶段，论战规模急剧扩大，④ 形势更加复杂化，气氛也变得更为紧张。在双方互相论辩、互相指摘的过程中，发生的"戴帽子"事件，尤为典型地体现出当时论战的险恶——余光中在1977年8

① 以黄春明在1967—1973年，已经发表了他最优秀、最具有代表性的作品:《青番公的故事》(1967)、《溺死一只老猫》(1967)、《看海的日子》(1967)、《儿子的大玩偶》(1968)、《锣》(1969)、《甘庚伯的黄昏》(1971)、《两个油漆匠》(1971)、《苹果的滋味》(1972)、《莎哟娜拉·再见》(1973)。王拓的《金水婶》则发表于1975年；王祯和的《嫁妆一牛车》发表于更早的1967年。

② 《是"现实主义"文学，不是"乡土文学"》，转引自尉天骢主编《乡土文学讨论集》，台北：远景出版事业公司1978年版，第119页。

③ 银正雄：《坟地里哪来的钟声？》，转引自尉天骢主编《乡土文学讨论集》，台北：远景出版事业公司1978年版，第199—200页。

④ 据侯立朝统计，至该年11月24日止，《中央日报》《中华日报》《青年战士报》《联合报》等9家报刊发表的抨击乡土文学的文章有近60篇之多。参见侯立朝：《联经集团三报一刊的文学部队》，转引自朱双一：《"乡土文学论战"述评》，《台湾文学研究集刊》1994年第4期。

月 20 日《联合报》发表《狼来了》一文，指称毛泽东所提倡的工农兵文艺和当时台北的"某些'文艺批评'，竟似有些暗合之处"。并称，当时台湾提倡"工农兵文艺"的人，"如果竟然不明白它背后的意义，是为天真无知；如果明白了它背后的意义而竟然公开提倡，就不仅是天真无知了。"而针对当局竟然对这样的"提倡"不闻不问，他觉得很是不满："北京未闻有'三民主义文学'，台北街头却可见'工农兵文艺'，台湾的文化界真够'大方'"。而对于外界可能指责他"戴帽子"，他则表示："说真话的时候已经来到。不见狼而叫'狼来了'，是自扰。见狼而不叫'狼来了'，是胆怯。问题不在帽子，在头。如果帽子合头，就不叫'戴帽子'，叫'抓头'。在大嚷'戴帽子'之前，那些'工农兵文艺工作者'，还是先检查检查自己的头吧。"[①] 从余光中文中可以看到，当时双方都有"戴帽子"的行为，但余光中给乡土文学论者戴的帽子却如徐复观所言——"恐怕不是普通的帽子，而可能是武侠片中的血滴子。血滴子一抛到头上，便会人头落地。"[②] 也就是说，在当时的政治环境下，谁如果被指为"亲共"，那是要杀头的。所以余光中文一出，文坛立刻一片肃杀。而今天回头去看，对于"乡土文学"的批判，其实从当时参加的人、登载文章的报刊、文章出现的时机等综合来看，都能推断出那是一场有预谋、有组织的行动，余光中的文章只不过传递了更危险的信号罢了。

"乡土文学论战"卷入者众，除了王拓、彭歌、余光中等发文外，朱西甯的《回归何处？如何回归？》，尹雪曼的《消除文坛"旋风"》，王文兴的《乡土文学的功与过》；陈映真的《文学来自社会反映社会》《"乡土文学"的盲点》，尉天骢的《什么人唱什么歌》《文学为人生服务》，陈鼓应的《评余光中的流亡心态》《评余光中的颓废意识与色情主义》，王晓波的《中国文学的大传统》，蒋勋的《灌溉一个文化的花季》等[③] 也是这些介入者在论战中的发声。在论战深化阶段，"乡土文学"阵营因为政治"指控"（"戴帽子"）而陷入危机之时，因为胡

---

① 余光中：《狼来了》，转引自尉天骢主编：《乡土文学讨论集》，台北：远景出版事业公司 1978 年版，第 265—267 页。

② 参见徐复观：《评台北有关"乡土文学"之争》，尉天骢主编：《乡土文学讨论集》，台北：远景出版事业公司 1978 年版，第 333 页。

③ 这些文章均收入尉天骢主编的《乡土文学讨论集》。参见尉天骢主编：《乡土文学讨论集》，台北：远景出版事业公司 1978 年版。

秋原、徐复观、郑学稼等文化界前辈明明暗暗的支持，方才化险为夷。至1978年元月"国军文艺大会"召开，当局发出"团结"的呼吁，论战渐趋平息。

相对于"现代诗论战"，"乡土文学论战"的规模和影响都要更大。就后者而论，所涉及的话题，比如台湾文学的性质、台湾社会的性质、台湾社会的弊端、知识分子的责任等，要比现代诗论战所涉及的话题要更为丰富和宽泛；因为参与的广泛程度、激烈程度，客观上也使得后者所讨论的问题被暴露、被挖掘得更彻底和深入。所以整体而言，这次"乡土文学论战"虽是接续了"现代诗论战"的一次文坛论争，但是其影响力却非前者所能比。

将两岸现代主义文学批判进行比较，会发现它们有着某种共同点。

首先，它们的发生，一个很重要的原因，都是源于社会转型带来的社会动变。虽然两岸社会发展的具体过程和情形不尽相同，但是同样都是一个现代工商业兴起、农业受冲击而衰败的现代化的过程，所以不管具体的内部表现有什么差异，对现代主义的批判，都可以说是社会的动变在文学层面、在人的意识层面的反映。当然，从长远而言，现代主义文学的发生，其实也可以看作是这种社会转型的一个结果——一种西化的文艺思潮，毕竟也代表了一种人们的意识状态，而它的发生，显然是一种"现代"才有的现象。只是，当时它们似乎更多地是一种偏于主观化形式的文化意识领域的探索，且产生之后因为各种因素的作用，更多地固着于文化意识一线衍化、发展，最终抵达一种孤绝状态，而当更切实的社会政治经济领域的动变发生，并且这种动变不仅仅对人的意识产生影响，更以一种无可阻挡之势对人的生活、生存产生冲击时，这种更固着于文化意识领域的"现代主义"的表达形式相比较而言便显得苍白无力了。

其次，也正因为前述原因，所以两岸对于"现代主义"文学的批判，都将火力集中在了两点：疏离现实，形式主义。而这样的批判，所延伸出来的对于文学的呼求也是一样的——关怀现实，反对形式主义。这背后当然也就是对于更富有担当和热度的现实主义文学的召唤。就像90年代在大陆，批评家热切地呼吁"没有对人类的生存现状作出概括性表达的文学，是不会在文学史上留下痕迹的……回复到当代性情境中直面生存，是先锋小说获得再次飞跃的唯一契机。"① 而在 70 年代的台湾,现代主义的批判者也疾呼文学应"根植于我们所生长的土地上,描写人们在现实生活中种种奋斗和挣扎、反映我们这个社会中的人的生活辛酸和愿望,并且带着进步的历史的眼光来看待所有的人和事,为我们整个民族更幸福更美满的未来而奉献最大的心力"② ——两岸的现代主义批判者都在呼唤着一种面向现实、反映社会的质朴的现实主义文学。

再次,就影响而言,因为上述的呼吁,所以两岸文坛此后也都不同程度地开启了一个现实主义回归的文学浪潮。大陆 90 年代之后,文学创作的现实主义回归趋向是明显的——"现实主义冲击波""晚生代""底层文学""非虚构写作"等等,这些文学思潮都是沿着现实主义的路向发展。而台湾,文学风气的转变在"乡土文学论战"之前便已经开始(论战前黄春明、王拓等都写出了其乡土代表作),"乡土文学论战"之后,台湾文坛的风气则更趋于现实主义和左翼化。论战将并不占主流的"乡土派"推向了历史前台,使得战后一度被压抑——不管是以本土主义,还是共产主义的罪名——的乡土文学得以重新振作,以陈映真、黄春明等为代表的"战后一代乡土作家"继赖和、杨逵、吴浊流、钟理和等"战前一代乡土作家"之后,重新续写了台湾乡土文学的发展篇章。同时也经由这一代的乡土文学重振,更年轻的一代作家,比如蓝博洲、施善继、詹澈、吴晟等,受到影响而走上了现实主义文学创作的道路。甚至陈映真、黄春明自己的创作,也变得更为理性化、更具社会批判色彩。

两股现代主义文学批判和反思运动,发生于不同时代、不同地域,但它们同气相求的文学呼声,却折射着一种共同的社会变化。这种社会变化,也召唤和催生了一种共同的现实主义的文学。

第二节　内在的差异:大陆"纯文学"论争与台湾 "乡土文学论战"比较

虽然从发生学来看,两岸的现代主义文学批判有很大的相似性,但是实际

---

① 谢有顺:《历史时代的终结:回到当代——论先锋小说的转型》,《当代作家评论》1994 年第 2 期。

② 《是"现实主义"文学,不是"乡土文学"》,转引自尉天骢主编:《乡土文学讨论集》,台北:远景出版事业公司 1978 年版,第 119 页。

上源于两岸社会历史文化的差异，两岸的现代主义文学批判更有内在的差异。最明显的一点，台湾文坛当时的现代主义文学批判运动是镶嵌于当时正值高涨的整个社会左翼运动之中的，①保钓运动，上山下海，"洗涤社会、拥抱人民"的呼声，"社会服务团"……这波左翼运动，甚至要追溯至 60 年代因为"文革"和世界左翼运动高涨而引发的左翼潜流。而文学的现代主义批判，毋宁说是这个左翼浪潮的一个组成部分罢了，它是内在于整个社会的左翼化，内在于六七十年代由萌发到高涨的台湾左翼社会运动的。而这一点也根本性地决定了两岸的现代主义批判在性质、内容和诉求上的差异。

首先，在性质上，台湾的现代主义批判运动是明显超出文学范畴之外的一种社会运动（至少是它的一部分），而大陆 90 年代的现代主义批判（用"反思"似乎更确切），基本是囿于文学自身的一种艺术的反省。其次，在内容上，尽管都有着"反西化""回归现实"的呼求，但是台湾的现代主义批判运动，有着更明显的民族主义诉求，它的反西化，并不仅仅是文学层面的对于西式的现代主义表现技巧的批评，而是透过文学批判整个社会所弥漫的"西化风"。所以这也决定了二者虽同样是呼吁"回归现实"，但是他们对于"现实"的理解其实是有差异的：台湾现代主义批判者口中的"现实"是指向"民族的""本土的"现实，而大陆现代主义批判者所鼓吹的"现实"，则是相对于"形式""艺术技巧"而言的一种实实在在的社会历史和生活。这也是台湾乡土文学的战斗性所在。也正是因为上述两点，所以台湾的现代主义文学批判相较于大陆现代主义文学反省火药味更浓、更激烈。后者则基本上是局限于文学领域内的一种文学上反思。同时，台湾文坛的现代主义批判，牵连面更广，也更带有明显的派系争斗色彩——"乡土文学阵营"和"现代主义阵营"的对垒，并不仅仅是文学观的对峙，更是政治立场、政治观念的对立。时至今日，恩怨难解。本节我们将以更微观具体的两个事件——大陆"纯文学"论争和台湾"乡土文学论战"——为对象，对两岸现代主义文学批判运动做一比较。

---

① 黎湘萍认为，现代以来台湾的左翼运动有三波高潮，第一波的台湾左翼运动以左派青年执掌台湾文化协会（1927 年 1 月）为标志；第二波左翼运动则以 1946 年至 1955 年台湾共产党的活动和崩溃为标志；第三波左翼运动是在大陆的"文革"与北美的"保钓运动"影响和激发下的 70年代"乡土文学"运动。

一、大陆"纯文学"论争

现代主义文学在"五四"新文学诞生之后的发展，脉络是清晰的。1949年之前，我们从20年代李金发的象征主义诗歌、鲁迅的《野草》，30年代卞之琳、戴望舒、刘呐鸥、穆时英的诗歌和小说，以至于40年代的九叶派等身上，都能够看到一条虽不具声势但也如一线细流般存在的现代主义文学流脉。随着中华人民共和国的成立，左翼文学定于一尊，现代主义在大陆基本断绝。直到新时期之后的80年代初，现代主义文学才以某种曲折隐晦的方式浮出地表。新时期之后较早的现代主义文学的发蒙，大约从所谓"反思文学"开始，王蒙的《春之声》《蝴蝶》等"意识流小说"，茹志鹃《剪辑错了的故事》对蒙太奇手法的运用，都曾在当时被认为是颇具现代意识的作品；而到了80年代中期前后，先是徐迟、高行健、冯骥才、李陀等人理论上的推动，以及刘索拉、徐星、残雪、莫言创作上的"呼应"，由此在当时掀起了一场关于"现代派"的论争；继而是马原、余华、苏童、格非等"先锋小说家"的出现，更是将现代主义和后现代主义文学创作推向了高潮。"先锋文学"兴盛于80年代中后期，虽然在进入90年代之后很快就出现了危机，但其影响却非常之大——在"先锋文学"之后兴起的"新写实小说""新历史小说"甚至90年代以陈染、林白等为代表的"女性主义文学"等，它们其实都带有显而易见的"先锋"色彩。

90年代之后，现代主义文学陷入低潮，首先是从"先锋文学"尤其是余华、苏童等先锋小说家的创作转向开始的。创作上的现代主义文学的衰落，与另外一种趋于现实主义的文学的崛起形成了鲜明的对照。这一带有明显现实主义色彩的文学创作，应该以80年代后期"新写实小说"为起点，以刘震云、池莉、方方、刘恒为代表的标榜着"零度情感""还原生活原生态"的"新写实小说"，尽管其骨子里渗透着现代主义文化的影响，但是它主动贴紧世俗生活和世俗欲望的写作姿态，以及它朴素写实的写作方式，已经开始了对现代主义文学的反拨。而进入90年代中期以后，更具有现实主义文学意味的"现实主义冲击波"兴起，刘醒龙、关仁山、谈歌、何申的作品与刘震云、苏童的新写实 - 新历史小说相比，更进一步淡化了文化反抗的哲学意味，它们揭露和直击社会现实尤其是当时社会转型所带来的一系列问题，从而显现着明显的"问题小说"特征。这股关注社会现实的小说创作，在当时引起了很大争议，但在许多人滔滔不绝地批评其"历史理性匮乏""艺术创造力欠缺"，从而让人以为它的出现不过是昙花一现的时候，它却在进入新世纪之后令人惊讶地发展、壮大了起来，只是它换了另外的名字——"底层文学""非虚构"写作。

观察大陆进入 90 年代之后的现代主义文学衰落，有一个更耐人寻味的文学史事件便是新世纪（2001 年左右）发生的一场关于"纯文学"（蔡翔考察认为，"纯文学"概念的产生虽没有明确具体的时间，但"可以大致的确定在八十年代初期"）的论争。这场关于"纯文学"的论争，不仅把先锋小说为代表的现代主义和后现代主义文学，以及由现代主义和后现代主义文学所衍生的打着"解构""嘲讽""游戏"的幌子内里却空洞无物的文学，更把 90 年代之后在市场化环境中催生的媚俗的、商业化和娱乐化的文学，都一并进行了批判。但是总的来看，引起这场论争的对"纯文学"的批判，其矛头还是更多地对准了曾经风云一时的现代主义和后现代主义文学。这种批判发生在 90 年代"先锋文学转向"之后，所以有点秋后算账的味道，但是，它竟然在当时仍引起了巨大的反响和回应，原因其实无他，就是进入 90 年代之后，随着社会转型的提速，与之相应的市场经济、商业化文化的迅猛发展，使得整个社会的物质和精神环境都开始发生巨大变化——90 年代的"人文精神大讨论"便是文化界对这种巨大变化的直接反应。以"先锋转向"为代表的文学的变化乃是一种顺势而变罢了。但这种社会变化的幅度竟是如此之大，以至于它完全超过了文学之变的幅度，从而要求着后者有与之相应的更大幅度的改变，换句话说——文学在当时已经发生的变化，相对于社会环境之变而言，它还是显得有些滞后和保守了。

"纯文学"论争把现代主义文学重新推上了风口浪尖。回头来看，当时论争的大部分内容多集中在"纯文学"的概念的辨析、文学史背景的梳理上——这部分工作也是做得最充分的，尤其是像蔡翔（《何谓文学本身》）、贺桂梅（《"纯文学"的知识谱系与意识形态》）等那种将"纯文学"的概念进行"历史化"的辨析显得尤其有价值。但是在探析那场论争为何会发生的问题上，李陀的《漫说"纯文学"》可能更有意味。李陀的文章是引发这场论争的"导火索"，在这篇文章里，他对 80 年代中期以后的所谓"纯文学"提出了严厉的批评："在这么剧烈的社会变迁中，当中国改革出现新的非常复杂和尖锐的社会问题的时候；当社会各个阶层在复杂的社会现实面前，都在进行激烈的、充满激情的思考的时候，90 年代的大多数作家并没有把自己的写作介入到这些思考激动当中，反而陷入'纯文学'这样一个固定的观念里，越来越拒绝了解社会，越来越拒绝和社会以文学的方式进行互动"。①

蔡翔也对与"纯文学"口号息息相关的"个人化写作"提出批评："任何一种写作，最终都是一种个人的写作，就其这点而言，强调写作的'个人化'并无不当之处。问题只是，如果把这种'个人化'的写作主张推向极致，并成为文学拒绝进入公共领域的借口，进而丧失了知识分子最基本的批判立场，这时候，这种文学主张才会显现出它的保守性。正是在九十年代，'纯文学'开始被主流意识形态所渐渐接受，并默认它是一种'有益无害'的写作。这种默认不正暴露出'纯文学'在今天的尴尬境遇吗？"②

不可否认，李陀、蔡翔对"纯文学"的批评是针对当时整个文学界，甚至整个知识界的，1989 年之后知识分子普遍转向学术，转向书斋，而这一时期社会却发生翻天覆地的变化。文学究竟该如何对应（有人用"对接"）社会？"纯文学"概念之下，曾经聚集了诸多现代性内涵，比如"自由""解放""启蒙""个体"……这些概念的提出，是为了反对一个保守、反动、腐化的意识形态，即专制、依附、愚昧的封建文化意识形态，在 70 年代末 80 年代初，这个封建文化意识形态即"文革"。所以，"纯文学"概念的提出，包括"向内转"等，在当时是反抗的、富有革命意义的。然而，时过境迁，随着"现代化"在国家理念和社会建设层面的合法化，80 年代"新启蒙运动"的革命意义也便随之耗尽了，曾经富有革命意义和启蒙精神的"纯文学"也便失去了它的反抗意义，在这种情况下，所谓的"纯"，便成了一种高蹈的、孤芳自赏的封闭姿态，因而也便日渐僵化和保守起来。尤其是当新的社会现实在制造新的社会问题的时候，这种孤傲、自我的精神姿态很自然便成为一种冷漠和自私。

正如蔡翔所谈到的，在 90 年代，"纯文学"这个概念背后实际上隐现着一种"知识分子的精英心态"，这尤其值得人注意，因为这种心态使知识分子主动或被动地脱离了现实和民众，转而形成了一个"新兴的利益集团"——这种利益集团下的知识者心态在面对新的社会现实的时候自然缺乏相应的批判冲动

---

① 李陀、李静：《漫说"纯文学"——李陀访谈录》，《上海文学》2001 年第 3 期。
② 蔡翔：《何谓文学本身》，《当代作家评论》2002 年第 6 期。

和批判能力。那么如何解决这一问题呢？蔡翔反对了那种貌似激烈实则肤浅的"道德化的批判姿态"，提出关注"沉默的大多数"——"关注这个'沉默的大多数'，实际上是让我们更深入地切入现实，寻找问题所在，以及一种新的乌托邦可能，而不仅仅是简单地持一种道义的立场。任何一种对底层人民的同情甚或怜悯，不过是旧式人道主义的翻版，在今天，毫无新意可言。"①

蔡翔的"建议"其实是试图让知识分子意识到他们经常犯的一个错误——纸上谈兵。然而，他所提出的关注"沉默的大多数"，在实践层面也仍然难免有"纸上谈兵"之嫌。因为尽管"沉默的大多数"是谁、在哪里等是显而易见的，可究竟该怎么去关怀？是施舍衣物、捐款，或者制定更完善的救助计划？知识分子和作家在表达关怀的方式上，有别于政客、慈善家的地方究竟在哪里？所谓"'被压迫者'的知识"指的是什么？这些问题都莫衷一是。当然，这样的反问和辩驳也是纯粹学理化的，具体的实践层面，我们当然是可以做一些工作的，所以蔡翔的有些观点仍然是有启发意义的，比如文学的知识资源的方向性转移方面，他强调从80年代偏重联系"现代美学、哲学和心理学"到90年代偏重联系"政治学、经济学和社会学"，这显然是强调文学——尤其是现实主义文学——的社会批判力。而在知识资源之外，当然还有更具体的修辞方式问题，所以蔡翔同时也强调了"细节""寓言"等具体的写作方式或修辞方式转变的实践和操作可能。

然而，当时间过去了二十年，我们回头审视才发现，这二十年间知识分子的表现依然令人失望。仅仅就文学领域而言，作家在新世纪初"底层写作"的浪潮里一涌而起，但浪潮过去，他们又留下了什么？二十年后，当社会形势变得更为复杂，我们的作家却非但没有进一步向这样的现实挺近，反而纷纷撤退了——与当年浩大的声势相比，今天的"底层写作"已然变得有些冷冷清清。

往往就是这样：知识分子的头头是道，与他们行动上的犹疑、滞后、畏葸形成鲜明对比。回到90年代"纯文学"论争的话题，李陀等呼吁文学关注现实、作家关注现实，而其实需要关注现实的，并不仅仅是作家，而是所有知识分子，包括对作家进行批评的那些"批评家"。但令人困惑和失望的是，在"纯文学论争"之后，许多作家都转向了（不管真转还是假转，转的好还是转的

---

① 蔡翔：《何谓文学本身》，《当代作家评论》2002年第6期。

差），但那些"批评家"却并没有——困束于体制，困束于狭隘的学术语言，他们的"转向"看起来似乎更加步履艰难。学术的转向也许是另外一个问题，但是学术需不需要转向？作为知识分子话语生产的主要力量，如果说对"纯文学"的批评对全体知识分子都有效的话，那么学术（知识）的转向也应该是一种必须。但是在新世纪"底层文学"论争之际，我们发现这种学术（知识）的转变是何其艰难——更多的人热衷于谈论的依然是"何为'底层'""知识分子能否为'底层'代言"等学理性的探讨，而对更具体的更具实践价值和意义的话题却缺乏兴趣。这可能也是"底层文学"及其相关论争虽聒噪一时却很快偃旗息鼓的真正原因吧。

二、台湾"乡土文学论战"

大陆的情形与海峡对岸的台湾形成鲜明的对比。台湾文坛在 20 世纪 70 年代发生了关于"乡土文学"的论争。这场论战所激起的是整个台湾知识界的反思、行动。

"乡土文学论战"并不局限于现实主义和现代主义文学之争，它的范围甚至不局限于文学，但是其发端却不折不扣肇始于现实主义文学和现代主义文学之争。因为台湾社会历史的复杂，这场现实主义和现代主义之争，比大陆围绕"纯文学"和"底层文学"展开的论争要更为复杂，所涉及的问题更多，远远超出了文学之争，而包含着政治、民族、文化甚至族群等因素，这种影响和涉及面的广泛，也使这场论争在台湾文坛和台湾社会产生了更为深广的影响。

在最初，黄春明、王祯和早期创作的所谓"纯正"的乡土小说，70 年代揭露社会矛盾的作品，以及 70 年代以"现代诗论战"为中心的对现代主义的反省运动，这些文学新动某种程度上可以视为论战的"先声"。1977 年论战正式爆发，据朱双一考察，1977 年 4、5 月间《仙人掌》《中国论坛》等杂志，发表了讨论乡土文学的文章，如银正雄《坟地里哪来的钟声》《是现实主义文学，不是"乡土文学"》等。而具体到论战，则大致可以分为"为乡土文学的正名"（矛盾焦点在于对"乡土文学"的命名，它是否挑拨社会矛盾，是否有偏狭的地域观念等）、"台湾社会性质的厘辨"（台湾经济是否是"殖民经济"，台湾社会经济结构和内部生产关系的问题）两个阶段。最后，到了 70 年代末，"高雄事件"发生，一些乡土作家入狱，"宣告'乡土文学论战'最终以一种可怖的方式结束"。①

在"乡土文学论战"中，对现代主义文学的批判也是重要的一个话题。在对现代主义的批判方面，陈映真仍然最具有代表性。作为"乡土文学"一派的主要代表人物，陈映真对现代主义的批判尤为激烈，而且在他思想的后续发展过程中，对现代主义的批判、反省一直是他批判思想的重要组成部分，这使得他在我们关于现代主义文学反思的话题探讨上更具有代表性。陈映真批判现代主义，首先从台湾社会发展的实际出发，他认为台湾社会在六七十年代迎来的经济繁荣，实际上带有很大的危机，这种危机就包含在它的"依附性"当中，包含在它在整个资本主义经济链条中所处的不利位置当中。台湾的经济发展，对美国、日本等发达资本主义经济的依赖性极强，这种支配/被支配、依附/被依附的关系，使得发达资本主义国家通过价格、垄断、技术保护等措施，对台湾这种欠发达地区构成了全方位的剥削；而且除了这种经济剥削之外，发达国家还在意识形态、文化等方面也对不发达地区进行着无形和有形的文化渗透。

台湾的经济"依附性"，使得台湾的在表面的繁荣背后衍生出一种相应的奴性的、谄媚的、依赖的、次等的政治、文化和民众心态，所以在陈映真的政治、经济、文化批判中，其批判的矛头不仅仅指向了发达资本主义国家的卑劣、自私，更指向了台湾社会的麻木、无知和惰性。这种麻木、无知、惰性，体现在台湾社会的各个层面：上层政治势力，新兴的中产阶级，下层的农民、无产者、手工业者等。但是最能体现这种麻木和愚昧的，莫过于理应具有独立思考和良知却并不具有这种思考和良知的知识分子。所以在陈映真的思想批判中，知识分子批判是其批判的重要组成部分。在他看来，台湾知识分子缺乏历史知性，安乐于台湾表面的经济繁荣、生活富裕，忘记了专制、霸权曾经带来的创伤和疼痛，更无意于在"繁荣"的背后寻找那些沉沦的生命、受苦的心灵……他们回避历史、畏惧权力、谄媚强势、醉心私利，他们缺乏公共知识分子的批判精神，缺乏良知和道德……他们对台湾的社会现实，不了解、不愿了解，更宁愿沉浸在"自我""文学"的狭小天地中。而这种知识分子的代表，在文学上的表现便是现代主义文学。

---

① 朱双一：《"乡土文学论战"述评》，《台湾研究集刊》1994 年第 4 期。

其实关于现代主义文学在 50 年代中期到 70 年代中期对台湾文学的主导，吕正惠认为，那其实是国民党到台湾之后，所携带的自由主义知识分子文化传统的流播。然而，在五四运动以至 40 年代的中国，自由主义知识分子相较于左翼知识分子乃是始终自外和疏离于政治革命、处于社会政治和历史的边缘的，"以胡适为首的自由主义的那一系知识分子，基本上并没有投入。当左倾的一系开始从北方投奔南方的'革命基地'时，他们大都待在北方不动。当北洋军阀完全崩溃，国民党北伐胜利在望，并开始清党的时候，自由主义的知识分子跟国民党开始逐渐有了接触。总而言之，我所要说的是，以历史发展而言，五四运动的主流是创立共产党的那一系知识分子；他们始终跟着共产党走，并且势力越来越大；而自由主义的那一系，最后终于跟国民党'合作'，但影响力却越来越小。这样的'历史'虽然不合台湾所写的现代史，但却非常重要，因为这是了解台湾现代主义发展的基本背景。也就是说，从文化背景来看，跟着国民党撤退到台湾来的知识分子，只是逐渐式微的自由主义那一系，至于作为20、30 年代文化主流的左派的知识分子，则完全留在大陆。这就'先天'的决定了台湾文化及文学发展的体质，就是这样的体质导致了台湾所特有的现代主义风貌"。所以这样的台湾发展起来的现代主义"是没有'根'的，是不可能以民族主义和现实主义作基础的"。[①]

陈映真 1967 年 3 月发表于台湾《剧场》杂志（第 4 期）的《现代主义底再开发——演出〈等待果陀〉底随想》一文，集中体现了他对现代主义的批评。在这篇文章中，他首先阐明了自己对于现代主义的一贯批判立场的原因：对消极颓废情绪的无批判的张扬使其缺乏一种"健康的伦理能力"；思想的贫困；做作的形式主义文风。这其中，对形式主义文风的批判与大陆对"纯文学"的反思相同——"当今现代主义文艺的诡奇和晦涩的形式，使它远远地离开了读书群，将原有的任务遗落给作为消费品之一的通俗市场文艺。现代主义文艺已经史无前例地从民众中孤立起来，史无前例地舍弃了丰富民众精神生活的文艺任务。"其次，他通过分析自己观看《等待果陀》演出的感受，检讨了自己对现代主义文艺一贯的批判态度："走进形式主义的空架以及思考的贫困的现代主义之错误，之不足取，固然十分明显。但对于这种错误采取机械性的批评，也是

① 吕正惠:《战后台湾文学经验》，台北：新地文学出版社 1995 年版，第 8—9 页。

错误的。"因为，建基于西方社会高度发达的物质基础之上的现代主义作品"竟也有这样满足了艺术需要和知性需要的能力"，而且因为它有这种社会基础和积极的创造精神，所以也具备"内容与形式的契合感"。但是，也正是基于对西方优秀的现代主义文学重审、肯定背后的逻辑，陈映真对台湾现代主义文学予以了更为激烈的批判，因为：首先，台湾现代主义缺乏西方社会这一"客观基础"，"土壤贫瘠，又偏偏要学别人种一些不适于这个土壤的东西，长的当然也就一片焦黄，而且斑斑虫蚀的了"；其次，台湾现代主义文艺最大的硬伤在于——"思考上和知性上的贫弱症。在台湾的现代主义文艺里，看不见任何思考底、知性底东西。"这样的一种现代主义，因为缺乏了物质基础，又欠缺着批判力和思考力，于是便"变成了一种和实际生活、实际问题完全脱了线的把戏"。这便是陈映真所谓的"此间（笔者注：台湾）现代主义文艺的贫困性"。通过这种批判，陈映真总结了台湾现代主义文艺的两大病症："性格上的亚流倾向""思考和知性的贫困性"。同时也便相应提出了现代主义再发展所需要的"两个磐石"："回归到现实上""知性与思考底建立"。

通过对现代主义的批判，陈映真也进一步阐明了自己人道的、关怀的、写实的现实主义文学立场："一个思想家，不一定是个文艺家。然而一个文艺家，尤其是伟大的文艺家，一定是个思想家，而且，千万注意：这思想，一定不是那种飞马行天不知所止的玄学，而是具有人底体温的，对于人生、社会抱着一定的爱情、忧愁、愤怒、同情等等的人底思考。一个艺术家首先是一个温暖的人，是一个充满了人味的思索者，然后他才可能是一个拥抱一切人的良善与罪恶的文艺家。"[1]

可以说对现代主义的批判，和与现代派的论战，确立了台湾乡土文学在当时台湾社会不可忽视的地位。但是当硝烟散去，今天的我们再一次重审当初的现代主义文学时，我们会发现，当时台湾现代主义文学固然存在陈映真所指出的问题，但是它的产生并不是偶然的，并不是现代派文学团体的几个人制造出来的，而是有其社会历史必然性的。

---

[1] 陈映真：《现代主义底再开发——演出〈等待果陀〉底随想》，《陈映真文选》，生活·读书·新知三联书店 2009 年版，第 77—82 页。

90 年代脱离了论战火热情绪之后，我们也许可以比较冷静地说现代文学亦自有其社会、现实面的基础，只不过这基础绝不是什么工业化现代文明冲击。对当时的现代派作家而言，更切身、更直接的"孤绝"、"慌乱"、"波动"恐怕还是政权更替所带来的流离失所。这些现代派作家绝大多数出身大陆，经历了一次移民换位，来到一个曾经经历半世纪日本殖民统治的台湾岛上，度过一段栖栖惶惶的岁月、如临末日的危急时刻，因此而感受到的陌生不安，在强度上当然不会逊于工业化、都市化带来的"现代冲击"。[①]

吕正惠便在后来发表的文章里回忆了现代主义文学在当时台湾社会的产生，和它所起到的影响。他首先分析了当时台湾社会的整个状况，即从 50 年代到 60 年代，台湾社会严酷的政治高压，使得整个思想文化界都无比压抑沉闷，在当时，自由主义文学（阵地如雷震主编的《自由中国》，夏济安主编的《文学杂志》）作为一脉薪火，在台湾社会得以有限的保存，随着政治高压的加强，其转向带有较少时政色彩的现代主义文学便是可以理解的了——"这些作品，技巧创新，又几乎不涉及政治，完全可以放心学习。"在促成台湾现代主义文学在五六十年代流行的原因方面，与国民党政治高压密切相关的在思想文化领域的"复古"和"传统文化"宣扬造成的逆反也有关，当时国民党对具有极强的封建糟粕性质的所谓"传统文化"的提倡引起了社会的压抑和不满，这才使得在中西文化论战中，李敖的"全盘西化"论无论怎么偏激也能引起巨大的呼应，而胡秋原对传统文化的辩护无论当时还是事后看来都更具学理性却仍遭到轻视。[②]

当然，当时的现代主义文学，还与当时的整个台湾社会转型期对"现代化"的焦虑有关。也就是说，政治高压、亲美政策、对"传统文化"的逆反、经济上的土地改革，这一切构成了台湾现代主义文学发生、发展的土壤。它和整个社会层面的"西方化"或者"美国化"（出国热、崇洋媚外、学英语等）相辅相成。"知识分子向往的是'现代化'，'自由'与'民主'，这些成为国民党政权在五十年代后期、六十年代前期最大的潜在敌人。向往'现代主义文学'的年

① 郭家琪：《试论两岸乡土文学得失——从台湾乡土文学谈起》，《文学评论丛刊》2012 年第 2 期。

② 吕正惠：《六十年代的台湾"现代化"文化——基于个人经验的回顾》，《华文文学》2010 年第 4 期。

轻一代，其实是把他们的文学倾向和'现代化'、'自由'、'民主'有意识、无意识的连接在一起的。"①而在这样的高压、浮躁的环境中生发的现代主义文学自然也难尽如人意。

然而，代替了现代主义文学而在文坛取得主流地位的"乡土文学"，却随着1979年"高雄事件"爆发，以及"乡土文学"阵营的分裂，很快走向了低潮。②当然说"低潮"可能并不准确，因为乡土文学的诉求并没有随着乡土文学创作步入低潮而消泯，反而它们被贯彻和落实进了文学之外的社会实践的领域。所以吕正惠才说："真正说起来，乡土文学的逐渐没落，最重要的原因是：作家把他们的现实关怀逐渐转移到政治上去了。政治是一个更大的舞台，在这个舞台上，所有的关怀都比文学来得更直接有力……到了八〇年代，我们看到宋泽莱几乎不再写小说，只写政论；我们也看到陈映真除了写政论之外，他的小说只不过是另一种政论的形式罢了。"③

三、我们的观点

无论是大陆对"纯文学"的反思，还是台湾对"现代主义"文学的批评，其背后都反映着在时代发生动变的情况下，人们的精神心理变化。这种变化投射到文学，造成着人们（社会民众、知识分子、作家）对于文学的某种期待。而当既有的文学无法满足这种期待，新的文学诉求便应运而生。这便是现实主义文学、乡土文学在两岸社会转型期繁荣的共同原因。现代主义在当时受到的攻击，源于现代主义回避现实、陶醉于自我、沉迷于形式，而这却又是它在此前一个历史时期（大陆80年代，台湾50年代—60年代）流行的原因，并不是某种文学类型走到了尽头，而是时代的发展造成了这种类型的文学的"不合时宜"。

而回到一个基本的客观的角度来看，其实陈映真对现代主义和现实主义两

---

① 吕正惠：《六十年代的台湾"现代化"文化——基于个人经验的回顾》，《华文文学》2010年第4期。

② 按照吕正惠的观察，"七〇年代崛起的乡土文学与现实主义，可以说在一九七七年至七九年间达到最高潮。进入八〇年代以后，随着乡土文学阵营的分裂，这一潮流似乎逐渐地在减退"。参见吕正惠：《战后台湾文学经验》，台北：新地文学出版社1995年版，第59—60页。

③ 吕正惠：《战后台湾文学经验》，台北：新地文学出版社1995年版，第60页。

种文学的看法是较为恰切的，他立足于中国社会现实批判现代主义、肯定现实主义。在《天高地厚——读高行健先生授奖词的随想》一文中，他首先指出，西方的现代主义的诞生有着深厚的社会历史土壤：

西方的现代主义文艺思潮，是西方的资本主义生产方式进一步发展到垄断资本主义阶段时的文化现象。由于资本主义生产力的进一步发展，人被卷入快速、无情、紧张和高度商品化、物化的社会运转中，使人的精神和心灵受到深刻的创伤。人与人之间，人与自然之间，人与他自己之间，人和社会环境之间产生了深刻的异化和矛盾。这个精神与心灵的危机，正是垄断资本主义阶段的社会经济危机的反射，使人们陷于彷徨、孤单、惊慌、恐惧、绝望和痛苦。人生失去了意义。生活中没有理想，生命失去了展望和希望。生存显得虚无而又荒诞。处在高度发达的资本主义下的现代人，对强大无情的生产体制产生强烈的怨懑、憎恶和无力感，但另一方面，由于种种原因，又对革命和改造也彻底失去了信心。现代人失去了一切的依恃、寄托与归宿。异化、疏离、虚无、绝望，至深而又无法疗愈的怆痛支配着现代的灵魂。而各派别的现代主义文艺，正是这受创伤的现代人心灵的反映。

因此，西方现代派杰出作家如卡夫卡、乔哀斯、艾略特和福克纳，确实深刻地表现了现代人深沉的怆痛与绝望，震人心弦。①

但是无论台湾 50 年代—60 年代，还是大陆 80 年代的现代主义，却都缺少西方现代主义所植根的那种社会现实的土壤：

和台湾的现代主义根源不是在五十年代的台湾尚未完全资本主义化的社会，而是根源于外来的文化意识形态一样，高行健的现代主义来自一九七九年以来，大陆文化界对于其前几十年极"左"思想和文化的反动，表现为八十年代初，大陆知识分子向西方五花八门的文学创作方法张开了惊异的目光，对马克思主

---

① 陈映真：《天高地厚——读高行健先生授奖词的随想》，《陈映真文选》，生活·读书·新知三联书店 2009 年版，第 514 页。

义以外的各种思潮发生了浓厚的兴趣。①

陈映真认为，这样的现代主义是"外铄的现代主义"，它"缺少了西方现代主义中优秀作品的深沉的怆痛，无乃是极自然之事，但也不免失于既轻且薄"。②其实，陈映真的意思很明显，即现代主义的革命性和启蒙意义是建立在西方高度发达的现代化使人的异化已经成为触目惊心的现实的背景下，而对于发展中国家而言，他们所面临的最大的问题却不是机器对人的压迫，而是人对人的压迫，是地区和人群之间的不平衡，是人与人之间的不平等，是贫穷、落后、愚昧。所以文学和历史、哲学、社会学、经济学、政治学其实一样，它作为人文学科在此间的首要任务，仍然是人的启蒙和解放。文学应该反映社会、人生；应该思考、批判；应该关怀、悲悯，带有热度；应该平实易懂，具有启蒙功能。而相应地，文学家应该是一个知识分子，甚至一个社会实践者，而不应该是一个被负面和消极情绪压抑到变态的呻吟者，当然更不应该躲进小楼成一统，做一个逍遥而单纯的艺术家。在陈映真、黄春明，甚至更早一辈的赖和、杨逵等台湾左翼作家身上，都闪耀着一种积极的、关怀的、人性的光辉。他们的文学的意义和价值已经超越了文学，他们实际上是一群通过文学试图实现自己人生价值的知识分子、战士、斗士、可敬的人！而与之相对的现代主义作家，在这个层面上的"价值"，就显得薄弱得多。

在今天的大陆，社会转型发展至今，确实也产生了某些现代／后现代主义的土壤，比如在工业化和现代化发达的都市，但是从民众素质、社会整体发展水平来看，我们最紧要的问题仍然是由不平等追求平等，由愚昧追求文明，由人治追求法制。当我们这个社会的大多数人仍然困扰于空气、食品、住房、医疗、教育，即使我们收入不菲也缺乏安全感的时候，我们便深切地感受到，我们最大的问题仍然是如何在已经不可逆转地走上了现代化的路途上，如何真正实现现代的问题，如何在驱除愚昧、又抵制和预防着现代病的双重斗争中，彻底实现自由、平等、幸福的问题。

陈映真等对现代主义的批判和反省，便是从这样的立场出发的。以这样的

---

① 陈映真：《天高地厚——读高行健先生授奖词的随想》，《陈映真文选》，生活·读书·新知三联书店 2009 年版，第 515 页。

② 陈映真：《天高地厚——读高行健先生授奖词的随想》，《陈映真文选》，生活·读书·新知三联书店 2009 年版，第 515 页。

对人生、世界的期望，他期望于文学，希望建立和发展一种立足于本土，能为本土的自由、独立、发展有所贡献的文学。这样的一种文学观是一种显而易见的"功利主义文学观"，但这种"功利"却是立足于现实需要、民族需要，立足于文学关怀人的立场的"功利"。反观大陆，同样是提倡现实主义文学，大陆的知识分子却较为缺少这份"功利"，大陆围绕"先锋文学"和"纯文学"的争论，缺少陈映真等台湾知识分子的那种宏观的民族主义立场和阶级分析的立场，而更多了一种自由主义知识分子式的"知识"辨析的意味。在70年代"乡土文学论战"前后，陈映真、黄春明的文学风格大变，批判的、分析的文学气质，更大幅度地覆盖和替换了之前的个人主义的抒情浪漫气质，他们本人也由文学而社会，由思考而行动，一步步由文学走向了文学之外。

从两岸的文学发展来看，源于共同的时代动变（社会转型），在反拨现代主义文学、提倡关怀现实的现实主义文学的诉求上，二者确实有相同之处。但是更仔细地来考察两岸此间的文学论争，便会发现它们的差异，这种差异折射着两岸知识者的不同的性格（理性与感性；重行动与重思辨；道德焦虑与艺术焦虑；"温和"与"平静"），也折射着两岸不同的社会、文化、历史。

第二章　海峡两岸社会转型期乡村叙事的内在精神差异

　　将两岸社会转型期乡村叙事放置在一起进行观察时，很容易感受到它们的一种内在精神气质的不同。这既反映在情感、观念、立场等内涵性方面，又反映在对于现实的理解和表现方面——折射在作品中，便是一种对于现实的表现方式的不同。

第一节　内涵差异：情感、观念、立场

　　在写作过程中，情感、观念、立场是创作主体最内在的部分，它们决定着写作的走向，决定着作品的精神样貌。就海峡两岸社会转型期乡村叙事来看，两岸写作者所共有的，是对于转型期社会的忧患，然而具体的情感表现、观念认识、写作立场，却有着深在的差异。下面具体来看。

一、情感：忧愤和迷惘

　　20 世纪 90 年代之后，随着中国大陆社会转型的加速，巨大沉重的时代现实开始对作家造成了极大的压迫，这种压迫在贾平凹 2005 年发表的《秦腔》中得到了淋漓尽致的反映：小说瞩目于城市化大背景下一个正在变迁、瓦解着的村庄，全力描写其日常生活的方方面面，作品没有核心甚至完整的故事情节，而是以几个相对突出的人物形象——夏天义、夏天智、夏君亭、白雪——囊括勾勒出这个名叫清风街的村庄的政治、经济、文化等各个方面，而这些人物各自颓败的、浑噩的、凄凉的命运也突出地象征了当下中国乡村正在走向颓亡的

命运。贾平凹对此却唯余悲哀和迷惘："我站在街巷的石碾子前，想，难道棣花街上我的亲人、熟人就这么很快地要消失吗？这条老街很快就要消失吗？土地从此要消失吗？真的是在城市化，而农村能真正地消失吗？如果消失不了，那又该怎么办呢？"①

就新世纪的乡村叙事表现来看，《秦腔》所体现出来的悲哀与迷惘并非个案，而是一种普遍的时代"病症"："作家能做什么呢，他的认知如地震前的老鼠，复杂的矛盾的东西完全罩住了他，他所能写出的东西就只能是暧昧、晦暗和多元混杂。"②而有学者也已指出，转型期"生存的特殊背景"所造成的"作家主体的价值困惑与失范，已经成为乡土小说创作的瓶颈"。③然而乡村叙事的"病症"是否只归因于时代？时代的困难难道就一定会造成作家的迷惘？如果说时代确实难脱干系，但除时代之外，是否还有其他的因素在发生着作用？这些因素源自何处？它们是否不可避免？

当我们将把视线转向台湾便会发现，二十世纪六七十年代开始的台湾转型期乡村叙事，在同样的社会历史背景（社会转型）下与大陆乡村叙事的情感表现却有着明显差异，如果说大陆作家的情感以"迷惘"为主的话，台湾作家则是一种显著的"忧愤"。他们不是忧心历史，而是更多地关怀"人"，他们少了一分对于历史"往何处"的忧患，多了一分对具体的人和人群的命运的"该怎么办"的焦虑。这是整个台湾转型期乡村叙事与大陆乡村叙事的典型差异。我们这里将选取两岸此间最具代表性的作家——贾平凹和陈映真、黄春明——的乡村叙事为例，对这一问题进行详细的观察和解析。

二、观念：游移与坚守

20世纪90年代之后，贾平凹的小说创作在观念层面进入了一个频繁动荡期。从《废都》（1993）、《白夜》（1995）到《土门》（1996）、《高老庄》（1998），贾平凹由城市而乡村、由批判（宣泄）而建构（思索），其创作视点和文化态度的不断调整与变更，充分体现出社会转型作用于知识者心灵所导致的那种"社

①　贾平凹：《秦腔·后记》，作家出版社2005年版。
②　贾平凹、黄平：《贾平凹与新时期文学三十年》，《南方文坛》2007年第6期。
③　丁帆：《中国乡土小说生存的特殊背景与价值的失范》，《文艺研究》2005年第8期。

会发展的出路在哪里""我们该往何处去"的焦虑。贾平凹将《废都》形容为一部"安妥我破碎了的灵魂"①之书，这样的形容自然也适用于此间他其他的作品。只是这些作品连缀所表现出来的作者观念的频繁调整与变更，却反而更明白无误地体现出其焦虑的持续和灵魂安妥的困难，而《秦腔》那种事无巨细的"纪实"态度所表现出的极度困惑与迷惘，则使它怎么看怎么都像是贾平凹对救赎无望的告白。从厌弃和批判城市（《废都》《白夜》），到对城乡施以"双重批判"（《土门》），进而寄意其"双重互补"（《高老庄》），再到直面一种不堪承受的乡村现实而宣告无能为力（《秦腔》），这是贾平凹 20 世纪 90 年代之后小说叙事观念和态度动荡的轨迹。而这一轨迹简单概括的话就是：从直面现实和批判现实，到文化观念演绎以图拯救，再到直面现实并坦承无奈。

　　而与贾平凹这种观念动荡形成鲜明对照的是，台湾作家黄春明和陈映真在面对转型期社会现实的时候，其小说叙事在观念层面却一直比较稳定。黄春明（1939—　）踏上文坛是在 20 世纪 50 年代末，早期创作（1956—1966）带有"试验性"②，像《把瓶子升上去》《男人与小刀》等作品，多囿于某种狭窄的个人情绪而表现得"有多苍白就多苍白，有多孤绝就多孤绝"③；而到 20 世纪 60 年代后期，他开始将笔触转向故乡宜兰，相继推出了《青番公的故事》（1967）、《溺死一只老猫》（1967）、《看海的日子》（1967）、《癣》（1968）、《儿子的大玩偶》（1968）、《鱼》（1968）、《锣》（1969）、《甘庚伯的黄昏》（1971）、《两个油漆匠》（1971）等，在这些小说中他一方面描写故乡小镇备受冲击的现实，另一方面更关注在冲击中受侮辱和受损害的"小人物"，青番公（《青番公的故事》）、阿盛伯（《溺死一只老猫》）、白梅（《看海的日子》）、坤树（《儿子的大玩偶》）、憨钦仔（《锣》）等感人至深的艺术形象的塑造彻底奠定了他"乡土作家"的声誉；而到了 20 世纪 70 年代，黄春明又把目光转向了城市，在《苹果的滋味》（1972）、《莎哟娜拉·再见》（1973）、《小琪的那一顶帽子》（1974）、《小寡妇》（1975）、《我爱玛莉》（1977）中，他对台湾资本主义／后殖民体制的批判（《苹

---

　　① 贾平凹：《废都·后记》，北京出版社 1993 年版。
　　② 葛浩文：《黄春明的乡土小说》，《瞎子阿木——黄春明选集》，香港：文艺风出版社 1988 年版，第 301 页。
　　③ 黄春明：《〈莎哟娜拉·再见〉·自序》，见小说集《莎哟娜拉·再见》，台北：远景出版社 1974 年版。

果的滋味》《小琪的那一顶帽子》），对后殖民体制下民族尊严受挫（《莎哟娜拉·再见》）和人格扭曲（《小寡妇》《我爱玛莉》）的表现，使他这一阶段的创作一扫乡村叙事时的诗意温婉，而表现出一种理智性的冷峻凌厉；此后，黄春明的兴趣和精力更多地投向文学之外，在创作方面只断续发表了《现此时先生》（1986）、《瞎子阿木》（1986）、《打苍蝇》（1986）、《死去活来》（1998）、《呷鬼的来了》（1998）、《最后一只凤鸟》（1999）、《售票口》（1999）等"老人系列"和《毛毛有话》（1993）等"儿童系列"。

从早期试验性写作，到中期"乡村系列"和以批判讽刺为主的"城市系列"，再到关注老人和儿童的"社会问题系列"，黄春明的创作虽然题材和视点有所变更，但有一个中心的创作思想理念却始终未变，那就是：描写变动中的社会现状，并对这样一种现状下的卑微弱小者抱以关怀，简言之，即"忧时伤世""悲天悯人"。早期创作中，这一思想理念在《借个火》《"城仔"落车》等摄入了较多客观社会现实的作品中已经有所体现①，而在"乡村系列"中则体现得最为鲜明：在这些作品中，他一方面描写现代工商业对乡村的强力入侵和冲击（《溺死一只老猫》），描写由冲击造成的贫困（《癣》）、生存空间的挤压（《锣》《两个油漆匠》）、心灵与情感的备受冒犯（《儿子的大玩偶》《鱼》）等；另一方面也通过对青番公、白梅和坤树等底层形象的塑造，展现了在不堪的现实面前"小人物"身上所寄寓和焕发出来的善良美好的人性。而到了"城市系列"，黄春明则对前阶段的乡村叙事进行了有意识的反思——"悲天悯人的作者，单凭对人对地的那一份说不出的感情，而没有生活的体验，和思想的成长是不够的"，②基于这种反思他才由乡村而城市，扩大着对"生活"的表现，并增加着"思想"的分量，而之所以这样做，仍是起源于他"忧时伤世""悲天悯人"的本心："以我现在的看法，如果是指着某一篇作品，说是作者有悲天悯人之胸怀的话，那应该是读者透过那篇小说的故事，无形之中，作者成熟的技巧引导着读者共同地触觉

---

① 前者描写小镇一家生意店老板谋求为儿子复学，集中通过其在往返台北的火车上的心理活动，展现了小工商业者生存的艰难，同时也通过他送礼、嫖娼的行为表现了转型初期台湾社会的变动；后者写一位老祖母带着九岁的罹患佝偻的孙子进城去见女儿和她的未婚夫，老祖母一路的焦灼和忐忑，以及孙子阿远饱含怨愤的哭泣，都生动地写出了变动生活中小人物那种异常脆弱和敏感的心理。

② 黄春明：《一个作者的卑鄙心灵》，转引自尉天骢主编：《乡土文学讨论集》，台北：远景出版事业公司1978年版，第637页。

到大环境的实体，并由作者忧时伤世的思想指引着，让读者活生生地体认到，我们的民族到底为了自己的什么缺点受苦受难"。①无须更多解释，这种"忧时伤世""悲天悯人"情怀亦是他后期频频将目光锁定那些老人和儿童，并在创作中表现着强烈社会问题意识的原因。

这种"忧时伤世""悲天悯人"的思想理念同样也贯穿于陈映真的创作之中。陈映真（1937—2016）小说创作也开始于20世纪50年代末，大约从发表处女作《面摊》（1959）到《第一件差事》（1967）是其创作的早期，这一时期的作品虽总体上透着他自言的"市镇小知识分子的忧悒和无力感"②，但从题材和主题上来看，无论带有"自传"③和写实性的《面摊》（1959）、《我的弟弟康雄》（1966）、《家》（1960）、《乡村教师》（1960），还是书写"寄寓于台湾的大陆人的沧桑的传奇"④的《那么衰老的眼泪》（1961）、《文书》（1963）、《将军族》（1964）、《第一件差事》（1967）等，都无一例外地透露着他对社会历史和现实问题的关切与对社会弱小者（学生、小知识分子、农民、小手工业者、士兵）的悲悯。从1968年到1975年，陈映真身陷囹圄，这前后他发表了《唐倩的喜剧》（1967）、《贺大哥》（1978）等，作品"冷静的、现实主义的分析取代了煽情的、浪漫主义的发抒"⑤，从而表现出作者一种强健的理性和批判力，正是这种不断发展壮大的理性和批判力使出狱后的陈映真面对当时几乎已完全资本主义化的台湾社会时，写出了带有强烈社会分析和文化批判色彩的"华盛顿大楼系列"，《夜行货车》（1978）、《上班族的一日》（1978）、《云》（1980）、《万商帝君》（1982）这几部作品从揭露资本主义跨国企业体制剥削本质的"理念"

① 黄春明：《〈莎哟娜拉·再见〉·自序》，转引自尉天骢主编：《乡土文学讨论集》，台北：远景出版社1974年版，第636页。
② 陈映真：《试论陈映真——〈第一件差事〉、〈将军族〉自序》，《陈映真文选》，生活·读书·新知三联书店2009年版，第11页。
③ "所谓的'自传'并不一定是相当忠实的自我描绘，而是透过想象力的作用的一种曲折的反映"，参见吕正惠：《从山村小镇到华盛顿大楼——论陈映真的历程及其矛盾》，《陈映真作品集》（15），台北：人间出版社1988年版，第182—183页。
④ 陈映真：《试论陈映真——〈第一件差事〉、〈将军族〉自序》，《陈映真文选》，生活·读书·新知三联书店2009年版，第8页。
⑤ 陈映真：《试论陈映真——〈第一件差事〉、〈将军族〉自序》，《陈映真文选》，生活·读书·新知三联书店2009年版，第8页。

出发，所由表现的却是"跨国企业中的中国人的生活和心灵的扭曲"，[①] 从而使作品表现出"理念写作"往往所欠缺的真挚与动人。而正是对资本主义／后殖民体制之本质和它制造的不公不义的认识与感触，使陈映真20世纪80年代由现实转向了历史，并接连写出《铃珰花》(1983)、《山路》(1983)、《赵南栋》(1987)，用以缅纪烈士、追怀革命、表达激励——"我不是要写共产党员的伟大……我想见证，就在那样苛刻的时代下，有一群年轻的人，把他们的一生只能开花一次的青春和生命献给了他们的信念和理想。这样的一种人性的高度是事实上存在过的。"[②] 而当他于世纪之交又写出《归乡》(1999)、《夜雾》(2000)、《忠孝公园》(2001)时，他实际上是想通过对历史人物心理和命运的"记录"，从而以更客观、更有说服力的方式进入历史、探究历史，最终实现对战争、体制等所有不义和压迫力量的控诉，和对人基本生命价值的重申。

纵览黄春明和陈映真的作品我们发现，他们的小说创作虽都进行过某种自我调整和发展，但那种"忧时伤世""悲天悯人"的思想理念却始终都未变。而贾平凹的观念却一直在动荡，值得注意的是，贾平凹的动荡非仅限于20世纪90年代之后，从20世纪80年代表现"伤痕""反思"(《夏家老太》《满月儿》)和"改革"(《腊月·正月》《浮躁》)过渡到90年代"文化寻根"，由对主流意识形态的努力认可到追求自我反拨的"文化发言"，这当然也是一次更大幅度的动荡，只是这一动荡不光属于贾平凹，而是属于整个"新时期"文学——再结合贾平凹20世纪90年代之后由"文化发言"(《高老庄》等)到"直呈现实"(《秦腔》)的叙事转变，我们甚至可以说，贾平凹几乎是以"活标本"的样态构显了整个新时期文学不断"反拨—回流"的发展轨迹和历史。

贾平凹的动荡折射出来的是一种现实焦虑，然而比这种焦虑更明显的是他对"观念"的执迷：20世纪90年代之前更多地依托于政治意识形态，之后十年则转向了"文化"，新世纪之后迫于现实的巨大和沉重才不得不宣布"观念"的失效和对"观念"的放弃。《秦腔》所表现的作者的迷惘和悲哀似乎尤能体现这种执迷，因为它一方面是源于现实感触(故乡颓败和消逝)，另一方面却更是

---

① 陈映真：《我的文学创作与思想》，《陈映真文选》，生活·读书·新知三联书店2009年版，第53页。

② 陈映真：《我的文学创作与思想》，《陈映真文选》，生活·读书·新知三联书店2009年版，第53页。

因为一贯所偎依的"观念"的失去："我在写作过程中一直是矛盾的，痛苦的，不知道该怎么办，是歌颂，还是批判？是光明，还是阴暗？以前的观念没有办法再套用。我并不觉得我能站得更高来俯视生活，解释生活，我完全没有这个能力了"，然而"观念"虽失去，对"观念"的渴望却没有——"实际上我并非不想找出理念来提升，但实在寻找不到"。①

同是面对转型期巨大而沉重的现实，表现却大相径庭：对贾平凹而言，是执迷于"观念""观念"却不断地变更与调整，而一旦失去便痛苦不已；对黄春明和陈映真而言，则是直面历史和现实的"问题"，从实在的社会历史甚至政治经济（而非抽象的文化）的角度，探求和追寻真知与正义。不同的表现使其创作所体现出来的艺术气质也有迥然有异：感性与理智、混沌与清晰、哀婉与刚健。

那么，产生这种不同的原因在哪里？

三、立场："小人物"悲悯与"观念"焦虑

就贾平凹和黄春明、陈映真而言，同样面对社会转型，一方是执心于"观念"，一方是"忧时伤世""悲天悯人"，背后所反映出来的其实是他们叙事立场的严重不同：前者立足并关心的是"民族""国家""社会"，后者则是"人民"（陈映真）。换句话说，在黄春明和陈映真身上，体现出在贾平凹身上难以见到的一种对社会弱小者（相对于强者尤其是体制性强者而言）的情感认同与价值认同，这种情感认同与价值认同用简单的话来概括就是一种小人物立场。

小人物立场在黄春明和陈映真身上都体现，但情形却有所不同。黄春明的小人物立场是与其对故乡的一种原初的乡村情感——对土地、家园和亲人的一种"地之子"式的本能亲近和依恋——紧密联系在一起的。黄春明在散文中曾提到过自己为什么总是钟情于那些故乡小人物："有几位朋友曾经劝我说：老写乡巴佬，也该写一写知识分子吧。言下之意，似乎很为我抱憾。我曾经也试图这样去做。但是，一旦望着天花板开始构思的时候，一个一个活生生地浮现在脑海的，并不是穿西装打领带，戴眼镜喝咖啡之类的学人、医生，或是企业机构里的干部，正如我所认识的几个知识分子。他们竟然来的又是，整个夏天

---

① 贾平凹、郜元宝：《关于〈秦腔〉和乡土文学的对谈》，《河北日报》2005 年 4 月 29 日。

打赤膊的祖母，喜欢吃死鸡炒姜酒的姨婆，福兰社子弟班的鼓手红鼻狮仔，还有很多很多，都是一些我还没写过的人物。他们像人浮于事，在脑海里拥挤着浮现过来应征工作似的……"①对故乡尤其是故乡小人物的这种依恋成为黄春明衷心写作"乡村系列"的深层情感动因。然而值得注意的是，在写作"乡村系列"的早期，他却并未鲜明地站在自己的原初性乡村情感（依恋）一边：在《青番公的故事》中，作为"现代化"象征物的"大桥""卡车"并没有引起青番公的惊惧和抵触，反而赢得了他对其便利性的赞许；在《溺死一只老猫》中，孤胆英雄式的阿盛伯为了反对在清泉村修建游泳池，保护那里的水和风气不被污染，毅然在反抗无望的情况下自溺于新落成的泳池，但他的死与村人对他死的冷漠却形成了鲜明的对比——阿盛伯出殡时泳池传来村里儿童嬉水那"愉快的如银铃的笑声"。正如有人对此所评价的，黄春明在这里所表现的其实是想"避免下判断或作结论"，而之所以这样做是"因为在他的内心深处有彷徨和矛盾的冲突：他一边对那个古旧、纯朴、率真的传统感到深深的怀恋，同时又顾念到现代化的发展和进步能带给许多人实际上的利益"。②也就是说，黄春明在这里遇到了理智与情感的矛盾，而这种矛盾是转型期乡村叙事者（如贾平凹）所常有的，但黄春明继而的表现却让我们看到，对这样一种矛盾他虽未完全回避，但也没太过于挂心，而是充分依循于自己对故乡（尤其故乡小人物）的那种本能依恋，在笔触每每情不自禁地转向他们时，便欲罢不能地表现着对他们的悲悯和礼赞：如果说为真理和正义献身的阿盛伯尚带有"超现实"色彩的话，那么坤树和阿珠（《儿子的大玩偶》）、憨钦仔（《锣》）、阿发和阿桂（《癣》）则切实充分地体现着黄春明对故乡小人物的疼惜和不忍，而淳朴乐观的青番公、受尽屈辱但仍光明美好的白梅则更直接是他美好人性理想的化身。有人敏锐地指出，黄春明的小说"主要是写人的"，③确如此言，因为黄春明笔下那些卑微的、弱小的"人"通联着他对故乡和故乡小人物的依恋，而他也从未怀疑和

---

①　参见黄春明：《屋顶上的番茄树》，《等待一朵花的名字》，台北：皇冠文学出版有限公司1989年版，第32—33页。

②　葛浩文：《黄春明的乡土小说》，《瞎子阿木——黄春明选集》，香港：文艺风出版社1988年版，第309页。

③　葛浩文：《黄春明的乡土小说》，《瞎子阿木——黄春明选集》，香港：文艺风出版社1988年版，第318页。

否定过自己这种依恋，因而当他提笔时便也往往不自禁地瞩目于他熟悉的那些"人"和他们的"事"，而无心去说"理"——这或许也正是其"乡村系列"散发出浓浓的浪漫抒情气质，而他也常被人称为一个艺术家（而非思想者）的原因罢。

与黄春明不同，陈映真的小人物立场却并非生成于对故乡的本能的亲近和依恋，而是更多地与他作为知识者的那种道德觉悟和良知有关，这种道德觉悟和良知更明白来说的话，就是一种人道主义情怀，[①]它常因社会弱小者惯常所处的底层地位及其苦难不幸的命运而起，并表现着强烈的介入担当意识。探究陈映真人道主义情怀的形成将是一个不小的课题，那要牵扯到他的性格、成长经历、所处时代和历史——当然还有宗教，篇幅所限我们只能撮要并简单介绍几点：首先是成长经历，陈映真在动乱年代长大，对 20 世纪 50 年代台湾的"白色恐怖"有着极深刻的记忆，温敏的个性加上一系列成长的变故（孪生兄弟夭逝、家道萧条、被过继）使他加深了对生命苦难的感触；其次是阅读和求知，陈映真少年时代便接触到了鲁迅，这促成了他底层意识和民族意识的早醒，大学（淡江英专）时期在台北牯岭旧书街如饥似渴的阅读生涯中，他则广泛涉猎了中国三十年代文学和马克思主义社会学类的书籍，这彻底激发并催熟了他带有左翼共产主义倾向的激进思想[②]；最后是他笃信宗教的父亲，陈映真生父陈炎兴先生是台湾莺歌当地一位出身贫寒靠自学成才、中年后皈信基督的教育家，有信仰的他一生保持着"一份自在真实的谦抑"，并将爱、正义、公平侍奉于心——"父亲绝不是一个社会福音派，但他深信人比礼仪为贵重（'安息日是为人所设，而不是相反'）。父亲也信，热爱正义，使人得以从精神和物质（制度）的枷锁中得释放，是'父交给子，要子成就'的使命。父亲相信，上帝最大的祝愿，是'唯愿公平如大水滚滚，使公义如江水滔滔'"，这样的父亲给陈映真性情人格造成不可估量的影响，使"激进的"他从不自感"悲愤和孤独"，[③]反

---

① 王晓波曾指出，陈映真受到争议的他"思想的两个侧面"，"一是他的人道立场，一是他的中国立场"。参见王晓波：《重建台湾人灵魂的工程师——论陈映真中国立场的历史背景》,《陈映真作品集》（11），台北：人间出版社 1988 年版，第 20 页。

② 参见《后街——陈映真的创作历程》《鲁迅与我——在日本〈文明浅说〉班的讲话》《我的文学创作与思想》，文章均收于陈映真：《陈映真文选》，生活·读书·新知三联书店 2009 年版。

③ 赵遐秋：《步履未倦夸轻翩——与当代著名作家陈映真对话》,《台湾乡土文学八大家》，台海出版社 1999 年版，第 187—188 页。

而每于危机中感到温暖和力量，所以陈映真晚年回忆父亲时曾这样动情地表示，"像这样，父亲于不知不觉中，在我们儿女的心中守住了一个祖国。当祖国丧失的迷雾滔滔而来，我真切地发觉到，正是父亲，重新给了我们儿女一个实在的祖国，让我们的心稳如磐石，幸福而又满足。"①这些多方因素的影响共同造就了一个"忧时伤世""悲天悯人"但同时又温蔼谦抑的陈映真，而如此的个性也使他人道主义情怀所铸成的那种小人物立场显得尤为彻底。

这种"彻底性"在陈映真对待笔下三类人物的态度中表现得最为鲜明。陈映真笔下人物大致可分为三类：被侮辱和被损害者、剥削者和迫害者（及其从属）、富有知性与理想的反抗者和牺牲者。第一类是我们所谓的小人物，包括三角脸和小瘦丫头儿（《将军族》）、林德旺（《万商帝君》）、老兵林标（《忠孝公园》）等，陈映真对他们始终报以同情；第二类包括摩根索和林荣平（《夜行货车》）、陈家齐（《万商帝君》）、丁士魁（《夜雾》）、马正涛（《忠孝公园》）等，陈映真对他们多持以批判；第三类包括贺大哥（《贺大哥》）、詹奕宏和刘小玲（《夜行货车》）、张维杰（《云》）、高东茂（《铃珰花》）、蔡千惠（《山路》）、叶春美（《赵南栋》）、杨斌（《归乡》）等，他们数量相对较多（早期作品中的康雄、吴锦翔、哥哥大致也属此类，只是忧郁感伤造成的颓废气太浓），陈映真对其不仅怀有认同，更表现出礼赞。

首先看第一类人物和作者所给予他们的同情。对"小人物"的同情在陈映真创作中从始至终都有所体现——这从其贯彻始终的创作思想理念（如前所述）便能看出，而这种贯彻始终的同情使他在作品表现出来的是"他同情一切被损害、被侮辱、被压迫的人们，这些人包括工人、农民、妓女、残疾者、少数民族，和一切生活在社会最底层的人们"②——"贯彻始终"体现了陈映真同情的持久性，"一切"则显示了同情对象的范围，这两点首先能很直接体现陈映真小人物立场的彻底性。

再看第二类人物和作者给予他们的批判。按常理来说，对剥削者和迫害者（不妨暂时称之为"反面人物"）的批判是自然而然的事情，但仔细观察会发现，

---

① 陈映真：《父亲》，《陈映真文选》，生活·读书·新知三联书店 2009 年版，第 66 页。

② 参见王晓波：《重建台湾人灵魂的工程师——论陈映真中国立场的历史背景》，《陈映真作品集》（11），台北：人间出版社 1988 年版，第 20 页。

陈映真对这些人物却是非常温和的，这从他批判的风格便能看出来——除《唐倩的喜剧》之外，他极少有像黄春明《小寡妇》《我爱玛莉》和王祯和《小林来台北》《美人图》那样对"反面人物"极尽鞭挞与嘲讽的作品。不仅不鞭挞不嘲讽，反而还给予理解和同情：在《夜行货车》中，买办和半买办的跨国公司高级主管林荣平以勤奋和隐忍换来不断的升迁，为维持既得之利，他压抑了摩根索调戏自己情人激起的愤怒，并在詹奕宏为民族自尊和摩根索发生冲突时努力顾全"大局"、息事宁人，然而这个理应被批判的角色，作品却从一开始就介绍说，"他是一个结实的，南台湾乡下农家的孩子。然而，在他稀疏的眉宇之间，常常渗透着某种轻轻的忧悒"，而之后的两场冲突则更将造成他"忧悒"的屈辱、羞愤、隐忍心理进行了淋漓尽致的展示；而在《夜雾》《忠孝公园》中，死不悔改的国民党特务丁士魁、马正涛固然属于顽固的反动派，但他们终被"历史"戏弄、被"时代"抛弃的孤冷无依的"零余者"命运和心理却被陈映真作了详细的"记录"与"追踪"，读来让人唏嘘。陈映真对"反面人物"的这种同情，确如刘绍铭所说"不是宽恕'坏人'的德性，而是对各种不讨人喜欢角色动机分析的顾虑周全"[①]——对林荣平的"顾虑周全"，让我们看到的是一种人之常情（私性、怯弱），对丁士魁、马正涛的"顾虑周全"，则让我们见识了作为"原罪"的"历史"和"体制"。这样塑造出来的"反面人物"也就让我们看不到那种尖锐极端的丑陋与恶质，也感不到了极度的憎恶，而只幽幽地同情、默默地沉思。而对待"反面人物"的温和态度所透显出的，除了陈映真明辨清晰的历史知性而外，更有其温蔼的个性和对"人"（不是某个人、某类人）本身的悲悯。这种普遍的人道主义的悲悯乃是陈映真小人物立场彻底性的根源，亦是其突出的表现。

第三类人物和作者对他们的礼赞则需放入作者的整个思想体系来看。陈映真作为一个"思想者"（不仅仅是"艺术家"）曾坦言自己乃"文学工具论者"，[②]并直言文学应"侍奉于人的自由，以及以这自由的人为基础而建设起来的合理、

---

① 刘绍铭：《陈映真的心路历程》，《陈映真作品集》（15），台北：人间出版社 1988 年版，第 40 页。

② 陈映真：《我的文学创作与思想》，《陈映真文选》，生活·读书·新知三联书店 2009 年版，第 45 页。

幸福的世界",^① 这种文学实用论使他的作品也清晰地表现出一种"思想—行动"的纹路:指出问题—分析问题—解决问题。体现最明显的,就是他笔下所塑造的三类人物:作为"受害者"的小人物——指出问题,作为"加害者"的压迫者——分析问题,作为"改变者"的反抗者和牺牲者——解决问题。在这里可以看到,被寄托了"改变"的希望的是那些有知性、道德和献身精神的中产阶级知识分子(革命者)——"当赤手空拳的人民无所凭藉的时候,我们手里还有一个力量,那就是道德、知识和文化"——而不是"小人物",因为社会分工使"我们广泛的劳动者可能一辈子要重复做最简单的工作……他没有办法接受文化,没有办法思考,没有办法去想……",而中产阶级知识分子却"首先有机会觉醒"^②。正是这样一种认识使陈映真将知识分子作为了自己最直接、最主要的启蒙面向,只是温蔼的个性使他在表达启蒙时,早早弃绝了调侃与嘲讽(《唐倩的喜剧》),转而借理智冷静的"分析"以引导("华盛顿大楼系列")、树"榜样"的力量以激励(《铃珰花》系列)。寄希望于那些有机会觉醒也有能力改变的人,而不是苛责(而是无限同情)于受压迫的小人物,^③ 这体现了陈映真以"行动"为旨归所衍生出的一种"务实"态度,而这种"务实"——不满足和止步于"思想",更顾念着"行动"——最充分地体现着他小人物立场的那种彻底性。

然而黄春明、陈映真身上体现出来的这种小人物立场,在贾平凹身上却难以见到。贾平凹的气质类型显然更接近于"艺术家的"黄春明,他对故乡(陕西丹凤县棣花街)同样有着黄春明对故乡的那种本能依恋,^④ 然而在面临理智与情感的矛盾时我们发现,对故乡的这种本能依恋却并没有使他像黄春明那样毫

---

① 陈映真:《建立民族文学的风格》,《陈映真作品集》(11),台北:人间出版社1988年版,第30页。

② 陈映真:《大众传播和民众传播》,《陈映真作品集》(13),台北:人间出版社1988年版,第145—147页。

③ 对《忠孝公园》中林标的塑造体现得最为鲜明,这个做过日本殖民者军夫的老人身上有着愚昧无知的成分,但陈映真却几乎将大部分的笔墨都倾注于了他在战争、现代化转型中的受害。

④ 在《秦腔·后记》中他这样深情地描述过:"做起城里人了,我才发现,我的本性依旧是农民,如乌鸡一样,那是乌在了骨头里的","我必须逢年过节就回故乡,去参加老亲世故的寿辰、婚嫁、丧葬,行门户,吃宴席……"所以这样被依恋着的故乡一旦要逝去,他自然会伤心不已:"难道棣花街上我的亲人、熟人就这么很快地要消失吗?这条老街很快就要消失吗?土地从此要消失吗?"

不犹豫地倒向对这种依恋的依循：在《土门》和《高老庄》中，仁厚村人在与城市的对抗中充分暴露着他们作为农民的蛮野、原始、鄙陋和保守，而高老庄的荒僻、蛮强、神秘同样也让高子路提不起半点兴趣……在这里，情感已让位于理智，"依恋"已被深深隐蔽，而这种隐蔽自然也是一种压抑和背离，《高兴》的写作过程便充分体现了这种压抑和背离。小说写的是农民刘高兴在西安城捡破烂的故事，"后记"显示作者曾数易其稿，而最重大的一次是发现自己"无法摆脱一种生来俱有的忧患，使作品写得苦涩"、内心一种"严重的农民意识"使他替笔下刘高兴"厌恶城市，仇恨城市"，所以"越写越写不下去"，最后只得"将十万字毁之一炬"。[1]贾平凹这里所言的"生来俱有的忧患"便是生发于他对故乡的依恋，依恋使他站在刘高兴一边替他"厌恶城市，仇恨城市"，然而对这种情感贾平凹最终并不认同，理智与情感形成了冲突，造成他"越写越写不下去"，面对这种冲突，贾平凹选择的是违逆情感、归顺理智：在将"忧患"视为"严重的农民意识"而弃之如敝屣后，他便开始了对一个新的"越是活得沉重，也就越懂得着轻松，越是活得苦难他才越要享受着快乐"的刘高兴的缔造，为了将他缔造成"泥塘里长出来的一枝莲"，他宁愿为其安排一场"英雄救美"式的爱情，宁愿让其苦口婆心地劝同伴"不要怨恨"而要"欣赏"城市——"比如前面停着一辆高级轿车，从车上下来了衣冠楚楚的人，你要欣赏那锃光瓦亮的轿车，欣赏他们优雅的握手、点头和微笑，欣赏那些女人的走姿，长长吸一口飘过来的香水味"。然而不得不说的是，小说所表现的通过"对城市的示好"[2]缓解城乡对立的观念显然是至为浅鄙可笑的。由此可见，贾平凹对故乡仅仅维持了一种原初而本能的（从本质上说也是属己和私性的）依恋，而没有进一步发展出一种理性自觉的、普遍的人道主义坚持，这是贾平凹身上看不见真正的小人物立场的原因。小人物立场的缺乏，以及对理智与情感态度的不同，造成了贾平凹和黄春明、陈映真叙事表现的巨大差异。

一方是执心于"观念"，并不惜对"情感"加以违逆和背离；一方却是充分依循于"情感"和"道德良知"，并由此生发出鲜明的人道主义的小人物立场。所导致的结果也显而易见：同样面对社会转型，贾平凹总是漂浮于现实的表面，

---

[1] 贾平凹：《我和刘高兴·后记一》，《高兴》，作家出版社2007年版。
[2] 徐德明：《乡下人进城的一种叙述——论贾平凹的〈高兴〉》，《文学评论》2008年第1期。

游移于观念与观念、现实与观念之间；黄春明、陈映真则坚定有力，以理智情感相统一的坚强主体实现对现实的步步为营的突进，并从不自觉到自觉（黄春明）、模糊到清晰（陈映真），同时也由文学而社会、由思想而行动，一步步走向了廓大。

第二节　方法差异："呈现"与"分析"

通过前面的分析可以看到，以贾平凹、黄春明和陈映真为代表的两岸乡村叙事者写作的差异，主要在于他们理解现实和历史的差异，这其中既包括理解能力，也包括理解方式。如果说前者取决于立场、情感和观念的话，那么后者则更直接地表现为一种文学创作方式。

一、呈现与被呈现的

90 年代以来，对于转型期社会现实的理解，就大陆当代作家而言似乎遇到了一种普遍的困境。一方面社会现实日益变得复杂化，对于作家的认知理解造成了困难；另一方面，作家既有的或原有的理解现实和思考问题的方式无法及时更新，并和新的时代现实相对接。这两方面因素最终造成的结果，便是作家面对时代现实时的一种言说困难。

在这种情况下，颇为吊诡的是，"现实"在近 20 年的文学发展语境下，却反而变得异常受欢迎起来。不管官方意识形态，还是作家、理论家，他们都似乎青睐这个词——"现实"。他们都希望和倡扬用一种适合表现时代现实的创作方法——"现实主义"——去表现这一"现实"。尤其是最近这几年，呼唤文学表现"现实"，呼唤"现实主义文学"，可以说是文学界最突出的一个现象和热点话题。然而，仔细观察会发现，所谓"现实""现实主义"的呼声，其实并不能作通常性的理解，提倡者往往并不是在严格的学理意义上使用"现实主义"这个词的，他们的希望和提倡，毋宁说只是对近 20 年文学在表现时代现实时乏力的一种不满。

然而，近 20 年的当代文学发展（尤其是小说发展），却又确确实实是在"向现实回归"。90 年代的"现实主义冲击波"（"新都市小说""新状态小说"

等），新世纪之后的"底层文学""非虚构"，都是一种描写时代现实的文学。甚至，再往前追溯的话，我们发现这种"向现实回归"的写作潮流早在80年代末期"新写实小说"便开始了。只不过，"新写实小说"在当时主要呼应的并不是转型期的时代现实，而是对于之前的文学创作潮流——形式主义或技术主义的"先锋文学"——的反拨。然而，刘震云的《一地鸡毛》中小林所体验到的世俗生活本相，池莉《人到中年》《不谈爱情》《太阳出世》中所展现的市民生活状态和民间生活乐趣，难道不也正是80年代之后中国社会转型和世俗化进程最鲜活的反映？

进入90年代之后，社会转型和世俗化进程的加速将中国社会带入了一个更新的状态中，乡村和城市发展，以及人的生存状态都有了新的变化。在这种情况下，文坛也出现了新的动向。比如鲁羊、韩东、毕飞宇、朱文、邱华栋、刘继明、何顿、海男、东西、李洱、刁斗等"晚生代"作家（当时又被称为"新生代""新状态作家"或"六十年代出生作家"），这些作家的写作崇尚对生活表象的描摹，而拒斥对深度意义的探寻，显然也是一种写实的文学。就像洪治纲所言——"晚生代作家们的整个叙事策略基本上是从新写实中承纳而来的，他们所有的故事不仅针对生活现场，而且认同生活事实；他们沿袭了新写实作家们消解自我作为知识分子角色与世俗现实之间的文化距离，而把叙事演化成一种对既存现实背景及其生存逻辑的同构"。① 或者如陈晓明所言——"进入九十年代，对表象的书写和表象式的书写构成了又一批作者的写作法则。那些'伟大的意义'、那些历史记忆和民族寓言式的'巨型语言'与他们无关，只有那些表象是他们存在的世界。与这个'表象化'的时代相适应，一种表征着这个时代的文化面目的'表象化叙事'应运而生。又一轮的——或者说一次更彻底的后现代浪潮正汹涌而至。表象泛滥以及对这个表象进行'泛滥式的'书写，真正构成这个时期的后人文景观"。②

但是"新写实小说"和"晚生代"作家的创作，它们骨子里一脉相承的是一种文化颠覆气质，所以在他们"表象化叙事"的背后其实是有一种刻意的。而在90年代中期（大约1996年）兴起的"现实主义冲击波"小说创作潮流中，

---

① 凤群、洪治纲：《丧失否定的代价——晚生代作家论之一》，《文艺评论》1996年第2期。
② 陈晓明：《晚生代与九十年代的文学流向》，《山花》1995年第1期。

刘醒龙、关仁山、谈歌、何申等写作者同样更为关注生活表象和细节——以至于当时有人批评其缺乏"历史理性"[①]——但是他们对于表象和细节的青睐，却已经并非出自刻意，而是一种无奈。这种无奈源于他们在面对一种他们无法理解和无法接受的现实时，一种真实的心理感受。刘醒龙在《凤凰琴》《挑担茶叶上北京》中所表现的乡村颓败，是无法继续用路遥、贾平凹在80年代面对乡村动变时以相信未来远景式的历史理性来解释的，他们无法说服自己相信未来，于是也就难于接受现在，而这样的无法解释和无法令自己接受的现在，只能以一种老老实实的态度写出它本来的样子。这就是"现实主义冲击波"表现现实的方式。然而，在90年代，一方面可能解释历史的观念并没有彻底失效，另一方面刘醒龙、关仁山、谈歌等作家毕竟在年龄上要比"晚生代"乃至更早的先锋作家要年长，所以他们在文化挑战的姿态上也远没有后者那么激烈，于是就导致了"现实主义冲击波"在骨子里缺乏那种文化反叛气质，甚至稍不留神便流露出他们文化意识上的陈旧与保守——比如，刘醒龙一方面描写现实的"艰难"，一方面却呼吁"分享艰难"；在《凤凰琴》中一方面展现着他对于乡村现实的绝望，一方面又不由自主地援借主流意识形态话语对这种绝望加以"反抗"（通过"升国旗"等细节描写）。

到了新世纪的"底层文学"，一种更为彻底的"写实"出现了。在陈应松、孙惠芬、邵丽、刘庆邦、王十月等人的笔下，一种更为彻底的绝望化的现实被展现了出来。在《泥鳅》《民工》《歇马山庄的两个女人》《马嘶岭血案》《神木》《到城里去》《明惠的圣诞》《北妹》等作品中，那种令人哀伤绝望的现实是无法解释的——它们并非无法被认知，而是无法通过一种既有的观念被克服。历史理性在此已经失效。所以贾平凹在《秦腔》中只是去呈现他故乡本来的样貌，而至于它为何会成为这样的样貌，这样的样貌是否预示着它未来的样貌，甚或未来究竟是什么，他已经无法再寻找到答案。也就是说，到了新世纪之后，随着社会转型的进一步加剧，时代现实以一种更为猛烈的态势突破着作家原有的历史认知，使得他们在历史发展和时代现实面前感到一种无法把握的无奈。而在这种无奈之下，文学写作只能指向一种更为碎片化的表象。

---

① 童庆炳、陶东风:《人文关怀与历史理性的缺失——"新现实主义小说"再评价》,《文学评论》1998年第4期。

从 90 年代至新世纪以来，这种以书写表象化的时代现实为主要特征的写实文学，与那种"回归现实"的呼声其实是有错位的，否则也就无法解释一方面写实文学在近 20 年间不断发展，一方面"回归现实"和"现实主义"的呼声却鼓荡不息。这种错位也凸显了 90 年代以来写实的文学所具有的时代个性——它并不是传统的现实主义文学，而只是以写实为手段，所展露的却是一种迥异于传统现实主义写作的观念解体的主体状态。这种状态显然和当下的时代现实有关。尽管主流意识形态的声音从未消失，甚至随着中国国力提升而有愈发响亮之势，但是真正的历史感受却是只能由更广大的历史主体发出，文学显然是可以代表这种主体感受的一种声音。而近二十年的写实的文学所传达的那种社会转型期的时代感受，显然更多地还是一种忧患与焦虑。如果说放弃了寻求某种"本质"或"理念"的写实，本身便是这种忧患和焦虑的一种表现，那么关于这种写实或写实的文学也便有了新的时代表现。总体来看，新世纪以来这种写实的文学大致有以下几种形态。

第一种，是更注重表现悲剧性故事和人物命运，我们不妨称之为"悲剧式的写实"。这样的作家作品如鬼子《瓦城上空的麦田》、尤凤伟的《泥鳅》、陈应松的《马嘶岭血案》、孙惠芬的《民工》《歇马山庄的两个女人》、刘庆邦的《神木》、罗伟章的《大嫂谣》、迟子建的《世界上所有的夜晚》等。这些作品往往以典型化的人物、故事和富有戏剧性的情节冲突为突出特征，以一种传统的现实主义文学创作手法，展现出作家对于时代现实的认知与感受。这些作品更带有传统批判现实主义文学的风貌，人物命运、性格是它们更为注重的，通过展示他们性格和命运中的悲剧性，来凸显社会现实的沉重。

第二种，是更注重对日常生活的描写，注重对时代现实的全景式展示，我们不妨称之为"全景式的写实"。这样的作家作品如贾平凹的《秦腔》、周瑄璞的《多湾》、格非的《望春风》、孙惠芬的《上塘书》等。这些小说并不特别注重故事性，也缺乏对于典型人物和性格的兴趣，它们更注重对于时代现实的一种整体性表现，并从这种整体性表现中传达一种对于时代的整体感受——迷惘、悲哀。这些作品多为长篇小说，体量更大，但是整体的情感和意蕴却并不如想象的那么丰厚、复杂，而是有着一种比较鲜明但也单纯的抒情气质。它们那种淡化情节、人物甚至可以说是去情节化、去人物化的叙述方式，使它们与传统的现实主义文学拉开了距离。

第三种，以写实的姿态和样貌传达某种理性的观念和态度，因为其更具有主观化和理念化特征，所以我们不妨称之为"抽象化的写实"。这种类型的写实文学根据其艺术表现又可以分为两种：一种是写作方式上更具有现代主义和后现代主义特征的，比如林白的《万物花开》《妇女闲聊录》、范小青的《赤脚医生万泉河》、莫言的《蛙》等；另一种则是更近于传统现实主义文学的，如李洱的《石榴树上结樱桃》、刘震云的《一句顶一万句》等。这一类的文学，更具有某种智性的特征，它们往往富有一种前卫或反叛的思想和艺术气质，有的（如林白、范小青的创作）在形式和语言上便带有先锋气质，有的（如李洱、刘震云）则是在"传统"的艺术形式外衣下包裹着一种前卫和反叛的理念。

这几种文学类型共同构成了新世纪以来的写实文学。这几种文学在此并不方便详细展开，但是通过整体性的观察和概括我们能够看到，它们对于时代现实的认知，主要还是局限于一种比较感性的层次："悲剧式的写实"最典型的代表应该是新世纪之初兴起的"底层文学"，尽管它以富有冲击力的悲剧性人物和命运展示了转型期时代现实的沉重，然而它对于"悲剧"（尤其是"苦难"）的迷恋却遭受了普遍的批评，而这种"苦难叙事"最大的问题，便是写作者对于时代现实的表现更多局限于一种感性直观反应的层次，没有真正上升到一种理性层次；"全景式的写实"更具有一种宏观而开阔的气质，但是如贾平凹《秦腔》那样的日常生活叙事却更为鲜明地有一种纯粹的抒情特征——它只是表达了对于社会转型的一种感性体验，比如迷惘和悲哀等，至于导致这种令人感到迷惘和悲哀的现实的深在原因，以及这种现实状况该如何改变等，却少有触及；"抽象化的写实"固然有一种理性的气质，但是这种理性化的写作毋宁说是一种更超脱的写作，它并没有将思考的焦点放置于时代现实本身，而是放置于一些更形而上的思考，如客观世界的复杂性、思维和语言的奥秘、文学叙事的能力和限度等。

也就是说，纵观新世纪以来的乡村叙事，我们发现，尽管"回归现实"的呼声和写作潮流都此起彼伏，但是实际上作家在表现时代现实方面，却并没有达到一种令人（可能也包括写作者自己）满意的程度。他们更多的是在以一种直接性的"呈现"的方式表现着时代现实。而这种"呈现"式的表达，究竟向我们呈现了什么呢？首先，当然是一些现实的表象；其次，则是作家对于这种现实的一些感性认识，或者说一些直接性的感受（迷惘、悲哀等）。其他还有什么呢？……这样的叙事表现，显然是无法令人满意的。因为这种直接性和平面化的现实书写，甚至因为它在题材（写现实）上的局限，使得它不仅缺乏思想深度，也缺乏题材深度，于是导致了一种平庸化的写作现状——如"非虚构"这样的写作口号的出现本身便是对文学想象性和创造力的抹杀。

确实有必要再一次重新审视"回归现实"和"现实主义"的呼声，正如有论者所言——"现实主义的原型或原始意象今天在我们的头脑里再度显现，无疑是与文学当前遭遇的创作困境有关。这种创作困境可能有许多方面的表现，但就其主要方面而言，还是如何处理文学与现实的关系问题。"那么究竟该如何处理？论者认为，关键还是作家自身的态度和能力问题——"常听有人说，今天我们正处在一个急剧变动的现实世界之中，这样的现实，最容易孕育和产生伟大的作品，但事实是，不但伟大的作品尚未见出现，相反却经常听到量胜于质、有高原缺高峰之类的抱怨。究其原因，不是今天的作家缺少对现实的观察、了解和体验，也不是今天的作家没有足够的文学功力和创作经验，而是今天的作家普遍缺少一种烛照现实的思想的力量。这种思想的力量不是来自脱离现实的冥思苦想，也不是来自圣哲先贤的鸿篇巨制，更不是某些形而上的抽象理念或流行的心灵鸡汤，而是基于对现实的深切了解之后，对现实问题深入研究、思考的结果。"① 而当我们将目光转向台湾转型期乡村叙事时，我们便会发现这段话确实切中肯綮。

二、分析与被分析的

与大陆社会转型期乡村叙事的这种呈现式写实风格不同，台湾转型期乡村叙事同样倡扬"回归现实"和"现实主义文学"，但是却并不是推崇"呈现"，而是注重"分析"。

其实，陈映真早在 1968 年批评现代主义文学时，他明确批评现代主义文学的一点，便是其理性的欠缺——"他们用一种做作的姿势和夸大的语言，述说现代人在精神上的矮化、溃疡和贫困，并以表现和沉醉于这种病的精神状态为

---

① 於可训：《现实主义需要一种精神主导》，《长篇小说选刊》2018 年第 5 期。

公开的目的……现代主义文艺在许多方面表现了这种精神上的薄弱和低能……现代主义文艺的贫困性，不能包容十九世纪的，思考的、人道主义的光辉，是很明白的。"①一方面批评现代主义文艺，一方面肯定十九世纪富有"人道主义的光辉"的文学。这两者最大的不同，在陈映真眼里，便是理性的强弱甚至有无。本着这样一种认识，陈映真自《唐倩的戏剧》开始，便有意识地增强作品的理性素质，而脱离了早期那种比较个人化的、带有现代主义色彩的叙事。到了 70 年代的"乡土文学论战"时期，陈映真的理性化立场更为鲜明而突出地表现出来，他在《文学来自社会反映社会》中明确肯定和倡扬黄春明、王祯和等的"现实主义文学"——"他们不再支借西方输入的形式和情感，而着手去描写当面台湾的现实社会生活和生活中的人。在文学形式上，现实主义成为这些作家强有力的工具。"②这种对于理性的推崇，其实在当时并非为陈映真一人所独有，尉天骢在《建立文学中的健康精神》等文中亦持这种观点，这些乡土文学作家和理论家，都旗帜鲜明地推崇一种富有理性品质的"现实主义文学"。

对理性的推崇，使得台湾乡土作家的创作更富有一种社会分析的气质。当然，"理性"和"社会分析"并不完全相同。正如陈映真早年推重理性，但当他在创作中发生由早期现代主义风格向现实主义风格转变时，他所呈现给我们的是《唐倩的戏剧》这样的讽刺性的作品一样，那样的一种更为冷静的、批判的——固然也是理性的——文学，显然并不是我们所谓的"社会分析"式的作品。而在黄春明的创作发展过程中，当他由早期的《把瓶子升上去》《男人与小刀》等苍白、孤独的现代主义风格，转向《青番公的故事》《溺死一只老猫》《看海的日子》等"乡村系列"时，后者虽然增加了"现实"的分量，但是社会分析的气质仍然尚弱。只有当陈映真开始写出《贺大哥》，乃至于出狱后写出"华盛顿大楼系列"，而黄春明 70 年代推出《苹果的滋味》《莎哟娜拉·再见》《小寡妇》等时，我们才可以说，他们的创作真正表现出一种社会分析的气质。

所谓社会分析，当然是一种理性的气质，但它却并不仅仅是一种基于某种理念认识的批判，而是更注重批判的依据、方式。首先，它是需要一定的知识

① 陈映真：《现代主义底再开发——演出〈等待果陀〉底随想》，《陈映真文选》，生活·读书·新知三联书店 2009 年版，第 78 页。
② 陈映真：《文学来自社会反映社会》，《陈映真文选》，生活·读书·新知三联书店 2009 年版，第 109 页。

基础的。陈映真曾在《后街》等文中回忆过自己在淡江英专读大学时阅读左翼书籍的经历——"就在这个小镇上，他不知何以突然对于知识、对于文学，产生了近于狂热的饥饿"，他读英国文学史，《苦闷的象征》《西洋文学十二讲》，鲁迅、巴金、老舍、茅盾的作品，艾思奇的《大众哲学》《联共党史》《政治经济学教程》，斯诺的《中国的红星》（日译本），莫斯科外语出版社的《马列选集》第一册（英语版），抗战时出版的毛泽东写的小册子……① 也就是说，陈映真青年时代的左翼转向，其背景之一是他知识基础的改变。这种改变，更直接地说，便是文学向社会学、政治经济学转向。这也正是陈映真在"华盛顿大楼系列"之后，其创作一步步增强其社会历史分析气质的关键性原因之一。值得一提的是，这种政治经济学的知识转向，在陈映真是发生于他读大学的 1960 年前后，而对于其他台湾乡土文学作家来说，其普遍的政治经济学知识转向则是发生在 70 年代——尤其是受"乡土文学论战"的影响。

其次，正是因为有了这样的一种政治经济学基础，从而使得批判也就不仅仅是批判（那种徒然的情绪宣泄），而是一种深度的探索、思考。在黄春明的《苹果的滋味》《莎哟娜拉·再见》《小寡妇》中，黄春明将视线从他更熟悉和怀恋的乡村生活，转向城市，在这里他发现了现实生活中那些更沉重的问题，尤其是美国和日本为首的殖民主义和新殖民主义统治给台湾造成的肉体与精神创伤。而王祯和在《小林来台北》《素兰要出嫁》中，被展现出来的航空公司生活也好，还是城市中产阶级困窘的生活状况也好，它们虽然着笔于有限的人物故事，但是这些人物故事所牵连着的，却是从农村到都市、从农民到城市中产者、从医疗到社会保障等更广泛的生活。在陈映真的笔下，这种深度探索和思考更明显——他从《贺大哥》开始，到"华盛顿大楼系列"、《铃珰花》系列和《归乡》系列，几乎是步步深入到了台湾社会历史的深处。通过这种深度的探寻，黄春明和陈映真等所发现的，是一种被埋没、隐藏、无视和忽略的真相。就像在"乡土文学论战"中，台湾社会的性质，台湾的阶级状况，台湾的历史问题，台湾的文学问题，等等都得到了广泛的关注，通过这种关注、讨论，台湾作家、知识分子乃至整个社会都得到了一种思想的启蒙。可以说，正是由这种启蒙，

① 参见陈映真：《后街》《我的文学创作与思想》，《陈映真文选》，生活·读书·新知三联书店 2009 年版，第 20、36 页。

台湾从 70 年代开始，一步步摆脱了国民党专制，走向了民主化。

再次，反观这种社会历史分析式的批判力的影响，我们会看到，它在台湾作家身上体现出来的，最直观的，便是一种理性能力的不断增长。这种理性能力的增长，使得台湾作家的写作表现出一种明显的步步生长（跃进或蜕化）的阶段性：黄春明从现代主义阶段，到"乡村系列"阶段，再到"城市系列""社会问题系列"阶段；陈映真从《面摊》等早期创作，到"华盛顿大楼系列"，再到《铃珰花》系列、《归乡》系列阶段……

然而与之形成对照的是，在大陆作家身上，这种理性增长的现象同样也存在，但是和台湾作家相比，却有明显不同。新时期以来的大陆作家（如贾平凹、莫言等），他们最初的写作（大都开始于"文革"后期）都是受时代和历史的局限，而带有明显的意识形态写作特征，只有进入 80 年代之后，随着思想解放、新观念和新知识的涌入，他们才开始寻找到自己的话语和思维方式，然而受当时的时代影响，他们所寻找到的这种话语和思维方式，更多的是西方式的自由主义和个人主义话语，诸如"人性""启蒙""现代""自由"等。这种自由主义和个人主义的话语的流行与传播，自有其特定的社会背景和时代合理性，但无法否认的是，这种话语的缺陷也同样明显，即它更多地是一种反拨式的、理念化的、欠缺了和大陆本土现实相对话的能力的话语。所以，大陆作家大多受这种话语的熏陶和影响而获致的理性，其实是缺乏一种真正的现实的根基的。而到了 90 年代之后，当社会转型进一步加剧之后，社会现实一旦涨破了原先的那种主要由自由主义和个人主义话语主导的认识观念，大陆作家便普遍陷入了一种迷惘和失语状态。在贾平凹《秦腔》等作品中所流露出来的那种对于历史和现实的迷惘，其实很大程度上便是因此而起——那种迷惘不仅仅是因为现实变得复杂难解，更因为原先的理解现实的思维方式的失效。所以，再次反观大陆作家在其成长的历程中所获得的那种"理性"，它们更多的是观念化或者说理念化的。而陈映真等，则是对这种西方式的自由主义或个人主义的"理念"保持了警惕，做出了反省，进而实现了由理念向现实，由西化向本土的回归。

那么，通过这种社会历史分析式的书写，台湾作家究竟又向我们展示了什么呢？

第一，是多层面的台湾社会。其实，纵观转型期台湾乡土作家的写作，陈映真、黄春明、钟肇政、王祯和、洪醒夫、季季、施叔青等，他们通过他们的小说向我们呈现的台湾社会，在整体的面向上，并没有更多的突破，我们可以用这些一般性的概念加以概括：政治、经济、社会、历史、文化、伦理道德等。但是这些社会生活，和之前的台湾 50 年代至 60 年代现代主义文学所表现的台湾生活相比，其丰富性、立体型和在地性，显然是完全不可同日而语的。这些转型期的乡土作家笔下的台湾社会生活，显然要更丰富生动、更贴近时代现实和历史真实，更富有血肉和温度。陈映真笔下的农民、小生产者、妓女、外省士兵、跨国企业白领和下层工人、日本殖民时代的台湾军夫、知识分子；《下等人》《工等五等》《雨霖铃》等作品中的下层工人、农民、大学生生活和遭遇；乃至于黄春明笔下的宜兰小镇、王祯和笔下的花莲、施叔青笔下的鹿港……这些不同时代、不同地域和阶层的人物以及他们的生活，立体化地展现了历史和现实的台湾。而这种生活的背后，显然贯穿着作家对于台湾社会历史的一种深入分析和研究——正如陈映真的小说所显现的那样。

第二，作家对于这种社会生活的理解。这一点和大陆转型期那种"呈现"式的乡村叙事相比，有着根本的不同。台湾乡土作家的写作体现着一种明确的态度、价值分析和判断，而大陆作家更多的是一种就事论事的、缺乏深度理性的书写。在台湾作家笔下，社会历史和现实是被分析的，通过这种分析，展现出来的是作家对于历史和现实的一种深度认知，同时还有基于这种深度认知所传递出来的生命态度。在陈映真的《将军族》、黄春明的《看海的日子》、洪醒夫的《黑面庆仔》等作品中，那种对于生命本身的尊严和神圣性的挖掘，展现得淋漓尽致。这里洋溢着一种完全不同于大陆转型期乡村叙事那种整体上所呈现出来的压抑、悲苦，它是昂扬的、积极的、乐观的，充满生命力的，而不是灰暗的、压抑的、令人沮丧的。当然，在大陆作家笔下也有那种乐观的书写，但是除了少数作家作品（如迟子建《世界上所有的夜晚》、荆永鸣的"外地人系列"）能透出一种骨子里的积极的生命态度外，像贾平凹《高兴》、夏天敏《接吻长安街》等貌似积极乐观的作品，实际上却总给人一种过于单纯、主观、缺乏生活基础的不实之感。[①]

　　可以说，正是因为有了这样的一种气质，所以台湾70年代的"乡土文学"对于台湾社会才发挥了更大、更广泛的影响。尤其是通过1977年"乡土文学论战"，"乡土文学"以"乡土"之名，发挥了更为广阔的"现实主义文学"的影响和作用。所以在70年代一度彻底改变了台湾文坛的整个风貌。只是，令人遗憾的是，"乡土文学"阵营最终因为统"独"问题分裂，而作为一种文学和社会思潮的"乡土文学"运动，其成果也被"台独"势力所窃取，尽管有陈映真等"统左派"的斗争和抵御，"乡土文学"运动却难免偃旗息鼓的命运。同时，随着80年代之后台湾社会更进一步地商业化发展，以及文学整体性的边缘化，"乡土文学"的影响也渐渐淡薄。

三、美学的吊诡

　　但是，当我们对两岸转型期乡村叙事进行比较，并认可台湾"乡土文学"的社会分析气质，而对大陆乡村叙事在这一方面的精神欠缺提出批评的时候，我们却忽略了另外一点，即从纯粹的美学层面来看，理性的强弱并不决定着文学作品艺术性的高低。就像我们可以批评《秦腔》理性欠缺——它是一种比较典型的"呈现"式写实——但却无法否认它在艺术上的一种魅力，而我们肯定陈映真的理性转向，但是他的《云》《上班族的一日》却有着一种比较突出的理念化写作的痕迹，从而在艺术性上不免受人诟病一样。

　　理性和审美的关系始终存在争议，思想性强的作品其艺术性并不一定高，而理性欠缺的作品其艺术性并不一定低，这种矛盾的现象在中外文学史上屡见不鲜。极端主义论者或许认为，向文学求思想，本身就是缘木求鱼。甚至文学的艺术性，可能会因为理性色彩过重，而失去其艺术魅力。这种论点也能找到相应的例证，比如在台湾"乡土文学"中，黄春明写得最好的作品，应该是他的"乡村系列"，如《看海的日子》《儿子的大玩偶》等，而他后来的"城市系列"如《苹果的滋味》等，艺术性便稍逊，而到了晚期的"老人系列"，则观念

---

　　① 参见李勇:《"前瞻"与"反观"——新世纪乡村叙事中的"受难农民"形象改写》,《郑州大学学报》(哲学社会科学版), 2013年第1期;《新世纪大陆乡村叙事的困境与出路——由贾平凹的〈秦腔〉、〈高兴〉谈起》,《文艺评论》, 2012年第7期。

化痕迹过重以至于干瘪、僵硬。在贾平凹的创作中，他的《废都》《秦腔》都写得感情充沛，也富有艺术性，而《高兴》《土门》这些理性色彩增强的作品，却反而几乎无一例外写得不怎么成功。

但是这种现象显然不能说明理性能力和艺术性的真实关系。一个简单的事实是，这些作家或他们某一部分创作所出现的问题，并不代表他们的全部创作。比如黄春明，他理性转向后所写的"城市系列"中，其实仍然有非常优秀的作品——《莎哟娜拉·再见》《小寡妇》；陈映真的"华盛顿大楼系列"中也有写得非常精彩和感人的《夜行货车》《万商帝君》。所以，陈映真认为，文学表达"思想"并没有错，甚至"一个文艺家，尤其是伟大的文艺家，一定是个思想家"；而作家写得不好，最关键的问题不在于"思想大于形象"，而在于"才情不足"，在于他没有古今中外伟大作家那般的"才华"。①陈映真的意思也就是说，思想和形象、感性和理性有一个怎么结合的问题，伟大的、优秀的作家必定是那些将二者结合得更好、更完美的人。

同时更关键的一点是，一个作家是更偏重理性，还是更具有感性，这一方面取决于先天的气质，另一方面还取决于他的选择。换句话说，一个作家如果立志做一个有思想的更关怀社会人生的作家，那么他的写作就必然要往理性化的道路上发展；反过来说，如果他没有此心，他也就没有往理性化方向发展的必要和可能，他完全可以在更感性的创作道路上写出另外风格的作品。这里，从艺术的角度而言，没有高低优劣之分。但是如果一个作家是抱定了"文学为人生"的实用主义的态度，那么增强自身理性便是必要的任务。陈映真说，他就是一个"文学工具论者"，他"是一个在思想上没有出路的时候，没有办法写作的人"。②这就决定了他后来创作的理性化转向。而纵观台湾转型期的"乡土文学"作家，他们和陈映真一样，也都是抱定了服务人生、改变社会的理想，这才使得他们的文学共同表现出那种理性化的风貌。而大陆转型期的乡村叙事者，却并没有如此坚定的文学实用主义立场，反而因为对于十七年和"文革文学"的芥蒂而对实用主义倾向的文学写作深怀警惕，他们更多地只是因为身在

---

① 《步履未倦夸轻翩——与当代著名作家陈映真对话》，参见赵遐秋主编：《台湾乡土文学八大家》，台海出版社1999年版，第194—195页。

② 陈映真：《我的文学创作与思想》，《陈映真文选》，生活·读书·新知三联书店2009年版，第45—48页。

转型期社会现实之中，被动地观察到、体验到社会现实的沉重，从而下笔为文，以解胸中的郁闷，至于更深层次的为什么写作、为了谁写作等问题，他们大多数人并没有太多考虑。

只是，正如我们前面所分析的，一种更感性的写作，也并不是不能写出优秀的文学作品，像《秦腔》《额尔古纳河右岸》等，这些小说写得极为动人，既反映了时代现实，也反映了时代现实给知识分子心灵的冲击。但是，在复杂沉重的时代现实面前，只是这种感性化的写作的话，是否意味着我们的文学还有某种致命的缺失？而这种感性化的书写，如果一直持续性地局限于这种感性表达的层次，是否还意味着它有更大的潜力可挖？我们是否应该寻求一种更理性化的、富有精神深度的写作？这些都值得当代大陆作家深思。

第三章 海峡两岸社会转型期乡村叙事的艺术风貌差异

　　就两岸转型期乡村叙事而言，因为转型期社会现实的刺激，作家本身又身在这种现实之中，这就使得其文学创作更注重对于社会现实的直击，对于此一社会现实中的问题的呈现和思索，对于人的生命状态和生命价值的表现和体认，从而在整体的艺术风格上，都表现出一种现实主义文学的风貌。

　　现实主义作为一种艺术流派，在其产生、发展过程中出现过以下几种主要形态：批判现实主义、自然主义、革命现实主义。批判现实主义作为一种文学思潮，它的兴盛大约在 19 世纪中期到 19 世纪 80 年代，这一时期资本主义制度在欧洲建立，"正是在此期间，西方社会经历了一个由农业文明向工业文明逐渐转化的时期，工业文明在带来生产力迅速发展的同时，也使西方社会产生了深刻的危机，资本主义社会的弊端和人性中丑恶的一面暴露无遗。与此同时，人本主义唯物论、实证主义等哲学思潮和实验科学广泛发展和传播，这不仅在物质基础方面，也在哲学方面为现实主义——主要是批判现实主义——的发展和成熟提供了条件。"[①] 事实确实如此，批判现实主义文学正是在这样的条件下诞生和发展的，它关注社会转型给人的生活、心理、道德造成的冲击，它将悲悯和怜惜的目光投向那些在社会发展中失落的人：失势的贵族、底层的平民、不如意的中产阶级……这些凡俗和庸常的小人物代替了英雄、历史人物成为现实主义文学描写的对象，这样的文学以其对普通人、对现实生活和日常生活的关注，以其对资本主义社会发展所带来的各种社会问题的批判，以其平易、朴实的写实风格，构成了我们今天所谓的批判现实主义文学的主要特征。在当时的欧洲，

---

　　① 周晓燕：《新时期现实主义文学发展中的几个问题》，《中国人民大学学报》1996 年第 2 期。

批判现实主义文学的代表作家有司汤达、巴尔扎克、狄更斯、托尔斯泰，等等。

自然主义作为一个文学流派，大致产生于 19 世纪后期的法国，19 世纪末 20 世纪初广泛传播。自然主义文学是批判现实主义文学发展的产物，它受实证主义哲学（如孔德）的影响，也受生物学、遗传学等科学理论的影响。它注重人生存和发展过程中的环境因素，以及遗传和生理学因素，从而将文学与自然科学进行了关联。自然主义起源于法国，代表作家是福楼拜、莫泊桑、左拉等。法国自然主义文学在 1870 年到 1880 年达到巅峰，后因许多自然主义作家转投其他流派逐渐衰落。自然主义文学思潮在法国之外也有传播，但是没有获得充分发展，很快就被新兴的现代主义文学取代。

社会主义现实主义文学一般被认为形成于 20 世纪初，即俄国 1905 年革命之后。在此之前，受世界无产阶级运动的影响，无产阶级文学也有了一定发展，如英国宪章派诗歌、德国无产阶级诗歌及法国巴黎公社文学等，但其真正有标志意义的发展是在无产阶级革命运动进入成熟阶段，即 1905 年俄国革命之后，高尔基被称为社会主义现实主义文学的奠基人，他的《母亲》更被认为是社会主义现实主义文学的奠基之作。社会主义现实主义文学，以马克思主义思想为精神指导，对人类历史和社会发展施以理性主义的观照，强调作家对社会历史发展"本质"和"规律"的认识，发挥文学在认识世界尤其是改造世界这一实践过程中的积极的、鼓舞性的作用。这种文学思潮在"五四"之后伴随马克思主义思想传入中国，20 年代后期的"革命文学"、30 年代的"左翼文学"、40 年代"解放区文学"、建国之后的"工农兵文学"，都是这种文学潮流在中国的发展形态。

其实，我们一般意义上而言的现实主义文学，就是指的批判现实主义文学。即发源于西欧资本主义社会的，对现代文明中的人的异化处境进行揭露和批判的文学，也即它内在的精神属性是批判和反思现代化的。有人认为，以这个标准严格而论，我们的新文学中，其实缺少这种意味的现实主义文学。比如"五四"启蒙主义文学，它的批判对象是封建文化，精神指向是肯定现代化，而不是批判现代化；我们的社会主义现实主义文学，在更多的时候更是一种"伪现实主义文学"（有人称其为"革命古典主义文学"）。所以，严格的现实主义文学，在我们的新文学中，可能只有少数作家（如老舍）的某些创作（如《骆驼祥子》）才算是，其他的都不是。①但是这样的界定和筛选，未免过于严苛。"现实主义文学"是否必须以西欧的那种批判资本主义物化现实的批判现实主义文学为准？按照这个标准，俄国的果戈理、契诃夫的很多作品，可能也都无法归于现实主义，因为他们的作品很多也是批判封建文化的。其实现实主义文学虽诞生于西欧，但它之后却经过了漫长的发展和在世界其他国家和地区的传播，它原本所具有的社会历史背景所酿就的精神特征，即批判资本主义的各种弊端，已经有了变化，但是它思想精神的基本内涵并不变：宣扬人道主义，批判不合理的社会现实。而这种精神内涵的背后是人类社会进入现代之后所共同树立和尊奉的人文精神、启蒙理念——如民主、自由、平等。只要这种人道主义的、批判的基本精神和立场不变，不管是批判资本主义对人的异化，还是批判封建文化的吃人，都是现实主义文学基本精神的显现，所以它们也都是现实主义文学。

由此观之，大陆20世纪以来新文学中的现实主义文学，可能在某些历史时期并不是占绝对的主导，但从20世纪以来整个历史来看，它仍然是绝对的主导。不过，中国的现实主义文学在具体的精神诉求上，却有两种不同的倾向：第一是启蒙主义的现实主义，以鲁迅批判国民性的文学为代表，它关注的焦点是文化——前现代的文化；第二是具有反思现代气质的现实主义，如茅盾《子夜》、老舍《骆驼祥子》，它们包含有对现代工商业文明的批判。而到了新时期之后，因为拨乱反正运动的影响，启蒙主义的现实主义被广泛号召，以致到今天，反愚昧、批判国民性仍然是当代文学的一个重要主题（如高晓声、阎连科、李佩甫等的创作）。

与此形成对照，在我们的新文学中，反现代的现实主义文学却并不发达。在当代文学中，反现代的文学主题表达是以浪漫主义、现代主义文学为主。浪漫主义一支，从废名、沈从文到迟子建、红柯、高建群等，现代主义一支，则从李金发、新感觉派到高行健、残雪，都可谓一脉相承。但是整体而言，尤其是和启蒙现实主义文学比较，反现代的现实主义文学还十分孱弱，我们缺少一种建立在切切实实的社会分析之上的对于现代文明的批判，这种批判相对于靠感性的激愤施以控诉和反抗的浪漫主义文学更强劲、更理性，因而也更具有某

① 杨春时：《现代性与中国现实主义文学思潮》，《黑龙江社会科学》2007年第4期。

种切实的说服力（而非仅以情动人）。然而纵观新文学发展的历史，这样的文学只在少数作家——如茅盾、路遥、陈忠实等——身上多多少少展现过。

90 年代之后，大陆文学发展日趋多元化。现实主义文学开始融合、吸收各种其他文学风格和思潮，从而呈现出某种"开放"性。也许这只是表面上的表现，更为内在的背景是，大陆社会现实发生了深刻的、复杂的变化，这种变化对文学来说，可能不仅仅是传统的反封建、反现代主题追求所能概括的。正是这种复杂，召唤着我们去认识这种新的时代现实，在认识的过程中，现实主义文学无论是从理论还是实践上来看，都是更为有力的一种文学样式。现实主义文学 90 年代以来在大陆文坛的复兴，70 年代在台湾文坛的重振，都不是偶然的，而是社会转型这一时代历史对文学所做出的一种历史性选择。但是现实主义文学目前在大陆的发展，却存在着诸多问题，台湾当时的现实主义文学发展也有其缺憾。下面我们分别来看。

第一节　批判现实主义：台湾社会转型期乡村叙事的艺术风貌

吕正惠在其 90 年代出版的《战后台湾文学经验》一书中这样说道："一九七〇年前后……现代主义虽然继续存在，但已不如以前那样的笼罩一切，而二十年中备受冷落的现实主义，居然死灰复燃，成为整个文艺界热烈争论的核心。现在，台湾的现实主义文学，当然已不如七〇年代初起时那么惹人注目，那么垄断视听。但是，无可否认的，在七、八〇年代的台湾文艺界，现实主义一直占据着举足轻重的地位，是近二十年来台湾文艺界最重要的文学现象。"[①] 吕正惠所谓的台湾"七、八〇年代"文学的这种现实主义风格，其实就是指的批判现实主义。这种批判现实主义风格的表现，除了前面所提到的对底层小人物的关怀之外，还包括在写作姿态、具体的艺术手法方面的一些特征：普遍的社会问题意识，强烈的社会分析色彩，生动逼真的细节描写等。

① 吕正惠：《战后台湾文学经验》，台北：新地文学出版社 1995 年，第 49—50 页。

一、强烈的社会问题意识

台湾乡土作家大多出身乡村或小市镇，出于性情、经历等各方面的原因，他们在提笔描写自己的故乡的时候，最开始并没有鲜明而自觉的问题意识和批判意识，而是出于自己对于故乡的一种天然的、自发的情感。这种自发的情感虽然在某些作家身上，也包含了批判情绪——如王祯和早期的小说《鬼·北风·人》，但更多的可能都是如黄春明那般对故乡无限的怀念与眷恋。然而，随着他们逐步成熟，尤其是理性的生长，他们往往都变得激愤起来，他们开始摒弃早期的过于自我化的浪漫主义情绪，转而关注社会历史，研究社会、批判社会、探索历史，他们甚至将这种认识活动推进到实践。在他们的文学作品中，这种对社会问题的批判意识，体现得非常明显。

王祯和早期的小说关注人在贫困环境中的精神变异，如《鬼·北风·人》等，后期的小说更带有鲜明的社会问题批判意识。《那一年冬天》《来春姨悲秋》关注的是社会养老问题，前者写的是一位名叫阿乞伯的老人，他在煤矿公司工作了33年，退休后老伴离去、孤身无后，只得靠辗转于亲朋受接济为生，但因为各方面原因"没有一处阿乞伯曾留寓过三月以上"；后者写的是30岁守寡带大了三个孩子的来春姨，她本想和邻居阿登叔做一对老年伴侣，但是因为阿登叔退休金的支配问题，受到了儿媳的刁难，住境况稍好的老二家时，和媳妇也发生矛盾。来春姨并未听人劝把退休金给予儿子，后来糖尿病袭身，退休金耗尽，阿登终于也被逼走，一对相互依靠的老人本来余年可数，而今又天海相隔、生离死别。小说写道："闭上眼睛，来春姨似乎也在专注地想着如若她有贤孝的媳妇，如果她三个儿子都能个个有出息，倘使她不害这难治的病症，假若她……"这里尖锐地指出了台湾社会养老问题的严峻，如果没有制度的保障，来春姨这样的老人将到处都是，今天有，明天也有。

王祯和的《素兰要出嫁》所批判的则是台湾不完善的医疗保障制度，小说中素兰一家原本是一个幸福的小康之家，父亲辛先生原先是公务员，一家人衣食无忧，幸福美满，后来素兰因为升学压力得了精神疾病，于是看病、欠债、辛先生辞职、搬家、做生意赔本……一系列挫折接踵而至，后来素兰出嫁，婚姻不幸又加重了她原来的病情，辛先生垂暮之年又只好去尝试做小生意，直到给人看山林受伤，无奈之下"邀会"举债，整个家庭随之陷入了无止境的悲苦绝望之境。辛先生一家由小康之家沦落到穷困潦倒，这样的变迁反映了台湾平民家庭乃至中产阶级家庭的脆弱，以及社会保障制度的不健全。尤其是小说结尾辛先生读到报上一篇专门介绍英国社会福利制度的文章《英国社会的福祉》，这让老夫妻无比艳羡："他们失业了，可以领到失业救济金；他们年老了，可以领到养老抚恤金；他们因工作残废了，国家会照顾他们的一生一世……"通过老夫妻的眼睛所进行的这种对比，表达了作家对台湾社会政策的尖锐批评。王祯和著名的作品《小林来台北》更是其批判社会问题方面的代表作，它讽刺的是崇洋媚外的台湾社会风气。小说写的是一个刚从乡下到台北打工的男孩子小林在所在的台北航空公司一天的经历，通过小林这个"外乡人"的眼睛窥一斑而知全豹地展示了半殖民地台湾的都市生活。小说塑造的最形象、最生动的，是那些在大都市活跃着的中产阶级白领们，他们生长在经济大发展时期的台北，受过高等教育，在跨国公司工作，崇拜西方尤其美国文化和生活方式，那个留猫须的留学生毫不客气地说起自己的家庭："你说我怎么住得下去啊？！家里那么脏那么乱，简直谈不上一点卫生。还有我父亲那个德性，那个脾气，那一副窝窝囊囊的模样，完全是一个小市民嘛！完全是一个小市民嘛！我怎么受得了！不瞒你说，我父亲他现在做什么事，讲什么话，就是连他走路的样儿，我都瞧不顺眼！完全是小市民一个嘛——""哼！我还是赶快回到我的美国算啦！"——这些中产阶级白领取洋名（蓓西、南施、多拉希、道格拉斯等）、说英语，无时无刻不在炫耀和攀比着自己的"美国"特征。小说用讽刺的手法，通过他们在航空公司上班的一天里的表现，生动展现了台湾繁荣的经济发展背后依附性经济对台湾人心态的恶劣影响，通过这些土洋杂交的台湾中产阶级白领们可悲可笑的表现，对这种半殖民地下的扭曲的国民心态进行了尖锐的批判。

这种对社会问题的批判意识，还在当时的乡土文学创作中有着更多的体现，比如当时有的作家描写工人处境问题——尤其是在工商业时代底层工人的生存状况，他们贫寒的出身，他们微薄的待遇，他们卑微的理想和这理想的每每破灭，他们凄凉无着的人生晚景……有的描写发生在农村的人口拐卖、犯罪问题——那些所谓的"法律"和"保障制度"在面对某些人群和某些社会空间的时候，总是隐身或失效的，而受到侵害的生命只能独自承受无尽的创痛……当然，在这些苦难生活中，也总是有一些富有正义感的金子一样的人物，他们悲悯和关怀着不幸的底层，并毅然而然地将这种人道主义的情感付之于实际行动。这些人物和他们的行动，似乎是暗夜里的星火，努力地发出着些许微光，这些微光是希望——但是在当时丛生的社会问题面前，它们究竟会给那些底层人群多少生活的信心和勇气？乡土作家们以他们手中的笔作出"思索"。

除了这些小说之外，对社会问题的关注，还展现在其他作家作品中，比如前文已经提到过的黄春明批判崇洋媚外的"城市系列"，以及陈映真批判资本主义跨国企业的"华盛顿大楼系列"，等等。所以对社会问题的批判，这是台湾社会转型期现实主义文学的共同特征。

二、生动感人的细节刻画、白描手法

为了造成一种逼真的艺术效果，现实主义文学讲究对外在世界的精确描写。现实主义作家的这种"真实观"，虽然在 20 世纪以来遭到了很多嘲讽和质疑，但是不可否认的是，在对社会历史的反映方面，如果说追求反映社会现实的力度和深度的话，那么现实主义的这种对"真实性"的要求和追求，是再怎么强调不过分的。而且现实主义文学对社会历史力求客观、精确刻画的追求，虽然包含了隐蔽的观念（特定历史观、人生观、价值观）操控，但是这种更为具体、实在的对于社会历史的刻画，其自身确实包含有极大的历史价值和认识价值。如果说真相和真理真的如怀疑主义者所说的那样，只能在多元对话和争论的情况下才能实现，那么作为多元中的一元，或者是争论的一方，现实主义者的存在当然也是必需的，甚至它还可能是其中更具有说服力的一方。因为客观世界（社会历史）自身的混沌、复杂，可能只有以同样广阔、混沌和复杂的艺术形式才能与之对应，将其反映，这种艺术形式显然更应该是现实主义文学。

而作为实现"真实"（艺术效果层面而言）的重要方式，细节描写一直是现实主义文学的重要手段。现实主义文学的"细节"，所追求的不仅仅是逼真，更还有另一种艺术效果——"动人"。这种生动逼真、感人至深的细节，在台湾转型期现实主义文学中比比皆是。

比如陈映真处女作《面摊》中的一段：

女人和孩子依旧坐在原来的地方，不一会果然看见一个白盔警官。他慢慢

地从对街踱了过来，正好停在这母子俩的对面。他把纸夹在他的左臂下，用右手脱下白盔，交给左手抱着，然后又用右手用力地搓着脸，仿佛在他脸上沾着什么可厌的东西似的。店面的灯光照在他舒展后的脸上——他是个瘦削的年青人，他有一头森黑头发，剪得像所有的军官一样齐整。他有男人所少有的一双大大的眼睛，困倦而充满着热情。甚至连他那铜色的嘴唇都含着说不出的温柔。当他要重新戴上钢盔的时候，他看见了这对正在凝视着他的母子。慢慢地，他的嘴唇弯成一个倦怠的微笑。他的眼睛闪烁着温蔼的光。这个微笑尚未平复的时候他已经走开了。

　　这是陈映真最早公开发表的作品，那种社会历史分析的写作理念和写作方法于他还没有真正地成为他有意识的坚持，但是当时这个尚且稚嫩的作品，在笔法上已经显现出那种现实主义的对于"细节"的重视，比如"瘦削的年青人""一头森黑头发""男人所少有的一双大大的眼睛""嘴唇弯成一个倦怠的微笑"等，都是典型的现实主义细节描写。

　　而在陈映真的《将军族》的结尾部分：

　　太阳斜了的时候，他们的欢乐影子在长长的坡堤的那边消失了。

　　第二天早晨，人们在蔗田里发现一对尸首。男女都穿着乐队的制服，双手都交握于胸前。指挥棒和小喇叭很整齐地放置在脚前，闪闪发光，他们看来安详、滑稽，都另有一种滑稽中的威严。一个骑着单车的高大的农夫，于围睹的人群里看过了死尸后，在路上对另一个挑着水肥的矮小的农夫说：

　　"两个人躺得直挺挺地，规规矩矩，就像两位大将军呢！"

　　于是高大的和矮小的农夫都笑起来了。

　　其中，对于男女二人形貌的描写，对于影子、指挥棒、小喇叭等其他事物的描写，对于对话的描写，也都是比较典型的现实主义的笔法。

　　再比如王祯和的《阿乞伯》。阿乞伯是个在煤矿公司工作了33年退休的老人，老伴离去，孤身无后，他辗转于亲朋之间，但部分是因为亲朋，部分是因为他自己的性格，"没有一处阿乞伯曾留寓过三月以上"，小说生动刻画了转型时代一个孤苦无依的台湾老人形象：

> 天空冻得整张脸都发黑。阿乞伯依旧那一身入冬以来便不曾更替的衣装——旧黑绒衫裤，外面裹拢了件铁灰色大衣；大衣上原有的扣子全丢光，后来缝补上的，颜色大小，一个个通心合力地各自为政；头上一顶毛线织的帽，向没见到他摘下过，帽子在他头上生了根了。一件衣服也无多加，他的脸上竟然一点也没有冷不可耐的表示。

除了细节刻画外，白描也是极为典型的现实主义小说笔法，这方面非常有代表性的作家是洪醒夫。洪醒夫（1949—1982），生于彰化二林，台中师专毕业。这位英年早逝的作家非常有才华。他的小说有着温暖的情怀，情感真挚，感人至深，尤其是艺术手法上对白描的运用更是炉火纯青。比如《父亲大人》（1979）写的是在外读书却不务正业的"我"欠了赌债，回家骗取了父亲来之不易的收入，从而筹集了还款，小说在"我"和父亲临别之际有一段令人动容描写：

> 回到家，我就说我要走了。父亲看看我，说："好，你要认真读书，不要担心钱的事！"说完，他从衣袋里掏出三张老旧的却折叠整齐的十元钞票，塞在我手里，说："阿爸只有三十元，你拿着，可以吃冷吃热！"我说不必了，把他的手挪开，客客气气强忍着跟家人话别，然后转身在黑暗中离开家门，一路走，一路哭，一直哭到车站。

这样的白描，使得洪醒夫笔下涌现着一个又一个令人难忘的人物和场景。比如"惯常穿着粗布制成的唐山衫，黑色的或是……"的牛姑婆（《牛姑婆站在黑暗中》1979），不无麻木但却坚忍善良地活着的清水伯（《清水伯的晚年》1980），曾经"黑脸，一脸杂乱的黑胡子，平日沉默寡言，喝酒甚猛"，后来却让人心酸疼痛的布袋戏演员清溪阿伯（《清溪阿伯与布袋戏》1970），等等。而在《跛脚天助和他的牛》（1971）中，写到善良的天助受到损害时："在回家的路上，我牵着牛，……他起先是大声唱歌，后来不知怎么搞的，竟低低的抽泣了……"收敛的笔端流露出无限的悲伤与沉痛。《黑面庆仔》中，写到庆仔最终决定抚养有精神疾病的女儿受辱后生下的婴儿时，我们在庆仔的心理活动中看到他那于苦难和不幸的人生中所焕发出来的爱与牺牲，以及对苦难和不幸命运的不屈抗争："养这个孩子别人会笑，不养这个孩子，照样有其他的事情让人去笑，养了又有什么关系？"这样的描写，都无不令人动容。

白描方面，王祯和的《两只老虎》也是令人难忘的作品。小说以平淡写实的笔触写了一个浮世小人物——"大不同皮鞋号"的老板阿肖。他其实并未真正成年，而且还是个侏儒，所以内心自卑虚弱，但却每每以故作强硬之态掩饰自己的虚弱和生理不足——他穿西装、高声支使店员，以宣示自己的"老板"身份；他尖锐着嗓子，旁若无人地唱"两只老虎，两只老虎……"但这可笑的装腔拿势，更让人一眼看出他内心的虚弱和空虚……可笑的是，他还招妓女（却又不行事），以此强充能耐，后来终于得罪了伙计，落得孤家寡人、生意萧落，最后被人搬东西抵债，而他却死赖着不走，并在橱窗里大声唱歌，歌声里包含着无限的屈辱和愤怒……小说结尾写阿肖被送回故里后，传闻他一直赖在床上，不肯下来，"而且什么话都不说，只是白天黑夜，反反复复地在唱他那支：'两只老虎，两只老虎……'"这里的流行歌曲，其实是现代商业消费文化的符码，它已经蔓延到了台湾，蔓延到了台湾人的日常生活和内心，所造成的却是如阿肖一般空荡荡的荒芜的内心沙漠。

当然，除了白描之外，台湾作家笔下的讽刺手法运用，也令人印象深刻。这方面的代表作如王祯和的《小林来台北》《美人图》、陈映真的《唐倩的喜剧》、黄春明的《苹果的滋味》，等等。讽刺手法和白描手法一样，同样显现了台湾转型期乡村叙事的批判现实主义文学风格。

三、社会分析色彩

现实主义文学的"真实"观，已经包含了对于作家理性能力的强调，因为"真实"并不是对客观世界的描摹，而是对其"本质"的认识，"本质"是掩盖在现象之下的，那么获得这种"本质"，就需要观察、辨别、分析能力，也就是对社会历史进行透视的能力。这种社会分析的能力，在台湾作家身上表现得非常鲜明。

比如黄春明的《莎哟娜拉·再见》(1973)，小说写的是台湾 70 年代因为处于美国和日本的新殖民主义政策操控之下，整个台湾社会一方面崇拜美国、日本的所谓"先进"文化，一方面自身的商品经济文化带来民众精神的荒漠化和矮化，于是便出现了小说中所描写的那样的令人痛心的现象：日本男人因为其国家对于台湾的主宰性优势，进而顺带地将其男性欲望以一种令所有台湾人蒙羞的方式宣泄于台湾。小说极为巧妙地从几个日本男人到台湾买春写起，写到了他们的各种丑态，在对这种"丑态"的描写中，隐藏了一种深深的刺痛，它展现于小说中为日本人买春充当"中介"的"我"——"我"在充当皮条客的过程中谋私利，但是却无意中撞到当年自己的女学生，而今她竟成为"我"介绍给日本人买春的对象，这使得"我"尴尬、痛苦，在无法摆脱自己的愧疚和刺痛的情况下，"我"在返回花莲的火车上也以自己的方式对日本人进行了反击。陈映真极为欣赏这篇作品，谈到它，陈曾这样说道：

> 日本人集体狎淫台湾妇女，是日台间新殖民地剥削关系尖锐的文学形象。而"我"的处境，也形象地表现了新殖民地下层小资产阶级买办性知识分子的苦涩与矛盾。[①]

这个小说和黄春明的另外几篇小说，如《小寡妇》《苹果的滋味》《我爱玛莉》等一起，都是黄春明转向后的作品。对于转向，他自己曾经这样说过："所谓文学艺术，应该也是推动社会向前迈进的，许多力量当中的一股力量吧。在这个功能上来看，我过去的创造心态是卑鄙的，应该被唾弃的。我希望我今后的写作，能找到一条更开阔的道路，跟大家，跟更广大的读者，跟我们整个社会连在一起。可能我今后的作品，不能像瓷砖那么讨人喜欢，然而社会的建设，像十大建设，是不需要瓷砖的，伟大的工程，伟大的建设，永远是需要大量的钢筋和水泥。"那么怎么才能找到或者说构造出这些"钢筋和水泥"呢？黄春明说："自从我看清自己的过去，认识了自己与整个社会的关系，我的心灵才有一点成长，也开始会多做思想，无形中，作品也慢慢地有了转变……于是从《鱼》

---

① 陈映真：《七十年代黄春明小说中的新殖民主义批判意识——以〈莎哟娜拉·再见〉、〈小寡妇〉和〈我爱玛莉〉为中心》，《陈映真文选》，生活·读书·新知三联书店 2009 年版，第 179 页。

一变，就《苹果的滋味》《莎哟娜拉·再见》这类作品了。"①也就是说，要增强这种社会历史分析能力，理所当然地要拓展自己的心胸，提高自己的理性能力。

但是理性能力的增强，或者说表现在文学作品中的对社会历史的分析，往往也会对作品造成一种不良的影响，即理念色彩过重，使得作品带有某种"问题小说"的色彩。如果这种社会问题意识过于浓烈，以至于压倒了文学的追求，便会导致作品艺术性受损，而且往往还可能会出现的一种情况是，虽是"问题小说"，但对"问题"的反映多停留于表层性的感受和揭露，并没有深入到更开阔和更有力度的社会历史分析的层次。台湾当时的一些作家作品创作便有这种情况出现。甚至黄春明后期的创作也无法摆脱这个悖论，而王祯和后期的一些小说（如《小林来台北》）也不如前期作品饱满丰润。其实，纵观当时的台湾文坛，能将这种社会分析式的理性追求很好地与文学形象进行融合的，应该还是陈映真。

陈映真的"华盛顿大楼系列"是对资本主义跨国企业进行深入观察、解析的作品，《夜行货车》（1978）、《上班族的一日》（1978）、《云》（1980）、《万商帝君》（1982）几部小说通过对资本主义企业内部发生的人生故事和命运悲剧的描写，向人们揭露了以跨国企业为代表的资本主义生产体系那种压抑人、剥削人的本质。陈映真写这些小说的背景，是他本人"入狱前后都在台湾的美国公司工作"，②他通过自己的亲身感受和冷静观察，由此得来了小说的素材。而在这些作品中，小说显示了极强的社会分析色彩。它首先展示了跨国企业的环境：高楼大厦、窗明几净的办公室，文质彬彬、一脸斯文的公司白领……但在这"文明""发达"的表象背后，却掩藏着丑陋和罪恶：不平等的制度，被物化和异化的人的灵魂，民族意识和主体意识的丧失……正如陈映真自己所说，他就是通过这种小说来揭露跨国企业的剥削性本质，呼吁人的自由、平等、尊严。有人批评这样的小说"理念先行"，但是读完这些作品，我们却并不觉得它们生硬呆板，反而它们构思的精妙、细致，叙述的张弛有度，情节和氛围的营造，都使得这些小说动人无比。在这个系列中，除了《云》《上班族的一日》稍微有

---

① 黄春明：《一个作者的卑鄙心灵》，原载《夏潮》1978年2月第23期，转引自尉天骢主编：《乡土文学讨论集》，台北：远景出版事业公司1978年版。

② 赵遐秋：《步履未倦夸轻翩——与当代著名作家陈映真对话》，《台湾乡土文学八大家》，台海出版社1999年版，第195页。

一点点理念化痕迹外，不管《夜行货车》，还是《万商帝君》，在艺术性上都令人印象深刻。这些小说可以说是台湾"乡土文学"或者说现实主义文学的力作，它们也可以说代表了当时台湾"乡土文学"或现实主义文学创作所能达到的最高水平。

四、生动的人物形象塑造

台湾社会转型期"乡土文学"的批判现实主义文学特征，还体现在对于人物形象的塑造中。当时台湾乡土作家所创作的"乡土文学"，出现了许多感人至深的艺术形象。所谓"典型环境中的典型人物"，当时台湾作家笔下的这些人物，典型地体现着当时的台湾社会历史风貌，浸润着作家对于社会历史的理解——批判与希冀。提起这些人物形象，我们会想到很多名字，比如陈映真笔下的小瘦丫头儿和三角脸（《将军族》）、黄春明笔下的妓女白梅（《看海的日子》）和坤树（《儿子的大玩偶》），等等。而其中，当时的青年作家洪醒夫在这方面也是和一个表现非常突出的作家。

洪醒夫是台湾彰化县二林镇人，原名洪妈从，23岁台中师专毕业，1982年7月31日因车祸不幸去世，年仅33岁。他的小说从题目便能看出他对于小说人物形象塑造的重视，《瑞新伯》《父亲大人》《猪哥旺仔》《牛姑婆在黑暗中》《清溪阿伯与布袋戏》《素芬出嫁这日》《黑面庆仔》《跛脚天助和他的牛》《傻二的婚事》等，这些作品都是以刻画人物形象为其突出的特征。

《清溪阿伯与布袋戏》是一篇充满童年回忆色彩的小说。它写了一个村庄——田庄。田庄人的布袋戏表演总是充满魅力，而清溪阿伯的布袋戏，则是其中最闪亮的部分。小说写到这位清溪阿伯的相貌——"清溪那时四十几岁，黑脸，一脸杂乱的黑胡子，平日沉默寡言，喝酒甚猛"。当时村里传言他在唐山（大陆）读过书，乃是街市望族后代，年轻时颇有文名，后因赌博败家，还砍掉了左手食指。这是一个沉默的、有历史的、有故事的人。小说在对人物的淡淡描摹中承托出他背后的故事、故事暗藏的命运。整个叙述深隐着一声慨叹、一缕感伤。小说最精彩的是对于布袋戏的描写，以及这其中所穿插着的那个忘我的清溪伯。清溪伯是布袋戏的精魂，然而在一个日渐工商业化的时代，这样一种传统的、曾经辉煌过的艺术形式，也正在走向萧条落寞。作者在小说中感叹道："这种涵盖面广，象征力大的戏剧，却逐渐没落下去，几乎要消失了。"所以整个小说毋宁说是借由对布袋戏、清溪伯的哀悼，哀悼了整个时代："我所哀悼的，又岂仅是清溪阿伯而已！"这样一种时代性的感伤，都集中在一个人物、一出戏剧身上，使得这个人物（清溪阿伯）给我们一种置身荒茫天地间的无限寂寥之感，天地洪荒，历史苍茫，一个微末的生命又是这苍茫历史中多么卑微无力的一颗尘埃啊："他实在是一个小人物，世界上千奇百怪形形色色的小人物里的一个，不知不觉的生，不知不觉的死。"

《跛脚天助和他的牛》写的是一个老农民天助，他一辈子家无恒产，唯靠一头耕牛过活，现在已入暮年，而且"自己一只腿也给牛车弄坏了"，但是他仍然不舍得把这头老牛贱卖。后来，在拉土的时候，老牛累倒了，继而死去了，只留下了伤心的天助……天助老汉的形象在小说中刻画得很丰满，作者通过叙述人"我"对老汉进行描述："我"是番王村的长工，"在那个时候，谁家有什么东西需要帮忙搬运的，都喜欢去找他（笔者注：天助），主要的还是因为迅速实惠，加上天助人又好，不会在小处跟人家计较，自然吃得开，于是乎这么一条牛，就把他家大大小小六七口的生活安排得顶妥当的。"这里写出了天助和他的牛曾经的荣耀，但是当年的荣耀更衬托出了今日的荒凉——当天助腿坏了之后，人们开始叫他"跛脚天助"："跛脚天助，跛脚天助，人人都这样叫他；每次看到他牵着那条牛一瘸一拐的，在黄昏的天色下走路回家的样子，我心里头就无端沉重起来。"小说中天助是一个卑微到不能再卑微的小人物，作者以温暖的笔触，描绘出一个农业萧条时代荒凉落寞的背影，在这样的描写中，也渗透着作者对于时代的感怀、童年的追忆，当然也还有对于现实的不满——"以前那些日子虽然不是很舒适，起码也充满了活力，可是现在的一切，都不如从前了，都老了，春色未了秋先到，还有什么比这个更可悲的。"结尾部分，写到牛死去之后，天助那种痛不欲生的样子，"我突然感到我以前并未深刻地认识过他！他跟他的牛是多么相像啊！"看着眼前的天助和他的牛组成的伤心图景，"使我意识到生活的狰狞面貌，真叫人不寒而栗……"

《傻二的婚事》写的是一个名叫傻二的小人物。他本是个苦命人，身世凄惨：母早逝，父续弦，后母不守妇道被父杀，父又自杀，傻二跟大哥长大，受到嫂嫂虐待，身体羸弱，但学习用功、好强、自尊，不想大考前却生病，沦落工厂，又读夜大，混迹在底层世界。这样的傻二，一方面身世悲惨，且性格也受到环境的影响而有某些不平之处，却保有一颗真诚的、善良的心。在他自己的婚姻问题上，他最终选择了出身不好、相貌平平、性情乖张、粗俗不堪的张米云，而放弃了温良贤淑的小D，原因只是他认为，未婚先孕的张米云更可怜，她的处境、家境、未来生活的隐忧，都让傻二无法释怀。所以面对朋友们和家人的一再劝阻，傻二仍然坚持自己的决定。这是他古道心肠的表现。傻二身上有一种甘于自我牺牲的品格，甚至一种侠义的精神。

《黑面庆仔》也是这样一篇类似的作品。庆仔也是从小身世悲苦，父亲早逝，母亲做苦工，并在他十六岁时去世，后来他娶了美丽但却疯癫的妻子，妻子又生下了同样美丽而疯癫的女儿阿丽。然而，阿丽莫名受辱后怀孕生下了一个婴儿，阿庆由此也陷入了艰难而痛苦的抉择——这个身世难堪、命运难测（不知道疯还是正常）的婴儿，自己养还是不养？在痛苦的抉择之后，他决定养下来，不去顾忌那些所谓的别人的眼光——"养这个孩子别人会笑，不养这个孩子，照样有其他的事情让人去笑，养了又有什么关系？"襟怀坦荡之后的他更进一步地坚定了对于生活的信念——"一切都会好。旺仔是他的生命。这个婴儿又是更新的生命。一切都会很好。"

在洪醒夫的笔下，那些卑微小人物多有着如下几方面特征。首先，是他们都有着共同的卑微乃至不幸的出身或身份，身世坎坷、命运悲情，而这种坎坷、悲情的身世与命运，尤其是它所带来的底层小人物的辛酸、苦楚，让我们更为切近地观察到了转型时代台湾社会真实的一面——转型带来社会的"发展"，但背后却是乡村的衰败、农民的破产（《跛脚天助和他的牛》），以及相应的传统伦理道德、文化习俗的丧失（《清溪阿伯与布袋戏》）。其次，在他们身上，都闪耀着一种底层小人物所特有的生命伦理和生命精神，这种生命伦理和生命精神，既包括在底层生存困境中焕发出来的那种顽强的生命力，又包括传统社会和传统习俗、文化所遗留在他们身上的金子般的品质（《黑面庆仔》《傻二的婚事》）。这种生命伦理和生命精神似乎不惟台湾底层小人物身上所独有，但是只有在那样一个新旧交替的时代，在那样一些寓居海岛乡村和城镇边缘、城市角落的人的身上，才更体现得如此鲜明，如此令人难忘。

洪醒夫的小说有一种于平淡中见波澜、于细微处见深情的气质，他笔下的小人物既有和陈映真、黄春明、王祯和笔下的小人物相似的地方，又有他个人独有的印记。他似乎总是把最深在的情感埋藏笔底，尽力在日常生活化的外部世界描绘中呈现着小人物身世和命运的纵深肌理。小说写到那些小人物的隐忍、牺牲，写到他们的哭泣（如天助、庆仔），都令人动容。洪醒夫在这里也许并没有刻意要宣扬什么，他只是表现着他自己对于一些人、事的观察，但透过他的观察，我们却看到一种令人感动、令人敬畏的生命尊严和生命态度。这种生命尊严和生命态度，也许才是他的文学所带给我们的真正有价值的东西。

洪醒夫的小说是比较纯正的现实主义的作品。它们笔法简朴却并不简单，所刻画的人物形象并不繁多丰富（和他早逝的生命有关），却几乎个个丰满圆润，充满生活的质感。这些作品其实一定程度上也代表了当时台湾"乡土文学"的一种整体风貌——即便在陈映真早期的"现代主义"文学创作阶段，他笔下的吴锦翔、林武治等，也是一种深扎在现实社会土壤中的一种现实主义的形象状态；当然，更不用说乡土意味更浓的黄春明、王祯和等人的创作了。这些作家作品共同为我们呈现了一幅台湾乡村小人物群像。福斯特在《小说面面观》中说，人物是否真实其实并不取决于它们和我们相似，而是取决于它们"是否令人信服"。[①]深扎在台湾社会历史和现实土壤中的这些人物，以其朴实自然的现实主义的艺术形态和面貌，不仅令人信服，而且也因此留身在了台湾文学史册。

第二节　"无边的现实主义"：大陆社会转型期乡村叙事的艺术风貌

与台湾转型期乡村叙事的批判现实主义文学风格不同，大陆在新时期以来，尤其是经过了80年代对于社会主义现实主义文学的反拨，现实主义文学的整体发展陷入了明显的低潮，及至90年代以来社会转型期批判现实主义文学有所回归，但"反拨"留下的痕迹也仍然十分明显——即便那些看起来有着比较典型的批判现实主义风格的作家，其作品能严守现实主义规范而不逾矩的也极为少见，更多还是显得更为多元开放——既有融合了浪漫主义元素的现实主义，又

---

① 参见［英］E.M 福斯特：《小说面面观》，冯涛译，人民文学出版社 2009 年版，第 53 页。

有融合了现代主义元素的现实主义。从而在艺术风貌上，相较于台湾转型期乡村叙事显得更为丰富多彩。

一、融合浪漫主义的现实主义——高建群、田中禾、贾平凹

从发生学的角度来看，一种浪漫主义情结的诞生，莫不与对于现实世界的某种抵触、排斥、批判心理有关。浪漫主义典型的心理表现就是抛弃、逃离现实世界，当然这种逃离是心理意义上的。对于人类来说，逃离的方向只有两个，过去或者未来，未来过于模糊，过去则记忆犹新，所以文学上的逃离，最青睐的就是"过去"。这一点，从西方18世纪和19世纪（1760—1830）[①]浪漫主义者的口号"回到大自然，回到中世纪"就可以看得出来，因为中世纪是西方的"过去"，大自然则是工业文明之后现代人的"过去"。对于中国新文学来讲，也是如此。沈从文的"湘西"、张承志的"草原"、迟子建的"北极村"、张炜的"野地"，莫不是与个人化的或民族性的"过去"有关。但是在"回到过去"的路途中，他们的表现却并不相同。因为个性、气质、观念的差异，导致他们在遥望"过去"和回到"过去"的过程中表现不同。我们这里试以高建群、田中禾、贾平凹三个作家为例，来看一下新世纪现实主义文学中的浪漫主义精神倾向。

高建群2009年发表了长篇小说《大平原》。小说写的是渭河平原的一个村庄的历史，小说中的高氏家族，有着农业文明家族的根本特质：卑微、坚韧。他们如草芥的生命，却汇集了顾兰子的坚忍、善良、聪慧，高发生老汉的豁达、幽默、冒险，高大的勇悍、大气，高二的沧桑，高三的本分、善良……小说由此传递出一种对"家族"的荣耀感。家族、土地、血缘，这都是农耕文明的印记，对家族的荣耀感，连接着作者对农耕文明的礼赞，然而这种礼赞显然是令人费解的，因为农耕文明乃是现代性的对立物，即便是在一般的浪漫主义者那里，农耕文明的被礼赞也无非是基于对"人性"抑或其他现代性价值的认可或强调，而对农耕文明做了某种抽象化、理想化的处理，纯粹的对于农耕文明的礼赞实际上是不多见的。所以，作者高建群这里表现出的对于家族、平原的深情，并不是出于一种感性的情感寄托，而是出于一种有意识的理性的认可，确实有一些令人费解。然而，仔细观察会发现，小说中这种对农耕文明的认可，

---

① ［英］以赛亚·柏林：《浪漫主义的根源》，吕梁等译，译林出版社2008年版，第15页。

其背后有一个更引人瞩目的叙事者，这个叙事者就是黑建，他是这个家族的后裔，他集合了这个家族的优秀品质：有雄心、胆识、魄力，又有骑士一样的诗性气质。这个人物身上，既有农耕文明的血脉，但更有现代文明特有的那种扩张、开拓型的生命强力，可以说，他是农耕文明和现代文明完美结合的产物。在这种完美状态的结合下，农耕文明所传承下来的是顾兰子、高家男人身上富有现代价值的生命气质，而那些鄙陋、自私、怯懦的东西都被摒弃了。

　　所以小说所表达的那种对于"大平原"（不仅是自然形态的，更是家族和生命气质的）的礼赞，并不是在赞美，更不是在眷恋农耕文明，而是表达了一种对农耕文明的现代出路的探寻。只是与纠结、痛苦的现代批判态度不同，这里所展示的是一种更积极的、昂扬的、豪情万丈的期许态度。这种态度的核心，在于主体的气质差异，以黑建为代表的抒情主体，他的精神气质更接近于资本主义发展初期的"当代英雄"形象，但是他又缺少于连式的道德焦虑，也缺乏高加林式的悲剧主义色彩，他身上闪耀着一种罕见的雄伟辽阔的英雄主义气质。当然小说所传达的这种英雄主义、浪漫主义精神并不是不存在问题，比如在小说后半部分，作者写到高家庄被改造成高新区时，小说那种开创历史的英雄气概，无疑也包含着某种值得警惕的东西，因为它固然颂扬了个人主义、英雄主义，展示了生命的雄心和活力，却并没有顾及英雄意志扩张所包含的潜在的伤害性。不过无论如何，高建群的这种英雄主义、浪漫主义的文学和文学形象，在当代文学史上并不多见。

　　如果说高建群《大平原》的浪漫主义风格是英雄主义的、扩张型的，田中禾的《十七岁》便是个人主义的、内敛的。田中禾生于20世纪40年代河南南阳唐河，高中时便出版过诗歌，60年代因不满大学中文教育的落后而主动退学，并立志在人间的"大学"实现自己的作家梦，他此后做过农民、教师，办过工厂，在社会底层摸爬滚打了20年后才成为专业作家。田中禾写作起步早，享有声誉却是在80年代短篇小说《五月》的发表与获奖之后，此后其写作追求风格的变化，不断挑战和突破自我，从《五月》到《明天的太阳》，到《落叶溪》《匪首》，再到《父亲和她们》《十七岁》，田中禾从乡村到城市、现实到历史，从社会历史反思到文化人格批判，从写实、白描到意识流、"笔记体"、多角度叙事，他不断变换和展示着他多变的风格与喜欢艺术冒险的个性。但这些小说中却普遍透露着一种共同的精神气质，那就是一种强烈的社会责任感和担当意识，比如对农村出路的寻找，对社会转型和文化冲突的焦虑，对历史和人性的批判与透视，对现代中国知识分子文化人格的批判性审视，均是这种责任感和担当意识的体现。

然而，到了新世纪发表的《十七岁》，作家的这种深沉的、富于担当的气质却有了一百八十度的突转：它完全取材于作家的自我家族史和人生经历，以"自传"和"回忆录"的方式，记述了作者的祖辈、父辈和自己一代家庭成员的生长经历，尤其对姐姐、哥哥和"我"的青春成长作了浓墨重彩的记叙。小说充满了对往事的深情回忆，回忆中灌注着对时间流逝的感慨，对人世生存的苍凉而温暖、诗意又伤感的生命体验。将同样发表于新世纪的《父亲和她们》与《十七岁》做一对比就会看出明显差异：前者是写他人，后者是写自我；前者寄寓的是社会担当，后者则是生命诗意的挥洒与流淌；前者苍茫滞重，后者轻盈洒脱。前者着重探讨"文学与外部世界的联系"，后者则更体现着文学言说的"自由"和"有限"。《父亲和她们》是对中国知识分子一种普遍的生存处境的发现，它是对自由的绝望，更是对知识分子自身（包括作家本人）的绝望。从《五月》到《父亲和她们》，由对社会现实问题的发现，到历史文化反思，再到文化人格批判和自我批判，从中可以清晰地分辨出一条由焦虑／抵抗焦虑到走向绝望的路。焦虑起源于担当，最终收获的却是绝望，这是田中禾作为知识者和思想者的苦恼，也是田中禾作为一个作家在理智与观念层面遇到的苦恼。

《十七岁》却似乎摆脱了这样一种苦恼，小说从内容和写法两方面都表现得十分明显。从内容上看，它讲述的完全是个人史和成长史，"十七岁"是个特别的时间点，因为"十七岁"的生命还没有完全融入社会和历史的过程，饥荒、战争、革命、运动……历史在波澜壮阔地进行，"十七岁"的生命们却在出嫁、夭亡、躲在阁楼里烤疥疮，抑或刚刚打点好离家远去的行囊，他们此后将参加革命、被打成右派、上山下乡，但在"十七岁"的时间点上，他们只有初恋、升学、离家和感伤。所以，"十七岁"的"历史"是更为私人化的历史，对"十七岁"的回望，看不见家国、责任和担当，而仅仅是对昨日的一种眷念，对青春的缅怀，衬以发黄的历史底色，让人唏嘘，让人感慨。而在写法上，作者也似乎完全放弃了对形式和语言的一贯重视，它用的是最朴素的写实手法：人物脱胎于现实，事件遵循时间的自然流动，"第一人称"叙事者拥有实际上的全知全能。田中禾一贯重视小说的语言和形式——"讲一个有意思的、有趣的、新鲜的故事，首先不是故事本身，而是故事的讲法"，[①]"讲法"往往包含了丰富的理智和意图，《十七岁》却似乎是对所有智性操作的放弃，它率性而为、自由自在。所以《十七岁》展现了作者的一种浪漫主义情怀，只是与高建群不同的是，这种浪漫主义从主体气质来看是内敛的、收缩的，表现出的更多的是一种自由、任性，而不是昂扬、搏击。[②]

从对当下现实主义文学那种忧愤、激切的主导风格突破的角度而言，高建群的英雄主义情结，田中禾的个人性情张扬，都带有某种溢出性，他们是从外部形成的一种突破。而贾平凹的《带灯》所凸显的浪漫主义格调，则是从内部形成的。《带灯》发表于 2013 年，它继承了贾平凹新世纪以来的创作路线，也是对社会转型发言，而且小说写的是关于乡村的发展乱象，折射出的是当下乡村城市化所面临的巨大的困难。小说以一个乡村基层工作人员带灯的眼观察了当下的农村发展现状：混乱嘈杂的乡政府大院，混乱嘈杂的乡村，混乱嘈杂的人群，混乱嘈杂的工作……就是在这种混乱嘈杂中，带灯却坚守着光明，她这个樱镇独一无二的"小资"，以其关爱和慈悲、聪颖和灵活，在樱镇这个混乱嘈杂的世界中令人惊讶地生活着。她懂医术，并力图给樱镇人治病，其实也是给整个农村治病，但是她终究势单力薄，连自己最后也陷入了迷乱。可以说，带灯身上寄予了中国传统知识分子的担当意识，也体现着现代知识分子的社会批判意识。然而遗憾的是，带灯却是超脱的，这个人物形象表面上看带有悲剧性，但是她的道德、小资趣味，却使得她相对于那个混乱污浊的世界有着迢远的距离，她是居高临下的、缥缈的、游离的。这也许正是她最终陷入迷乱的根本原因。而从 20 世纪 90 年代的《废都》到新世纪的《带灯》，从庄之蝶到带灯，这里的迷乱其实是身处社会转型大历史的贾平凹个人的，或者说，这迷乱其实是现代知识分子精神孱弱的表现。[③]

---

① 田中禾：《田中禾小说自选集·自序》，河南文艺出版社 1998 年版。

② 李勇：《思想者的苦恼和艺术家的逍遥——论田中禾的小说创作》，《小说评论》2012 年第 2 期。

③ 李勇：《批判、忏悔与行动——贾平凹的〈带灯〉、乔叶的〈认罪书〉、陈映真的〈山路〉比较》，《文学评论》2015 年第 5 期。

然而与这种思想层面的缺陷相比，整个小说在感性的层面上却令人印象深刻。小说中那些对于前现代的乡村文化的书写令人难忘，这种源于作者个人记忆的，对乡景、乡俗的描写，向我们展示了一个丰富多彩、混沌有趣的民间世界：

东岔沟村的人居住极其分散，两边的山根下或半坡上这儿几间茅屋，那儿一簇瓦房，而每一户人家的门前都有着一眼山泉，旁边是一片子栲树。石磨到处有着，上扇差不多磨损得只有下扇一半，上边压着一块石头，或者卧着一只猫。牛拉长了身子从篱笆前走过，摩托驶来，它也不理。樱树比在沟口更多了，花开得撕棉扯絮，偏还有山桃就在其中开了，细细的枝条，红火在埂畔上。

竹子大呼小叫着风光好：瞧那一根竹竿呀，一头接在山泉里，一头穿屋墙进去，是自来水管道吗，直接把水送到灶台？又指点着那檐下的土墙上钉满了木橛子，挂了一串一串辣椒、干豆角、豆腐干和土豆片，还有无花果呀，无花果一风干竟然像蜜浸一样？！看那烘烟叶的土楼啊，土楼上挂着一原木，那不是原木，是被掏空了做成的蜂箱，蜂箱上贴了红纸条，写着什么呢？带灯说：写着蜂王在此。竹子就赞不绝口：写得好，怎么能写出这个词啊！但是，还有一家，门框上春联还保存完整，上面却没有字，是用墨笔画出的碗扣下的圆圈，不识字就不写字，用碗扣着画圆圈这创意蛮有趣哟。有人坐在石头上解开了裹腿捏虱子，一边骂着端了海碗吃饭的孩子不要筷子总在碗里搅，稠稠的饭被你搅成稀汤了，一边抬头又看到了斜对面梁上立着的一个人，就高声喊话：生了没？——生了！——生了个啥？——你猜！——男娃？——再猜！——女娃？——啊你狗日的灵，猜了两下就猜着了！

樱镇人喜欢吃酱豆，不论穷家富家，每年都要捂几罐。张膏药的儿媳告诉着捂酱豆要把大豆煮熟了，趁热在干面粉里滚圆后放到盆里，铺一层香椿叶子撒一层面豆，再铺一层香椿叶子撒一层面豆，如此层层铺呀撒呀到盆子满了，用被子严严实实盖上捂。要捂七天，面豆发了黄毛，再收到一个瓷罐里，熬花椒大茴盐水搅和，晒干，过一天拌些砸碎的樱桃，再晒一天，再拌些砸碎的樱桃，反复四天五天，反复得有些烦了，收起存好，到初秋就可以开封会用。

这样的书写完全是理性之外的，它凭借的是作家的个人记忆、私人情感，相对于作者显在的那种对历史、家国、民族、文化的焦虑和忧患，它是自我化的、自由的、任性的。而值得注意的是，这部分溢出作家观念之外的叙事，却反而成了贾平凹作品中最令人难以忘怀的部分——相较于作家刻意表现其观念的部分。贾平凹这种感性和理性的分裂，以及由此造成的作品感性多姿，理念表达上却往往捉襟见肘、令人遗憾的现象，可以说形成了贾平凹创作中一个非常值得人们注意的"症候"。它不仅仅体现在《带灯》，还体现在他其他作品中，这里面所蕴含的深层原因，颇值得我们深思。

二、融合现代主义的现实主义——莫言的《蛙》、余华的《第七天》

现代主义在当代大陆文坛的传播，自然以 20 世纪 80 年代"先锋小说"为最盛，彼时，莫言、马原、残雪、苏童、余华、北村等，将西方现代主义和后现代主义文学观念与手法大量运用，形成了当时现代主义文学实验的热潮。90年代以后，热潮消退，先锋转向，但是先锋文学的遗产并没有消失，现代主义艺术手法，乃至它内含的情感、观念都在今天的叙事中有迹可循。莫言的《蛙》（2009）、余华的《第七天》（2013）都是融合了现代主义艺术元素的现实主义作品。

莫言的《蛙》是以书信体形式写就——由蝌蚪向日本友人杉谷义人先生介绍自己姑姑的人生故事。姑姑名叫万心，在农村长期从事计划生育工作，年轻时候的她铁面无私、秉公执法，对超生绝不手软，所以在乡里留有恶名，但是老年之后，却心慈手软，并对自己曾经的所作所为感到不安。姑姑前半生和后半生判若两人，她的由"杀生"到"悯生"的转变，体现了作家的人文主义（人道主义）精神倾向。但《蛙》并没有这么简单，它的整个后半部分，并不是单单围绕姑姑的故事进行，而是向我们展示了整个社会 90 年代之后的发展乱象——整个社会商品市场经济的发展、农村急速的城市化进程，改变了中国农村，也改变了人心，就像小说中写到的"代孕"现象，这种有悖于人情和常理的事情的出现，不仅仅颠覆了我们通常的伦理道德，更嘲弄和讽刺着国家政策，从而显现着我们这个时代的荒谬与疯狂。小说的现代主义风格非常明显，它的叙述方式（综合运用倒叙、插叙等）、书信体结构、"魔幻"元素，都继续着莫言一贯的形式和语言上的前卫追求。但是这种表面的现代主义风格掩盖不了小说的现实主义内质，它的批判力，它的对人、生命的关怀，它的对当下时代现实问题的关注，都显示着作家的现实主义精神。

余华的《第七天》以"我"之口讲述了自己死后的七日见闻，他给我们呈现了一群"死无葬身之地的人"，这些人生前都生活在社会的底层，比如被称作"蚁族""鼠族"的青年人，打工者、被拆迁者、医疗事故受害者、火灾和车祸受害者……这些人都是今天我们这个时代的"被侮辱被损害者"，他们本性善良，兢兢业业，他们努力工作，只求平安活着，但是却无法躲避伤害。小说的现代主义气质极为强烈，它带有 20 世纪现代主义文学的那种绝望和呼号，却又以平静如水的文字出之，那种巨大的反差，不禁令人想起卡夫卡，他们对于社会、体制的批判充满了怒气，但这些怒气却又被一丝不露地包裹了起来，树欲静而风不止，似乎随时都要爆炸。《第七天》在文字风格上，它整体的那种感伤和忧郁，以及由它们所呈现给我们的死亡、忧悒的故事和人物，都令人不由得想起余华早期小说的风格——那种川端康成之气。

莫言的《蛙》和余华的《第七天》，它们的共同点是充分吸收了西方现代主义文学的手法，而就其个人写作来看，90 年代之后中国当代文学的现实转向在他们创作中也留下了深深的印记。莫言的《蛙》相对于早前的《四十一炮》甚至新世纪之初的《生死疲劳》，都在形式和语言上更趋朴实；余华的《第七天》相对于《兄弟》也少却了一份荒诞和无稽，而多了一份深沉、伤感、真挚。这都是作家个人的某种自我调整，虽然他们仍然在世界观和情感层面上保有对社会、历史、文化的批判和质疑，在叙述方式上也继承了现代主义文学的创新性追求的特质，但在表达方式上，他们正在力求返璞归真，力求一种更为朴实而有力的表达，以实现他们最初的理想。

三、异变的批判现实主义——乔叶的《拆楼记》《认罪书》

批判现实主义作家对于人性和历史的看法是积极、乐观的，他们坚持人道主义立场，乃是因为他们对于"人"是信任的，他们相信理性，他们坚持文学能反映社会人生，能够改造社会人生，他们对于未来是有信心的。正是这种确信，使得批判现实主义者有着坚定的信念和刚强的意志力，甚至令人敬佩的行动能力。当然，他们的自信，也存在着盲区，比如对人性的看法方面，他们对于人性的缺陷，看起来似乎往往是有一种回避的、不愿正视的态度（这一点在一些"传统"力量强大的地区体现得似乎更明显）。这也给现代主义者留下了攻击的把柄，对人性的绝望和恐惧，对历史的强烈怀疑，对人类前途命运的悲观，往往使现代主义者面对着真实或想象中的"绝境"，发出着尖叫、哭号、诅咒——它们有些时候甚至是让人不寒而栗、毛骨悚然的。所以在现代主义者眼里，现实主义者的确信是可笑的、自欺欺人的。然而，人总无法永远地沉浸于绝望之中，真正的绝望也许只存在于意识领域，人却同时拥有他无法承受但却不得不承受和面对的现实世界，哪怕有一线希望，甚至完全没有希望，他们也总是想要反抗，要努力改变现状——存在主义者便是这种反抗者之一。现实主义者也是这种反抗者。他们所企盼甚至指引的，便是一种光明而富有前途的方向，相对而言，现代主义者的意义更多地似乎只是一种启蒙罢了，现实主义者却是要改造和建设世界的。从这个意义上说，如果我们站在一种文学实用主义的立场去看，去期望文学发挥社会功能，那么现实主义文学显然更符合理想。但是，既往的文学的历史也告诉我们，对于现实主义文学背后所包含的那种历史主义、宏观主义的精神倾向，我们确实也有必要保持足够的清醒。这种清醒，部分来源于现代主义式的——以及其他形式的——对现实主义的反省。而在当下的中国，社会历史发展已经为曾经的现实主义者展示了一种更为复杂的现实，这是一种怎样的现实呢？当既有的、传统的批判现实主义在面对这一现实相对失语的情况下，现实主义者该如何应对？文学如何反映这种现实，甚至怎样思考和改变这一现实？

乔叶的小说便展现了一种犹疑。这种犹疑潜藏在他批判现实主义的小说叙事当中。乔叶小说的主题大致可以分为几类：第一，社会历史批判；第二，人性反思（如批判人的私性）；第三，文化反思（如传统文化和道德对人性的异化和戕害）。

社会批判是乔叶小说的第一个主题。体现这一主题的作品，大致包括《叶小灵病史》《锈锄头》《拆楼记》等。在这些小说中，乔叶集中关注的是中国社会的现代转型问题：《叶小灵病史》写的是农民的身份焦虑问题，《锈锄头》反映的是城乡差距和对立问题，《拆楼记》则直接将目光锁定了"拆迁"。这些小说直接表现了作家对于社会现实的批判，比如《叶小灵病史》对城乡二元体制的批判最为明显，小说中的叶小灵代表的是所有生在乡村却渴望离开乡村的农村青年，以叶小灵为代表的他们那令人心酸的人生经历和命运，是对这种不合理的体制的有力控诉。但体制的不合理只是问题的一方面，问题的另一方面却令人无奈，即体制使得每一个人都成为受害者或潜在的受害者。在《拆楼记》中，乔叶不仅同情底层，也同情"上层"，在"他们"和"底牌"两节中，作者以醒目的篇幅，让作为"上层"的地方政府——小说中具体化为"土地仙儿"（国土局副局长）、"白区"（古汉区副区长）、"南办"（拆迁办公务员）、"无敌"（住建局公务员）、高新区管委会副主任——现身、发言，充分表达了他们的苦衷和难言之隐（"十八亿亩红线""一票否决制""在领导面前弱势，在老百姓面前我们也是弱势"……）。对"上层"的这两节描写，最关键之处不在于乔叶的叙述是否真实（《拆楼记》冠以"非虚构"之名），而在于她试图让"他们"公平地发出自己的声音——这声音在一般的"底层叙事"中是看不到的。这体现了作家对"人"的一种普遍的悲悯，也体现了她对问题复杂性的一种清醒的认识。

社会问题如果要继续追溯，不可避免地会触及文化，所以对文化的批判构成了乔叶小说的第二层主题。表现这一主题下的作品首先包括了《山楂树》《他一定很爱你》《指甲花开》等，在这几个作品中，乔叶集中表达了她对现代文明的批判：在《山楂树》中，代表现代文明的城市伤害过爱如，也更严重地伤害了青年画家；在《他一定很爱你》中，一个纯情的骗子令人心酸且心疼地考验出了我们这个社会的世俗和平庸；《指甲花开》则让我们清楚地看到了陈俗的伦理信条是如何深深地嵌入了我们的生命，使我们甘愿蒙羞。这些作品的批判，指向了共同的一点，即现代文明中的异化。这些异化，有时是习焉不察的，有时却是尖锐锋利的：在《失语症》《我承认我最害怕天黑》《不可抗力》中，"官场"这一特定审视空间的择定，将异化进行了彻底的放大，小说中无论尤优（《失语症》）、刘帕（《我承认我最害怕天黑》）还是小范（《不可抗力》），这些女性都光辉灿烂，而与她们相对的李确、张建宏、王建这些男性，则都阴郁、灰暗，前者如一面面明亮的镜子，映照出了我们一整个世代的功利、世俗和犬儒。乔叶的文化批判指向的是"现代"，但这并没有使她迫切地膜拜"传统"，她对"传统"的复杂心知肚明：《山楂树》中山民对青年画家妻子的排斥、山民爱吃的山楂在城市却致人流产，这都标识出了一种显著的文化冲突，而不包含厚此薄彼的价值判断；《指甲花开》中背负羞耻的后辈固然无反省地臣服于俗见，但长辈"二女事一夫"的行为未尝也不包含着愚昧。所以乔叶的文化批判，虽然主要指向"现代"，但她对"传统"却同样也保持了警惕。也就是说，乔叶在此表现出了一种难得的理智和清醒，但也正是这种理智和清醒，使她的文化批判陷入了危机——她知道什么不可取，但她不知道什么可取。

乔叶文化批判所显露的这种危机，在她面对人性时变得更加显著。人性话语在乔叶的小说中，首先是以建设性而非批判性的面目出现的。它联结着自由、解放，富有启蒙功能：《打火机》中的余真借一次半推半就的偷情，复活了自己长久压抑的"坏"，通过"坏"铲除了自己早年被强暴留下的心理阴影，"坏"在此作为人性本能为自己做出了辩护，它反抗的是世俗伦理和它制造的"羞耻"；《紫薔薇影楼》中权力对女性身体的强占，最后却演变成了两情相悦的偷情，得到辩护的同样是人性的本能。然而，人性毕竟不是单纯的，它既会是革命的力量，也会是破坏的力量，既通向解放，也会带来毁灭。所以，当乔叶试图将她在社会和文化领域发现的问题，通过一个更为普遍的"人性"的角度加以审视和思考时，她反而更进一步地陷入了困境：《那是我写的情书》中的麦子代表了人性自由的力量，但爱的自私本性却毁灭了一个家庭和一个生命，也使麦子自己陷入了"罪与罚"的永劫。

通过这三类小说主题划分，我们看到，乔叶的作品既有与传统批判现实主义文学共通的东西——对人的悲悯，但也有与传统的批判现实主义文学不一样的东西：第一，对人性复杂性的深刻认知，尤其是对人性恶的一面——欲望、自私——的认知；第二，对启蒙救赎姿态的放弃，如《拆楼记》，叙事者"我"侧身拆迁事件引起的利益争夺和纠纷之中。可以说，对人性的深刻认识，使得乔叶的小说产生了一种颠覆性的力量，它使得作家对"人"有所怀疑，进而也使得她对于社会历史发展持有深重的焦虑——我们究竟该怎么办？人性既然如此，我们该如何自我救治？所以在后来她发表的作品中，我们看到了作家对于救赎之路的寻找。尤其是在2013年发表的《认罪书》中，作家明确表达了自己的观点：人既然有罪，那么就必须首先要认罪！而且，认罪不是终点，而是一个起点，接着便要赎罪、忏悔。所以，究罪—认罪—赎罪，这样的精神和灵魂之路，通向的是人的复活。①

乔叶的小说有一种明显的批判现实主义的风貌：情节紧凑，故事性强；人物形象鲜明，性格突出；讲究细节刻画、气氛渲染；语言通俗、流畅；等等。但实际上，在精神内涵上，在情感上，乔叶的作品都与传统的批判现实主义文学有着一些幽微的差距，它们缺乏一种坚定的自信，更多了一种犹疑和自省，一种叙事上的暧昧无主。但是这也使得它们在艺术上，相较于那种传统的批判现实主义文学，更多了一份感性、忧郁和灵动。

台湾与大陆社会转型期乡村叙事的现实主义风格相比较而言的话，我们可以说：大陆在80年代以来显得更开放多元，既融合有浪漫主义，又融合有现代主义，从而显得多姿多彩；台湾的现实主义则更传统而质朴，台湾乡土作家对人物形象塑造的重视，对社会、自然环境等外部因素的看重，对白描等手法的运用，都使它呈现出比较典型的批判现实主义样貌。这种样貌，主要还是与当时台湾整个社会的价值诉求相关——"乡土文学"背负着文学之外的政治的、社会的使命，这使它呈现出更多的"功利"色彩。正如有论者所评价的：

> 纵观20世纪90年代以前的台湾乡土文学……可以说，这一历史阶段中的台湾乡土文学反映了一种中间价值体系，在天、地、人的整体架构中一直与"人"的意图产生密切联系，这里的"人"是大写的、群体性的"人"，主要是社会意识形态的表征。中间价值体系的表达有其现代性的一面，在社会政治体制落后、统治力量专制腐朽、人民处于蒙昧麻木的时代，这种文学现象能够迸发出振聋发聩的声音，从而闪耀出启蒙的光芒，台湾乡土文学在日据时期以及70年代的表现即是如此。然而，始终和中间价值体系保持密切关系也有极易被制度化的弊端，即文学很容易为意识形态所利用，成为政治的附庸或意识形态的宣传工具，台湾乡土文学在50年代和80年代中的表现大致如此。②

然而，文学与"中间价值"联系更紧密，就"很容易为意识形态所利用，

---

① 李勇：《批判、忏悔与行动——贾平凹〈带灯〉、乔叶〈认罪书〉、陈映真〈山路〉比较》，《文学评论》2015年第5期。

② 吴鹏：《台湾后乡土文学论》，《中国现代文学研究丛刊》2014年第2期。

成为政治的附庸或意识形态的宣传工具"吗？这二者之间似乎并没有必然的联系。台湾 70 年代"乡土文学"在创作方面确实有所不足，且这些不足确实又与当时作家在介入社会、干预政治的社会运动中愤怒急切的心态有关，但我们能说当时黄春明、王拓、王祯和等人的小说完全是"政治的附庸或意识形态的宣传工具"吗？我们能将《夜行货车》《小林来台北》《金水婶》《莎哟娜啦·再见》《小寡妇》与 20 年代末大陆"普罗文学"（如阳翰笙《地泉》三部曲）那种"传声筒"式的作品相等同吗？很显然，它们在艺术质地上有本质的差异。

其实，正如《夜行货车》《莎哟娜啦·再见》《金水婶》这样的作品那样，它们在反映当时台湾社会风气方面，是极具敏锐性和洞察力的。当然，这种敏锐性和洞察力，还可以使得乡土作家们在文学创作上做到更好——这自然是另外一个问题了。所以，台湾 70 年代"乡土文学"的不足，从根本上来看，与特定的社会历史形势对它造成的缺乏更充分的沉淀和酝酿有关：

> 就乡土文学的成绩上而言，我们可以发现，当时前仆后继的乡土作家们创造出来的最好的作品、最感人的情节、最足以流传的人物，几乎都是那些在社会变迁的痛苦轧压下，茫然不知所措小人物的故事。黄春明笔下的人物如此，王祯和笔下的人物亦复如是……但是这样的文学毕竟是缺乏根基的。乡土文学家势必只能捕捉一些极其戏剧性、悲凉苍茫的片段，描绘最荒谬情境下的无可奈何，却无从处理较大的时空格局。专凭才气去捕捉那些闪烁在不同角落的悲剧场面，能支撑多少篇感人的作品呢？于是，我们看到没有几年的工夫，"乡土文学"就陷入了模式僵化、不断自我重复的困境里。[①]

因为那个时代特定的社会政治形势，导致台湾乡土作家们缺乏足够时间和更平静心态下的沉淀、酝酿，所以使得他们看起来"无从处理较大的时空格局"，这也许确实是台湾 70 年代"乡土文学"某个方面的问题所在。但台湾当时的"乡土文学"所确定的干预现实的文学方向和文学道路，却是在那个特定的年代所做出的符合历史潮流的选择，因而也是没有任何问题的。而从当时"乡土文

---

① 郭家琪：《试论两岸乡土文学得失——从台湾乡土文学谈起》，《文学评论丛刊》2012 年第 2 期。

学"运动的影响来看，它所发挥的社会功能、造成的影响，难道不正给我们今天的大陆文学发展以启示吗？

当"乡土文学"阵营 80 年代分裂后，乡土文学陷入低潮，但是它所留下的火种却并没有熄灭，在 80 年代之后，我们看到，以陈映真为代表的"统左派"力量，以微弱但却坚韧之姿态，继承了"乡土文学"运动民族主义和民主的立场，继续追求着台湾社会的变革与改良。这不能不说是"乡土文学"那种现实主义精神的延续。在陈映真为首的"人间派"的努力下，"乡土文学"民族主义和民主的精神追求由文学而社会，由陈映真而蓝博洲、钟乔、詹澈等，一步步扩展、延续，从而持续对台湾文学和台湾社会历史发展造成着影响。而对于大陆转型期乡村叙事发展来说，台湾社会转型期"乡土文学"的这种发展道路，显然对我们启示良多。尤其是当我们目前正热切呼吁着一种与时代历史发展相呼应的"现实主义文学"的时候，台湾文学的现实主义道路，确实可以值得我们引以为鉴、学习深思。

第四章　海峡两岸社会转型期乡村叙事差异的原因探析：由左翼文学传统的考察入手

海峡两岸社会转型期乡村叙事的差异，折射着两岸文学传统的差异。台湾作家对文学改良社会功能的重视，其所倡扬的对社会底层"小人物"的关怀，其作品所彰显的理性品质、社会分析色彩，以及其平实、质朴、通俗的现实主义文风，都使得他们的文学表现着一种典型的"左翼风"。台湾转型期乡村叙事与大陆转型期乡村叙事相比较来看，后者在同样面对社会转型，面对贫富差距、社会分层、农业萧条、环境污染等问题时，虽然同样激愤不平，但是从深在的对历史的认识和判断上，却没有那么直截了当、果断鲜明，而是表现出了更多的犹疑、彷徨。

这种情感和态度上的差异形成因素众多，但宏观地来看，其实与两岸的文学传统，以及其背后更深远的社会历史发展有关。而更直接地说，中国左翼文学——以20世纪30年代左翼文学为代表——一直有着台湾"乡土文学"这种关怀社会、介入现实、体恤弱者、追求行动的精神传统，但是源于左翼文学在两岸的不同历史命运，这种左翼文学传统在两岸的继承、发展，也完全相异。这使得海峡两岸转型期乡村叙事在表现左翼文学精神气质方面，无论在质还是量方面，都有显著的差异。

第一节　大陆左翼文学传统的中断与反思

我们一再提及左翼文学，那么作为耳熟能详的一个文学史概念，究竟何为左翼文学？中国的左翼文学兴起于何时，有着怎样的发展？与我们这里所讲的问题有什么关系？这些问题虽需详细解答，但是限于篇幅和本书所论的问题重点，我们无法详细展开，只能约略阐述。

其实，提到左翼文学，便不能不提到与它相关的几个概念——"革命文学""解放区文学""工农兵文学"，甚至还有"社会主义文学""共和国文学"，等等。那么，它们之间究竟有什么区别和联系？

很多人在使用这些概念的时候，其实是不加严格区分的。他们使用这些概念，笼统地去指涉 1949 年前后中国共产党领导的文艺运动下的文学，比如有人便认为："左翼文学应该是整个 20 世纪的红色文学。它包括左翼作家联盟成立前后的发生期，共产党人延安割据时期的发展期，20 世纪 50 年代到 60 年代的鼎盛期，文革时期的病态繁荣期，文革后的后发展时期。"[①] 文学史家洪子诚先生也这样说过："如果只是在一般意义上来使用'左翼文学'这个词，那它不一定是特指 30 年代的左翼文学运动，而只是在对 20 世纪中国文学做思想政治倾向区分时的一种用法。"[②]

其实，"左翼文学""革命文学""解放区文学""工农兵文学"等这些概念产生的历史时期不同，而其自身随着时间的推移所凝结、积淀的内涵也不同。所以，如果在研究过程中不加区分地混用，必然会导致一系列的问题。鉴于此，有人主张对这些概念进行较为严格的区分，区分的标准自然首先是依据概念产生的时间，其次是与时间相关的其他的历史内容。具体来说，这些概念分别指的是："'革命文学'指的是 1923—1930 年左联成立之前未被组织化的作家在当时社会情境下对于革命的一种自觉、主动的文学反应。以 1927 年为界，革命文学又可以划分为前后两个阶段——前者属于民族革命、民主主义革命文学的范畴，后者专指无产阶级革命文学。对'左翼文学'也应取一种狭义的理解，它是指左联成立至解散期间（1930 年 3 月—1936 年下半年），无产阶级革命作家及其同路人作家在高度组织化的条件下，以文学的革命化、政治化对抗国民党政权的文化围剿的文学实践。这样的界定方式，既考虑到了革命文学提倡的阶段性、复杂性，又指出了左翼文学的质的规定性，同时将其与延安文学、社会主义文学、文革文学等概念区别开来，从而有效地避免概念泛化所导致的阐释

---

① 方维保：《红色意义的生成——20 世纪中国左翼文学研究》，安徽教育出版社 2004 年版。
② 洪子诚：《问题与方法》，生活·读书·新知三联书店 2002 年版。

困境与悖论。"①

这样的划分，作为一种概念的"严格"界定，基本上是准确的，但是在具体的产生、消亡的时间"点"的把握上，也难免有所争议。这牵扯到"左翼文学"和"革命文学""社会主义文学（工农兵文学）"的关系。但是作为一般意义上的"左翼文学"而言，从时间上，它发生于左联前后而消亡于1949年前后，从精神内涵上，它指的是受到马克思主义和社会主义学说影响下表现着强烈的文学功利主义诉求、道德感、社会责任感的一种文学——这样的说法，基本上是可以成立的。这样的一种文学，在中国的命运如何？这种命运发展，对转型期大陆乡村叙事的影响如何？我们详细来看。

一、中断：从"革命文学"论争到胡风案

早在20世纪20年代末之前，中国新文学便有了左翼化的转向，当然究竟是创造社还是文学研究会最先有所转向，至今仍存在争议，但"转向"在当时已经开始发生，却是越来越多研究者的共识。这种转向，源于"五四"新文学自身："从文学'自身'来说，左翼文论与五四以来以人性解放为旨归的文学思想和兼容并包的创作状态之间呈现出一定程度的断裂，但还是隐伏着几个方面的历史联系，例如，五四的'思想革命'的主张已包含着社会革命的意向；五四作家普遍的平民意识和偶或出现的'劳工神圣'的口号可以通连左翼'文学大众化'的提倡；五四虽有多种创作流派，而其中较多倾向于真实反映现实的朴素的写实主义，好像是为左翼强调'现实主义'作了铺垫。到了左翼文论的后期，由于鲁迅、茅盾、冯雪峰、胡风等左翼作家和理论家的努力，更逐渐自觉地与五四文学传统相接续，并在演进中深化。"②

而"五四"新文学"转向"的真正实现，或者说中国左翼文学的发生，如果非要确定一个时间点的话，那么应该追溯至20世纪20年代的"革命文学"论争。以此为起点，中国左翼文学开始发生、发展起来。其实，新文学由"五四""文学革命"向"革命文学"的转变，已经昭示了当时整个社会情势由"启

---

① 张剑：《革命文学、左翼文学概念的意义生成与辩析》，《齐鲁学刊》2012年第3期。

② 王铁仙：《绪论：中国左翼文论的是非功过》，《中国左翼文学思潮》，华东师范大学出版社2005年版，第2—3页。

蒙"向"救亡"的转变，这种转变的背后，是"五四"新文化运动阵营的分裂——有的固守"人的文学"和"启蒙"，另一部分（如郭沫若）则受到苏俄的影响，开始"左倾"。到了 30 年代，随着"救亡"的紧迫，以及在国难当头的社会整体形势下中国"左翼知识界"的形成，[①] 左翼文学开始蔚为壮观起来，并与自由主义文学、国民党的三民主义文学形成三足鼎立之势。而随着抗日战争往后发展，为建立统一战线，"左联"解体，之后，左翼文学的大势逐渐为解放区文学所顶替，当时左翼作家仍然在写作，左翼文学仍然在发展，但作为一个有凝聚力和向心力的有形组织的左翼知识者团体却至少在形式上已经大大弱化。后随着解放区文学的发展，尤其是 1942 年延安整风之后，以毛泽东文艺方针为主导的文学（工农兵文学），已经代替左翼文学而成为共产党领导下的文学的主导，这种占据主导地位的工农兵文学在 1949 年后被称为"社会主义文学"或"共和国文学"，它的生成、发展、衰落，在学界前些年的"十七年文学研究热"中，已经得到了充分的研究，在此不赘。而从左翼文学自身的发展角度而言，也正是从 20 世纪 40 年代开始，它便走上了一个逐渐异化、步入歧途的过程。

左翼文学最后发展至"工农兵文学"，这背后所暗含的问题，其实在其早期的发生、发展过程中也都早有暴露，而且也引起过比较大的争论（如 20 年代关于《地泉》的争论），但只有到了 1949 年后，因着国家政治权力的庇护，它的这种问题才变得愈发严重而不可收拾起来。这种极端的被异化，也使得左翼文学在新时期来临之后的文学"拨乱反正"运动中，走向了被冷落——从 70 年代末到整个 80 年代，左翼文学，乃至与其相关的那些词汇，如"革命""现实主义""典型""真实""阶级""本质"等等，都遭到了批判甚至唾弃。只有到了90 年代乃至新世纪，因为社会发展的严重不平衡，以及各种社会问题的出现，文学界"底层"话题的出场，才使得已经被遗忘许久的左翼文学开始被提及。

其实，左翼文学得到充分发展是在 20 世纪 30 年代到 40 年代。在 30 年代，上承对 20 年代末"革命文学"的批判和反省，也因为社会生活的历练，以及新文学尤其是"革命文学"写作者自身的发展成熟，当时的左翼文学已经孕育出了一种比较健康的形态。这种健康的形态，建立在对 20 年代"革命文学"机械

---

① 陈红旗：《中国左翼知识界的形成及其价值旨归》，《江苏大学学报》（社会科学版）2011年第 6 期。

的、功利主义的文学观的批判的基础上，建立在对"革命＋恋爱"那种极端程
式化的叙事模式的批判的基础上，进而涌现了丁玲、茅盾、巴金、吴组缃、叶
圣陶、沙汀、张天翼、萧军等一大批优秀作家，和《子夜》《家》等一大批的经
典之作。到了40年代，继承着30年代良好的发展基础，又因为社会生活（尤
其是抗日持久战）历练的加深，这时期的左翼文学和整个新文学一样，开始呈
现出一种厚积薄发的跃升态势，丁玲、茅盾、夏衍、巴金等都有更优秀的作品
问世——以茅盾为例，40年代写出了《霜叶红于二月花》，这部作品在今天被
许多人认为艺术上比《子夜》更为成熟。

　　不难想象，如果左翼文学按照这样的势头健康地发展下去，一定会结出丰
硕的果子。但是历史并没有按照我们事后假想的这样发展。按照王富仁的看法，
左翼文学正是在40年代开始萧落（其所指，当然是延安整风的影响），而50年
代胡风的被整肃，则标志着左翼文学的彻底消亡："我们总是认为在十七年的时
候取得胜利的是左翼文学的文学观，从而认为左翼文学到最后成了一种主流文
学。实际上不是。左翼文学很早就被解构了。一种文学有产生，有发展，也有
消亡。到了40年代在解放区文艺里左翼文学就受到了一种压制，除了少数人成
了毛泽东思想的阐释者。像萧军、丁玲、王实味，这些左翼文学的人物，直接
受到了整改，不是说消灭，是改造，改造成适合毛泽东文艺思想的。这就是说
不是左翼文学改造了其他的文学，而是左翼文学被另种文学所改造，这是一种
消解形式。在40年代的抗日战争当中，左翼文学被民族主义文学所消解……在
40年代假如还有左翼文学，我认为是以胡风为代表的，以《希望》和《七月》
为核心的左翼文学，这个时候还保留着30年代左翼文学的基本性质。但是就这
个小集团来说，这个性质是在鲁迅已经缺席，周扬、郭沫若已经缺席的条件之
下来坚持着左翼文学的基本的理论倾向，但到了50年代初，胡风集团和他的理
论倾向都受到了批判。实际上胡风的被整肃标志着中国左翼文学的最后的消解。
最后还有没有左翼文学，当然它的话语形式还保留着，但是在这个话语形式背
后所体现的是毛泽东的文艺思想。毛泽东的文艺思想也有它产生的根据，但它
已经不是左翼文学的文学观念。到50年代取得主流文学地位和主流的意识形态
地位获得政权支持和经济支持的意识形态不是左翼文学的意识形态，而是政治

革命家的文艺观和文艺形态。"①

解志熙也是这么认为："直至胡风一派被彻底清算、打入牢狱，而独存的另一派则如鲁迅所说，变成了奉命'恭维革命颂扬革命'者。至此，作为革命文学的左翼文学运动，也就同归于尽地终结了。"②其实，这种"终结"，有着更为复杂的历史因素和内容——作家自身被整肃（身心受到摧残甚至毁灭）、文学政策和主张调整或改变（如毛泽东文艺主张成为主导），等等。当然，更为鲜明的表现，则是一种文学风格的退化或消失。这种退化和消失，表现在丁玲身上，是《我在霞村的时候》到《太阳照在桑干河上》的某种批判力的削减；表现在茅盾身上，则是《霜叶红于二月花》的无果而终……

二、中断的原因：政治干预、"文人党争"

对于左翼文学中断的原因，较为一致的看法，当然是政治的干扰。不可否认，政治的干扰确实是最主要的原因，但是政治干扰再严重，恐怕也只是一个外因，左翼文学本身有没有什么问题？左翼文学的写作者有没有什么问题？这是需要我们更进一步去思考的问题。将这种貌似定论的问题复杂化，远比简单地将历史的责任推给"政治"更有意义。

其实，所谓的左翼文学，并不单纯。王富仁便认为，左翼文学其实是一个复杂的构成："左翼文学本身也不是一个统一的文学。是没法用一个人、一种倾向、一种理论对它做出一个确定无疑的界定的文学。"按照他的观点，左翼文学包含了"四个层次"："第一个是鲁迅作为一个个体的人所体现的"；（鲁迅同情共产党，批判国民党，"但是你从来不会在鲁迅的作品里听到说国民党政府是一个反动政府必须推翻，查阅鲁迅全集没有这样的绝对的理性化的最终的政治判决：他同样也不会说只有中国共产党领导的革命才能够拯救中国，中国必须走社会主义的道路，我们在鲁迅的作品中也找不到这样一个判断。"）"第二个更接近鲁迅的一个层次是用马克思主义的理论作为自己的话语形式但实际追求的是像鲁迅那样的独立精神的"，比如胡风（胡风的"局限性"是他追求的是启蒙但却硬

---

① 王富仁：《关于左翼文学的几个问题》，《中国现代文学研究丛刊》2002年第1期。
② 解志熙：《胡风问题及左翼文学的分歧之反思——兼论胡风与鲁迅的精神传统问题》，《华中师范大学学报》（人文社会科学版）2012年第6期。

拉了马克思主义来说话，导致其语言形式与所追求的实际的目标不完全契合。所以胡风最大的问题是没有自己的"独立话语形式"）；"第三个部分是像李初梨包括郭沫若、成仿吾等人，这些人所从事的活动是文学活动，但是他们是依照革命和不革命，依照对待国民党政权的态度来评价人的价值……""第四个方面，从发展的角度来说就是周扬，周扬可以说到后来成了毛泽东的政治话语的文学阐释者，是完全政治化了，是依照一种政治的领导来决定自己的理论取向。"①

王富仁所分辨出的左翼文学的四个层次，简单地说即以鲁迅、胡风、李初梨和郭沫若、周扬的文学主张所代表的四种文学倾向，它们都属于左翼文学，但却并不相同，从而表现了左翼文学自身的复杂性。这样的论述，可能在个别地方会有所争议：比如谈周扬所代表的"第四个方面"时，所谓的"从发展的角度来说"究竟指的是什么，就非常的模糊；所谓"第四个阶段"的左翼文学究竟还算不算是左翼文学——还是以其他论者更进一步区分出来的"社会主义文学"或"工农兵文学"称之更恰当？不过，这种对左翼文学自身复杂性的探寻，却是非常有益的。

历史地来看左翼，至少有两种文学倾向在 20 年代末至 50 年代中期是十分鲜明地颉颃共竞着的：一是"启蒙左翼"，二是"政治左翼"。其相对立的形态，在 20 年代表现为鲁迅之于后期创造社和太阳社，1949 年后则表现为胡风之于周扬（1949 年后的周扬，至少在广义的层面，我们仍然认为他属于左翼文学）。而随着政治形势的日渐紧迫，启蒙左翼（胡风等）先是被消灭，政治左翼（周扬等）也在更加紧迫的政治控制中在劫难逃。探寻左翼文学消亡的原因，政治干预当然是主要的外因，但在这背后如果深入探寻我们也会有更多更复杂的感触。

这里首先需要说到的，便是左翼文学内部的分歧和纷争。其实，说到左翼文学内部的分歧和纷争，绝非单纯的文学观的冲突，它背后还有复杂的文学团体冲突、性格志趣差异、圈子式对抗，等等。与理论性的文学观的差异导致的冲突相比，这些冲突都更有形、更实在，它牵扯到人、事，构成复杂的历史。也正是这种冲突，构成了左翼文学阵营分崩离析的"内因"。

分析左翼文学自身存在的问题的时候，以往的批评总是指向"政治左翼"，

---

① 王富仁：《关于左翼文学的几个问题》，《中国现代文学研究丛刊》2002 年第 1 期。

而同情和赞扬则给予了"启蒙左翼"，因为前者顺从、呼应了政治权力和意识形态，而后者则与政治权力和意识形态保持了距离，并做出了或显（鲁迅）或隐（胡风）的批判与对抗。但是实际上，"启蒙左翼"自身也存在十分严重的问题。解志熙便认为，像胡风甚至鲁迅身上，其实都有某种性格的缺陷。尤其是胡风，他的文学主张、他在坚持自己文学主张的态度和行为上，都表现出某种强烈的专横、霸道的排他性——"事实上，在抗战后期直至四十年代末的国统区文坛上，胡风及其影响下的一群青年文人乃是最激进、最左倾的文学群体，他们的批判整肃运动一直在持续进行着并且不断扩大，其批判的锋芒几乎指向他们自己一派之外的所有进步作家。"这种排他性导致的矛盾冲突，一直从40年代延续到1949年后，相互的敌对（在解志熙看来这种敌对在胡风身上表现得更有攻击性）造成的恩恩怨怨，形成了一种旷日持久的隔阂与怨怼。在1949年后争夺话语权和文学领导权的矛盾升级战中，"两派左翼显然无法找到让各自都满意的解决之道，于是互相逼上绝路的双方也便上书的上书、整材料的整材料，把矛盾提交给了领导一切的党中央来解决。由此，两派左翼也就在互不相让、难分胜负的对决中，不约而同地启动了要求中共中央对他们的文艺之争进行政治裁决的程序。这是问题的发端，但却预埋了结果。所谓'开弓没有回头箭'，就看伤着谁了。"所以，分析至此，解志熙形容左翼文学内部的这种争斗为"文人党争"。①

所谓"党争"，即已经超出了理智的控制，而完全沦为意气之争的一种争斗。它充斥着排除异己、唯我独尊的咄咄逼人态度，表现着中国文人最为狭隘的"圈子"习性、宗派情结，而完全缺乏真正的现代知识分子的那种"我不同意你说的话但我誓死捍卫你说话的权力"的"公共性"。纵观胡风一派的言行，确实不能不承认，这种说法至少在一定程度上是符合事实的。而一直为中国现代知识分子所敬仰的鲁迅的性格中，或许也存在着这种超出理性范畴的激烈乃至极端的一面。（如鲁迅文章里所提到的"不惮以最坏的恶意，来推测中国人的"②和"像热烈地主张着所是一样，热烈地攻击着所非，像热烈地拥抱着所爱一样，

---

① 解志熙：《胡风问题及左翼文学的分歧之反思——兼论胡风与鲁迅的精神传统问题》，《华中师范大学学报》（人文社会科学版）2012年第6期。

② 鲁迅：《记念刘和珍君》，《华盖集续编》，《鲁迅全集》第3卷，人民文学出版社1981年版，第275页。

更热烈地拥抱着所憎"。①）

　　当然，需要理解的是，左翼知识分子相对于注重个体和文学独立的自由主义知识分子，他们有着与现实、与政治结合的意愿，也有着具体的实践和介入的行为，而精神主张和精神倾向一旦落实为实践，其中便难免会携带一种"实际的考虑"，而实践的需要和理想化的公共精神的需要之间必定会有所冲突。对于倾向于干预和介入的左翼知识分子而言，两相权衡，他们很容易会选择前者。这是我们理解胡风，甚至理解"政治左翼"的一个必须要考虑的地方。当然，这只是说我们要理解这一些，而并不是说我们要赞同它。正如解志熙所言——"革命的过程和革命的结果，都不可能是革命理想的完美无误的实践和丝毫不差的落实，而几乎必然地带有不容异己、行事专断以至专制残酷的并发症，至于诊治和消解这些并发症及其后遗症，却只能是每一场大革命彻底耗尽其势能之后的'后革命'时代的任务了。"②

　　当然，反思左翼文学的中断的原因问题，还有许多值得探索的方面，比如左翼文学作为一种"文学风格"自身的问题等，但是我个人认为，从历史反思的角度而言，从历史、主体心理、文化人格等角度入手的分析，可能更具有价值。因为正是这一个方面，我们目前做的工作还不够，我们以往在这方面的探索和分析往往流于空洞和粗泛，而缺少具体的个案研究，就像解志熙这种对胡风的研究一样，其实还有其他不少值得分析的个案，如鲁迅、郭沫若、茅盾、丁玲等，这都有待于后来的研究者去努力。

三、中断的影响：90 年代之后的发展状况

　　进入新时期（1976—　）之后，左翼文学明显受冷落，这当然与新时期之后整个中国社会发展状况有关。左翼文学的受冷落，首先是新时期文学界"拨乱反正"的结果。经过了 20 世纪 50 年代到 70 年代末的"工农兵文学""文革文学"极端化的发展之后，新时期文艺界首当其冲的任务，便是"拨乱反正"，其对象当然是极"左"的文艺政策，是文学与政治的紧密结合。然而，与政治的

---

　　①　鲁迅：《再论文人相轻》，《且介亭杂文二集》，《鲁迅全集》第 6 卷，人民文学出版社 1981 年版，第 336 页。

　　②　解志熙：《胡风问题及左翼文学的分歧之反思——兼论胡风与鲁迅的精神传统问题》，《华中师范大学学报》（人文社会科学版）2012 年第 6 期。

紧密结合，其实是左翼文学关怀的、实践的本性所决定的，于是这就使左翼文学陷入了困境，因为左翼文学的"干预性"，使得人们无法将它与主流意识形态（政治）视为毫无瓜葛（事实上也不是），甚至在反拨的激情和狂热中，直接将二者加以等同——

既然左翼文学是主流意识形态，那么一定还存在着另一种对主流意识形态进行消解的力量，这就有了知识分子话语、民间话语、自由主义的话语。当把主流意识形态当成与知识分子话语、民间话语和自由主义话语相对立的概念的时候，这就很自然地把左翼文学推到了理论的审判台。左翼文学成为了一个被审判的对象。[1]

这是新时期"拨乱反正"运动的一种普遍的二元对立逻辑——极左的文学／自由主义的文学，政治的／非政治的，纯的／不纯的……左翼文学在新时期之初的受冷落，也便在情理之中了。

然而，这里显然包含了误解——人们将左翼文学认定为主流意识形态文学，实际上是把左翼文学等同于了"工农兵文学""文革文学"。这当然是不符合历史事实的——王富仁先生说："我认为左翼文学在当时（笔者注：20 世纪 30 年代）不是主流话语，不是主流的意识形态，也不是主流的文学，更不是一种话语霸权。它仅仅是一种话语形式。"[2] 新时期的"拨乱反正"所反对的，显然不是左翼文学，而是"工农兵文学""文革文学"。这里确实存在着误解。人们并没有真正地理解、甄别其所谓的"左翼文学"。

而其所导致的一个后果——甚至恶果——正如陈映真所言的：

至今正确的左翼——代表进步的、正义的、民主主义的、改造的思想与实践，与极"左"的、错误的——唯心主义的、封建法西斯的、官僚主义的、绝对化的阶级论的路线与实践混淆不清，从而使真正进步、正义、民主和改造的思想和运动被涂黑，而资产阶级的、个人主义的、反对改造的甚至是腐朽的东

---

① 王富仁：《关于左翼文学的几个问题》，《中国现代文学研究丛刊》2002 年第 1 期。
② 同上。

西却反而被披上了前进、新颖的外衣。在今日，大陆社会科学、文艺批评等领域，资产阶级的自由主义已经渐成为霸权性论述。[①]

当然，这种误解，其实是一种反拨过度的表现。就像一些极端的反对文学与政治亲近的例子（如对文学功能认识上极端主义的"纯文学"论；对"现实主义"不加辨析地的反感和攻击；对"本质""反映""典型"等字眼的轻蔑与敌视）那样，这一切都在表明，我们对于文学与政治的关系的认识，并没有做到心平气和，从而顺带地，使左翼文学也成了这种敌对情绪的"受害者"。

不过，这里还有一个更值得我们思考的问题——我们为什么没有做到心平气和？难道这真的是"反拨"难以避免的后果么？其实，在拨乱反正的过程中，我们并没有表现出对历史的一种冷静、深邃的反思，而是在很多方面都表现着我们的浮躁、浅薄：我们在反对极左意识形态的同时，更急迫地去投靠另一种新的意识形态（"改革开放""新时期"）；对"现代化""现代"乃至"后现代"的缺乏理性的着迷和崇拜；对并不遥远的历史的遗忘和对并不复杂的现实的无法认知……这一切都折射着我们的某种精神欠缺，这种精神欠缺存在于我们的主体精神——它更多地不是有关知识，而是有关态度、思维方式、道德和信仰。这种精神的欠缺，造成着我们的犬儒，也造成着我们的疯狂和歇斯底里。

在这个话题的深入探讨上，"左翼文学的中断"显然是一个非常有价值的切入点。左翼文学究竟有没有价值？如果答案是肯定的，那么它有多大价值？这价值存在于何处？这样一种有价值的文学，它因为历史发展的原因而造成的中断是否正常？它在今天是否有再生的希望？对这样的一些问题的思考，其价值和意义，显然不仅仅存在于文学。

左翼文学的价值，我们认为最为重要的，仍然是它对文学社会功能性的强调与追求：渴望担当和介入的正义感和责任感；立足于关怀"人"的批判力；讲究社会分析的理性品质；朴实的文风。这是一种刚健、质朴的文学，是一种有着温暖、博大的心胸与情怀的文学，是一种有着充分的现代感和民主意识的文学，是一种有着行动力的文学。

---

① 陈映真:《天高地厚——读高行健先生授奖词的随想》,《陈映真文选》,生活·读书·新知三联书店 2009 年版, 第 515 页。

如前所述，中国的左翼文学自20年代末产生，经过30年代的发展，到了40年代已经有了一种比较成熟的样态。这样一种成熟样态的文学，如果不被扭曲、异化，将会为新中国发展出一种怎样的文学形态，造成一种怎样的文学格局？这样一种假设，确实能够给我们许多振奋的想象，当然还有遗憾。是的，现实终究是历史走向了另一个方向。历史不能假设，那么今天呢？"拨乱反正"以来，当代文学发展到今天，已经有了相对自由的空间，文学也呈现着某种多元的样态，在这种环境下，左翼文学有着多大的复兴的可能？

观察今天的当代文学发展，在对左翼文学精神遗产的继承方面，确实不让人满意。茅盾在90年代之后的文学史叙述中直接跌出了"大师"和"巨匠"的行列，便颇能说明这一切。李洁非在《典型文案》一书中详细介绍过茅盾在晚近二十多年所受到的轻视与忽略，比如1994年海南出版社出版的由王一川、张同道主编的《20世纪中国文学大师文库》，其中小说卷排定的大师次序为：鲁迅、沈从文、巴金、金庸、老舍、郁达夫、王蒙、张爱玲、贾平凹——"金庸上榜，茅盾出局"成为当年这份榜单最惹人注目之处。茅盾的小说水平究竟如何？李洁非援引了巴金、臧克家、姚雪垠等人对于茅盾文学地位的尊崇予以说明，他说："在中国推动现实主义文学，无论言论倡导还是身体力行，其专注、执著、纯一，无人可及茅盾……说茅盾是二十世纪中国现实主义文学的一面旗帜，分毫无虚。"①

那么，茅盾的"走低"原因在哪里？李洁非说："有的人，浮沉之间涉及很多因素，创作质量的下降、作品经不住'重读'（时间检验）乃至个人人格缺陷等等；在我看来，茅盾和这些因素无关。"他一针见血地指出——"茅盾跌出'巨匠'行列，是现实主义在中国文学中价值起落的反映。"②现实主义文学的"走低"，如果追根溯源，自然是新时期以来人们对左翼文学（工农兵文学）的反拨所致。反拨往往是会过度的，于是我们看到不仅仅是极左形态的工农兵文学被鄙弃了，连左翼文学（那种质朴刚健的、重理性、重分析的健康的左翼文学）也被鄙弃了，甚至还包括更广义的现实主义文学都遭到了排斥和冷落。

只是，到了90年代之后，一方面是社会现实的急速变动召唤文学的关注，

---

① 参见李洁非：《典型文案》，人民文学出版社2010年版，第29页。

② 参见李洁非：《典型文案》，人民文学出版社2010年版，第27—29页。

一方面是批判现实主义文学的发展不足，这一切无不尖锐地体现着当年文学拨乱反正运动的缺憾和不足，同时从另一个方面看，这一切似乎又都在为左翼文学的复兴和重振创造着条件。尤其是当我们观察 70 年代海峡对岸台湾"乡土文学"时，更会有这样的感觉。然而，台湾当年的"乡土文学"振兴，是与当时台湾整体的社会、历史、政治、经济、文化等多种因素相关联的，而大陆今天的文学发展环境在促成左翼文学复兴方面，却似乎远比当年的台湾要更为艰难：国家对文化控制力量的增强，商业化对文学的操控，虚无主义的精神影响……

当然，正所谓"改变那些你能够改变的"，有些问题是存在于我们自身（而非外在）的，比如我们的文学发展所折射的我们的一些精神的痼疾：信仰问题、思想能力问题等等。这些问题存在于我们的作家身上：贾平凹、阎连科、莫言……显然，这些问题并不是没有解决的可能，既然如此，我们就应该积极地创造这种可能，这是中国当代文学更好、更健康发展的关键。

第二节　台湾左翼文学传统的赓续与启示

相对于新时期大陆左翼文学的中断，台湾左翼文学的发展却完全相反。在台湾，因为当时封建社会、日本的殖民地这样特殊的社会历史状况，左翼文学在"五四"新文学传播到台湾后，便得到了迅速地发展。张我军、赖和等具有鲜明的爱国反帝思想的作家，堪称 20 世纪初台湾新文学的奠基者。赖和的作品如《一杆"秤仔"》等，有着鲜明的反封建、反殖民压迫的主题，它们带有显著的左翼色彩。到了 20 世纪 20 年代，大陆"五四"新文学（包括左翼文学）在台湾有更广泛的传播，比如受张我军推荐，大陆作家杨振声《李松的罪》（1926）、潘汉年《法律与面包》（1928）在《台湾民报》发表，而台湾本地区的作家，也出现了杨守愚《决裂》这样的左翼文学。[①] 此后，日据时代的台湾，又接连出现了杨逵、朱点人、杨守愚、吴新荣等作家，从而形成了台湾文学的"左翼文学谱系"。[②] 这一批作家我们不妨称为"光复前一代"，他们的左翼文风迅速传播，成为台湾反封建、反殖民，争取民族和民主革命胜利的重要力量。

---

① 朱双一：《台湾文学创作思潮简史》，九州出版社 2010 年版，第 76—77 页。

② 同上，第 103 页。

1945 年光复之后，国民党在台湾实行专制统治，尤其是在 1947 年"二二八事件"之后，"白色恐怖"气氛蔓延，在 1950 年前后，台湾共产党遭到清洗，左翼文学也成为了"异端"。由此陷入了旷日持久的低潮。直到 70 年代之后，随着 1970 年"钓鱼岛事件"在岛内和海外掀起反帝爱国运动的高潮，民众的民族意识高涨；接着，1971 年台湾被逐出联合国，1972 年尼克松访华，这一系列政治事件发生，一方面使得台湾岛内国民党的统治一时间变得飘摇、动荡，另一方面，民众开始觉悟，对于台湾发展的危机感加剧，"人们不得不张开眼睛来关心现实和社会"；而在文学领域，剧烈变动的社会现实进一步凸显、放大了现代主义文学的弊端，"乡土文学"振兴。①

1977 年"乡土文学论战"的爆发，是左翼文学重新抬头的标志。在陈映真、黄春明、王祯和、尉天骢等作家和理论家的提倡、实践下，"左翼乡土文学"终于在经历了长时间的低谷之后迎来了重振。可以说，这是台湾左翼文学在光复之后发展的"黄金时期"，这一时期的左翼文学，可以称之为"光复后一代"。其创作在主题上较之于"光复前一代"有所变化——后者反封建、反殖民的主题，被替代为后殖民批判、消费主义批判，但是在反抗压迫、反抗不平等、争取自由、民主和平等的目标上，这一时期的左翼文学仍然不改初衷。当然，这样的精神追求也使得左翼文学进入 80 年代之后，在已经实现了富裕和发展、完成了社会转型的台湾越来越显得"不合时宜"，再加上"乡土文学"阵营自身的分裂，最终使得左翼"乡土文学"重走向了低落——不过这是后话。

一、台湾左翼文学发展

大致来看，20 世纪以来，台湾左翼文学发展经历了三个阶段。②

第一个阶段，大约是 20 世纪初至 1945 年光复之间。这是台湾左翼文学发

---

① 朱双一：《台湾文学创作思潮简史》，九州出版社 2010 年版，第 236 页。

② 黎湘萍在《另类的台湾左翼》一文中，也对台湾左翼运动进行过梳理，他认为现代以来台湾左翼运动有过三次高潮：第一波的台湾左翼运动以左派青年执掌台湾文化协会 (1927 年 1 月) 为标志，两岸左翼运动的共同背景是第三国际；第二波左翼运动则以 1946 年至 1955 年台湾共产党的活动和崩溃为标志，台共当时直接受中共的领导；第三波左翼运动是在大陆的"文革"与北美的"保钓运动"影响和激发下的 70 年代"乡土文学"运动。这些左翼或带有左翼色彩的社会、文化、思想运动，在台湾都以"挫败"告终。参见黎湘萍：《另类的台湾"左翼"》，《中国现代文学研究丛刊》2002 年第 1 期。

生、发展时期。这一时期，台湾左翼文学发生、发展的动力，一是内在的反抗异族统治的需要，二是外在的受"五四"新文学的影响。代表作家则有赖和、杨逵等。这一时期台湾左翼文学的主题，一般带有强烈的民族主义色彩——如杨逵的《送报伕》（1932）；同时也具有批判愚昧、反封建的民主主义色彩——如钟理和的《夹竹桃》（1944）。

第二个阶段，大约是 1945 年台湾光复至 1972 年"乡土文学论战"。这一时期，受国民党高压政策的迫害、钳制，左翼文学受到巨大挫折，进步作家受到迫害，丧命的丧命，被收监的被收监，噤声的噤声，这无疑是左翼文学发展的最低谷。

第三个阶段，是 1972 年至今。左翼文学经由"乡土文学"运动的推动，一度占据了台湾文坛的显著位置，然而随着社会转型的完成，台湾社会进入了商品工业时代，整体的社会气候，无论政治、经济还是文化，已经被资本主义生产体制、跨国企业所控制，知识界和思想界进入了最为艰难的时日。面对消费主义文化意识形态的"甜蜜的操控"，左翼文学全面陷入低谷，只有少数理想主义者（如陈映真）在坚持和守护，使左翼文学和左翼思想虽已微弱，但仍有一脉薪火相传。

可以说，台湾左翼文学是台湾新文学发展——甚至整个台湾社会发展——最为重要的推动力量。左翼文学的介入意识、批判力、现实主义文风，乃是台湾新文学最重要、最具标志性的品格。台湾 70 年代前后转型期兴起的"乡土文学"，带有明显的左翼倾向，尤其是秉承了台湾左翼文学在殖民地—封建社会的背景下那种反抗异族统治、反压迫、反封建、争取民族独立和民主平等的优良传统。在 20 世纪 70 年代"乡土文学"中，陈映真、黄春明等，他们的为人、为文都闪耀着赖和、杨逵等老一辈乡土文学家的精神光辉。尤其是作为台湾"光复前一代"和"光复后一代"乡土文学最具有代表性的人物的杨逵、陈映真，他们的文学和人格呈现出一种趋同性：他们关怀平民、体恤众生，他们富有批判力和意志力，他们富有行动意愿和行动能力，他们貌似激烈实则温蔼谦恭，他们对文学本质和文学功能的实用主义的理解，他们朴素平实的文风……可以说，他们相传递和继承的这种精神品格、文学追求，代表了台湾左翼文学的一种整体的风貌，一种不仅是文学的更是人的、文化的"传统"，这里我们便以杨逵、陈映真为对象，观察台湾左翼文学的这种鲜明的特征。

二、从杨逵与陈映真看台湾文学的"左翼风"

杨逵和陈映真是台湾日据时代以来左翼文学的代表人物，他们之间有着诸多的共同点，这种共同点不仅体现于文学创作，还体现于人格：他们共同关怀底层小人物，有着过人的思想力和批判力，注重实践和行动，倡导和实践平易朴实的现实主义的写作方式。

他们的这种共同点，在文学上的表现可以总结为两点：第一，作品所渗透的行动诉求，包括批判的有针对性，创作整体凸现出来的"批判—激励"的思想结构，等等；第二，文学中所显现出来的作家温蔼的个性，比如对人、对小人物的爱，对生命、生活、大自然的热爱，等等。下面我们分别对二人的创作及其人格进行分析。

（一）杨逵的精神与创作

1. 生命底色：斗士、知识分子

杨逵（1905—1985）在台湾素有"不朽的老兵""压不扁的玫瑰花"之称，台南新化人，他在日据时代就曾入狱十次，国民党时期入狱 12 年（1949—1961）。杨逵不仅是一个文学家，更是一个革命斗士。

通过读杨逵的作品，我们看到，在杨逵身上，不仅有对故土、家园、祖国的爱，更有对一切生命（不仅仅是人）、对亲人、对一切卑微弱小者的爱。所以在他的身上，洋溢着一种超越艰难困苦、热爱生命、热爱生活的积极乐观的精神和力量；他努力地生存、追求、读书、开垦园地、写作、生活……他不仅参加并领导台湾民族民主社会运动：1927 年担任"台湾农民组合"中央常委委员；1934 年参加"台湾文艺联盟"；1935—1937 年创办《台湾新文学》；1945 年之后，命名自家花园为"一阳农园"，创办《一阳周报》，参加新生报《桥》副刊关于台湾文学问题讨论；1949 年起草《和平宣言》……同时，他还亲自动手，开园种花、种菜，创办首阳农场（1937 年在日本友人相助下）、东海公园（1961 年之后）。他和他的文字，共同彰显出一种积极、乐观、温暖、刚健、朴实、清新的气质。在他的身上，尤为突出地显现着一种高洁的人格和质朴的态度，一种坚定的理想和信念，一种金子般的心地，一种和煦温暖的春风般的人格……

总之，他是那种能给人希望、力量的人，他的文学是给人力量的文学——或者说，文学只是他人格力量的一种体现。

从杨逵的文学和他的一生，我们能深切地感受到他的一种富有感染力的人格，他的这种人格或者说他的精神世界的构成，大致可以分成下面几个层次：第一，是对人、对生命的大爱；第二，是对理想的坚贞；第三，是斗士的不屈；第四，是乐观豁达的心性。

这四点其实是一体的，而对人、对生命的大爱，是这一切的基础，它生出了理想和对理想的坚贞，也生出了勇气（斗士的不屈），并且也形成乐观豁达的心性。总之，在杨逵身上，看不到知识分子的忧悒和伤感，看不到彷徨，而只洋溢着一种积极进取的"天行健，君子以自强不息"的精神，显示着一种刚健、清新、质朴、有力的人格。

2. 主题：批判黑暗，反抗黑暗

纵观杨逵一生的小说创作，其最主要的写作主题大致有如下两个：

第一，是批判殖民体制下的黑暗和愚昧。代表作品如《水牛》（1936）、《泥娃娃》（1942）、《鹅妈妈出嫁》（1942）、《无医村》（1942）、《模范村》（1937），等等。《水牛》反映殖民体制下，农民所遭受的封建和帝国主义的压迫。只有十二岁的"漂亮的农家女孩"阿玉，聪敏好学，放牛时仍坚持看书，但因为缴纳不了地主的佃租，耕牛都被卖掉，阿玉最后也被卖给地主家做丫环以抵押。正义的"我"，则愤慨于地主父亲把阿玉这样的女孩买回来作小妾……《泥娃娃》中的富岗是"我"的一位原姓刘的朋友，后改为日本姓，这是个趁火打劫的投机分子，渴望发战争财，借钱不还，有着无赖的品性，卑鄙、势利、没有廉耻和自尊。"我"对其极度厌恶——"我想，以后再也不要见他了。但是，这一类的人，岂止是富岗一人而已？"小说写出了殖民体制下的黑暗和愚昧。《鹅妈妈出嫁》第一部分写"我"留学时代结交的好友林文钦君，他出身富家，父亲林翁乃家乡声望甚高的汉学家，受儒学影响至深，祖产千余石，但"一家人生活却非常朴实"，且父子都"慷慨好施"，笃信"有国有家者，不患寡而患不均。不患贫而患不安。盖均无贫，和无寡，安无倾"，他们家包办村里农家子弟的学费，甚至丧费，欠债不追……然而，最后却导致家业破产，老人凄凉谢世，林文钦君也日益困顿。林留学时代便有志于"共荣经济的理念"，即以"资本家都取回了良心"为前提的"以全体利益为目标"的"庞大的经济计划"，从而想"避免血腥的阶级斗争"。但他现在却日益困顿，并最后凄凉谢世，"我"则手捧他"点点血痕"的《共荣经济的理念》的书稿痛哭失声。第二部分则是写"我"对于社会之黑暗、龌龊的愤怒："我"开办花园卖花，却受到医院院长刁难，原因在于"我"不懂"规矩"，没有给他想要的回扣，终于在把孩子们喜爱的"鹅妈妈"送给他之后，他也把公家欠"我"的买花款一文不差地付给了我。以公家名义，满足私家腰包，"生意可以做得顺利，而互相得益"，这便是生意人所信奉的"共荣共存"，但我却深深地知道"不错倒是不错的，但其背后总有许多人因此蒙受其害"，所以"我"心里道——"可憎的共荣共存呀！"《无医村》是一篇反映日据时期台湾社会状况的"问题小说"。"我"是一个刚毕业不久的医生，有一天被叫去为一个病危的穷苦人家的儿子看病，却眼看着他咽气，旁边还有他的白发苍苍的母亲、一脸病容的"僵尸般"的弟弟……穷人没钱看病，不到最后要死的关头不去看医生……这一切使"我"感到窒息，感到"一种激烈的悲哀"，而"悲哀之余，竟成悲愤，觉得这政府虽有卫生机构，但到底是在替谁做事呢？"《模范村》是一篇内涵丰富、人物众多、结构灵活、手法多样的小说。它写的是日本侵华的全面抗战前夕台湾的农村一角，开头便写道："一九三七年'七七'事变的前夕，在台湾静静的乡村角落里，也看到了一些暴风雨前夕的征兆，但许多人把它忽视了。"这里有生活在社会最底层的卑微如蚁的农民——善良、懦弱的佃户萧乞食（他一辈子的愿望就是"盖栋大房子""早点抱孙子"），捡别人烟屁股抽的戆金福，相对富裕但却被摊派压得喘不过气来的中农刘见贤。这里也有压在农民头上的剥削者、统治者：可恶的木村巡查，吸食鸦片、贪淫纳妾、欺压百姓、勾结并谄媚殖民者的"寄生虫"阮老头。还有富有良知和理想的代表觉醒者的知识分子：陈文治、阮新民。小说写出了当时台湾的黑暗，但也写出了黑暗中孕育和发展着的光明的力量。

第二，是描写对黑暗的殖民体制的抗争和不屈服精神。典型代表作品是《送报伕》（1932）。小说1932年写于高雄，用的是日文，先在台湾《新民报》刊登前半部分，后半部分被禁，1934年在东京《文学评论》全文刊登，后曾译成中文登在上海《世界知识》1974年重刊于《幼狮文艺》第249期。小说故事发生地在日本东京，主人公"我"（杨君）在大崎派报所找到了一份糊口的工作，但不曾想却被骗，面对这个靠广告招徕年轻人以骗取、剥削其劳动力的机构，"我"在富有正义感、慷慨热心的田中君的无私帮助下，和他、以及后来的伊藤一起团结斗争，战胜了派报所老板，取得了一场反抗的胜利。

《送报伕》最独特的地方，是它塑造了一个"反抗者谱系"。"我"的反抗的基因，来自于我的父亲、母亲：在"台湾乡村长大的"父亲"是一个勤恳的自耕农"，土地却被某制糖公司联合当地政府强行夺取，但父亲誓死不从，他说"我的土地，我要自己耕种才能生活。因此不能出卖"，然而他终究抵挡不过强大的公司和政府警察势力，终被投入监狱，出狱一两个月后，"终于含恨永眠了"；面对这一切，母亲一开始是怯弱的，家庭变故使她病倒，但最后她却终于下决心卖掉耕牛、农具支持儿子远行，当儿子陷入困境后，她又卖掉了房屋，汇来"一百二十元"，并激励儿子"妈妈天天祈愿着你的成功，在成功之前，无论有什么事情都不要回来"，最后为了让儿子"无所挂虑，可以勇往直前"，她竟自缢身亡……在临终之际留给儿子的信中，她说出了自己这么做的真正意愿——

我唯一的、也是最后的愿望是你要坚心努力，能够替陷在地狱边缘的乡人出一点力，救救他们。……母亲期望你成功回来，是为了拯救在苦难中的家乡人，却不希望你扬眉得意，衣锦回乡。

这样的刚烈、大义凛然（与母亲形成对照的是做"巡查补"的"大哥"，他投靠日本人、欺负乡人，后被赶出家门）的母亲，不是天生的，小说里说：

母亲已怕官，更怕关，父亲被关在拘留所时，她曾昏倒过几次。她一生所求的是省事安宁。可是，一到事不能省，安宁也求不得时，她便倔强起来，不贪生也不怕死。她并不是遇事哗啦哗啦的人，但对于自己所信的，一下了决心总是断然要做到的。

这样的母亲形象是令人震撼的！而除了父亲和母亲这些"前辈"之外，同样富有反抗精神的，还有"我"的好友、革命启蒙导师伊藤，这个富有良知和批判精神的、富有人道主义精神和国际共产主义思想的日本知识分子，也是一个令人敬仰的形象。

正是这些"反抗者"的存在，启发、激励了"我"，使"我"介入到火热的反抗运动当中，并最终决定把反抗的火种从他乡引回自己的家乡：

我满怀着信心，从巨轮蓬莱号的甲板凝视着台湾的春天——这宝岛，在日本帝国主义的统治之下，表面虽然装得富丽肥满，但只要插进一针，就会看到恶臭逼人的血脓的迸流！

就这样，我的"前辈""同辈""我"，共同构成了一个"反抗者谱系"。通过对这个"反抗者谱系"的塑造，杨逵播撒的是一种反抗的精神火种。

3.表达激励：作为"理想主义者"的知识分子形象塑造

在杨逵的小说中，给人印象最深的是他笔下那些富有反抗精神、觉醒意识的"理想主义者"形象。在这些人物里面，有农民（如《送报伕》中的林君的父母），更有知识分子。而且相比较而言，知识分子形象更多，更有意味。这些进步知识分子形象，几乎在杨逵的每篇小说里都有。

比如，《泥娃娃》中的"我"。他富有良知和批判意识——"如果以奴役别的民族，掠取别国物资为目的的战争不消灭；如果象富岗一类厚颜无耻的鹰犬，不从人类中扫光，人类怎么可能会有光明和幸福的一天！"他担忧着下一代——"再没有比让亡国的孩子去亡人之国更残忍的了……"；同时也焦虑于自己——"而我，要到什么时候才能写出讴歌人类健朗、勇敢和幸福、光明形象的作品呢？"

比如，《模范村》中的陈文治。这个"一阵风就会吹倒似的"善良的乡村教师，给穷苦人家的孩子免费教授汉学，自己却穷困潦倒（赊账而受人奚落）……后来受到添进等人（他们是"坦挚天真"的"年轻的农人"，是农民新力量的代表，他们尊重并帮助陈文治，捐资维持他的生活，修葺他的房舍，接受他的知识启蒙）的帮助，也受到阮新民的启发，而变得积极有力起来——早晨"面对着太阳做早操"，并"感到快乐，体会到生活的意义"，心里默念"他们在我困苦的时候，拯救了我。我也得拿出我最大的力量，为他们……"。小说中另一个进步知识分子叫阮新民，他曾去日本留学，是"财主的独生子""法学士"，"他是有正义感的人，在学校时也参加过抗日运动"，但隐隐也透出一点理想主义者的空谈和虚浮，然而他终归是一个有理想和热血的青年，因为受到"许多抗日同志"的热情鼓舞，"使得他再也不能苟安于目前的舒适生活了"。后来他因为被父亲殴打而离家，本想去城里做律师，但随着抗日战争全面爆发（"炮声在卢沟桥响了"），他毅然远赴大陆，并给陈文治和其他年轻人寄来了《三民主义》《中国革命史》等书籍。

《萌芽》（1942）中的妻子也是一个感人至深的艺术形象。小说以妻子写给丈夫的"信"的形式写就。这篇小说与陈映真的《山路》可以形成"互文"，它们共同呈现了为革命赴死的一代，奉献青春生命的一代！小说带有某种自传色彩：妻子（"我"）因父亲经商失败，三年级而辍学，为全家生计，被迫去做侍女。后来认识了"文科大学生的你"，并生了孩子建儿。"我"开始阅读"你送我的各种书籍和杂志"，等你毕业，"可是毕业不久的你，为了台湾民族运动的事件，竟被禁入监狱"。我开始"借来了二百坪的园子"养花卖花。"一连十年的女侍者生活的污秽，一部分已因开始种花而洗掉了"，并养成做"无线电体操"和"早起"的习惯。"日间大概就在太阳下工作着，那以前的袍儿已全部送给人了；现在我已换上了农妇的黑衫，等你归来的时候，我的皮肤已与农妇一样的变成黑碌碌的了，你见了将会惊奇吧！虽然我的皮肤黑了，而我的心却更会显得洁白呢！"而且，"我"还在"奉公班"给文盲做讲师……终于有一天，满园的花和蔬菜都发芽了，"我希望你能真正很健康地归来，让我们努力把梦实现！"

小说中的妻子（"我"）是一个出身贫苦、历尽磨难，但却忠诚、坚贞、坚强、乐观、刚毅、贤淑、温暖、知性、浪漫的知识女性——在丈夫因抗争被囚禁的岁月，她值守理想："我希望做一座期待着的理想的书斋，在群芳飘香的花园当中，用细小的蒿草编成一座冬暖夏凉的书斋；在那里你就可把内心所想到的一切事情，用小说或戏剧表达出来……""我一生唯一的理想和抱负，就是在花园的中间替你造一座书斋；无论袭来了暴风雨或其他的东西，我却很镇定地在等待着你那自由日子的到来。"这个有着坚贞的爱情、坚挚的理想的妻子，也许最能代表杨逵的人格和精神：反抗，不屈，理想，爱，浪漫，温蔼……除了这些精神内质外，这个小说写得细腻委婉，显示着杨逵作为文学家的才华，读来感人至深。

除了上述人物之外，这样的"理想主义者"的知识分子形象，还有《送报伕》中有着"很坚固的手"的"我"的革命启蒙导师伊藤，《鹅妈妈出嫁》中的林翁、林文钦，等等。

4. 自传色彩、现实主义文风

在杨逵的小说中，一直都有一个带有自传色彩的"我"的形象。这个"我"，折射着作家本人的那种集革命家（"战士"和"斗士"）、社会活动家、文学家于一身的知识分子的风采。他身上的这种特征，大致可以分成三个层次。

第一，是人格之坚毅、无畏。《春光关不住》（1962），作品原题《压不扁的玫瑰花》，1976年被收入了中学"国文"课本。它写的是光复前夕，台湾年轻人都被征兵，他们作为"东亚共荣的皇民战士"或者"学徒兵"，参与到军事基地的扩建工事。"我"是数学教员，林建文是"班上最小的一个娃娃兵"，他发现了水泥块下面"一株被压得扁扁的玫瑰花"，我觉得它"象征着日本军阀铁蹄下的台湾人民的心"。后来我把玫瑰花带给他一个人在家的孤苦的姐姐。"也许是好多年来的苦难与辛酸把她磨练成的吧，她处处表现得非常理智，非常镇定。"她给弟弟来信，谈到"黄花缸"，光复后"我"才弄清楚，所谓"黄花缸"其实是"黄花岗"，是广东青年王志坚讲给她的革命故事之一。他们后来结为伉俪，"我"是证婚人。最后，我感慨道："人生固然有许多艰难困苦，特别在异族的侵凌之下；但我总觉得，只要不慌不忙，经常保持镇静，就是被关在黑压压的深坑里，时间也会帮助我们解决问题的。这一棵重重地被压在水泥块底下的玫瑰的故事，不是蛮有意思的嘛？"这里充分显示出一种历尽磨难之后，所获得的坚毅、无畏、从容的革命家气质。正如《冰山底下过活七十年》（1974）中"我"所吟的那首诗——

能源在我身，能源在我心

在冰山底下过活七十年，

虽然到处碰壁，却未曾冻僵！

第二，是性格之积极、乐观。杨逵小说中最有意味的两个意象是——"劳动"和"鲜花"。鲜花，代表了美好；劳动，则是追求美好的一种精神、人格、态度。它包蕴着勤勉、踏实、坚毅、朴素。而这两个意象，也颇能反映出杨逵的一种先天的积极、乐观、向上的性格。这完全不同于那些旧式文人式的纤弱、病态，那种多愁善感、无病呻吟、夸张做作。《首阳园杂记》（1938）中的主人公"我"，不愿意按照父母期许的那样为殖民体制做事，从而追求功成名就，也不甘像伯夷叔齐那样饿死于首阳。受东方朔《嗟伯夷》中所谓"与其随佞而得志，不若从孤竹于首阳"启发，"我"创办花园，从事体力劳动，锻炼自己的筋骨和体魄。"虽然同是首阳山，但是有觉悟、肯奋斗、求生存的人未必就会饿死"。尽管园子曾有比邻火葬场的尴尬，也曾被人偷了锄头，但是"我"却想到——"人好比蚁蝼，为了活命需要锄头和面包，不偷就无法生存，这才是问题，一想到这处，我猛然释怀了。"于是也更加廓大了自己的情怀。想到当时漫卷世界的法西斯，"在这种时势里，我已无法再为自己的事挂意了，我的问题太小了。"这里显示出的，是作家一种深广、博大的悲悯情怀。《垦园记》（1969）是歌颂"劳动"："我"选台中近郊大度山，开辟"东海农园"，"在破砖乱石之上种花，把脏乱的地方变成美好的花园"，使"不毛之地"变成"东海公园"。"我看到豪华的高楼与宏大的工厂天天在建设，也看到了脏乱的地方正在增多"，我便"幻想"在这些建筑中间建设花园，给城市"画龙点睛"。《家书》（1954）是在狱中的"我"写给孩子们的信，在信中"我"鼓励他们"身体的健壮与精神的愉快是我们唯一的本钱……未来所不能免的失败与挫折也应该在欢笑中克服下去。"充满了积极、振奋的力量。《永远不老的人》（1954）也是记录自己在狱中的积极的生活态度：游泳、赛跑、冰冷的水洗脸……并想起一个朋友，七十岁了还在参加抗日斗争活动……"他的身体同他的精神一样，是磨练出来的。"《太太带来了好消息》（1956），写的是以宽厚、温暖、善良、坚毅的人格品质教育子女的方式——"六个人分为五个家"，"大家的心越显得牢牢地结合在一起"；"这个结合在一起的心叫做爱，是体贴与谅解，不是父母的尊严，也不是儿女的盲从"；"健壮的身体和明朗活泼的精神，肯学习和协力工作的风气是我们唯一的财富，更是用不尽的财产，它比黄金财宝还要宝贵。"

第三，这样一种人格和性格的集中体现，便是他对"行动"的渴望、激励和召唤。《园丁日记》（1956）写出了作家对"抗争精神""行动能力"的召唤。

它由一件小事入手——"我"修建小花园，台风却一次次摧毁，但"我"仍然一次次重建，这既是台湾人那种筚路蓝缕的开垦精神的体现，同时也更暗含了"我"的一种希望和寄托——"所有有利于人群的各种事业，就应该这样被继承、廓大、充实起来。""为人类种下第一棵树的，诚然值得我们敬仰，可是，敬仰应当不只是歌颂，最要紧的还是继承、充实与扩大他的事业，把一棵树变成千千万万棵树。"这里所写出的，正是作家对"行动"的一种激励和召唤。

综上可见，杨逵的精神、人格、文格，乃是协同一体的。从文学观来看，他为人生、为社会、为理想、为奋斗的文学创作追求，使他呈现以一种鲜明的实用主义的文学观。而与这种实用主义的文学观相对应，在艺术表现上，杨逵的作品是一种至为朴实的现实主义的文风——他的小说文字，尽管因为日据时代的影响，在某些作品中表现着光复前一代作家常常共有的一种生涩，但通过刻苦的自学后，他的语言已看不到半点拗口和晦涩之处。杨逵说："我以为写实、激进、伟大的社会变革小说才是世界文学的好传统。"他主张"文学不再是贵族式的专利，要平民化，希望小学生都懂得浅易文字，写出最深刻的文章，这是我的目标。"① 他的小说正是对这种深刻却又平易的现实主义文学的实践。

其实，杨逵小说平易质朴的现实主义文风，也让我们对所谓"实用主义"文学有更深的认识。因为，杨逵的小说让我们看到，即便如此"实用"的文学，其实也是有着如此感人至深的力量的。出于"实用"的目的写就的文学，并不一定是粗糙的、直白的、乏味的，相反却完全可以是意味深长的、感人至深的。而且，那种无技巧的浑然天成，难道不同样显示着另外一种创作"才华"？其实，即便从我们惯常所理解的所谓"文学技巧"的角度而言，杨逵的小说同样也是有才华的——比如像《模范村》中对讽刺和幽默手法的使用（如对小说人物戆金福、媒婆的那种丑态的描写；对官僚地主的宴会丑态描写，等等）。从杨逵身上，我们可以看到最明显的一点是：文学最动人的力量，还是在于思想、价值观、情感，在于真挚、悲悯、乐观、刚毅的作家的内心。与之相应的，形式很多时候都是这些内在性元素的自然而然的一个"结果"，至于现实主义，还是现代主义，甚或其他，可能都并不是那么重要。

---

① 杨逵：《杨逵作品选集·编后记》，人民文学出版社 1985 年版，第 236 页。

（二）陈映真对杨逵的继承

杨逵的这种品格，在陈映真身上有着同样鲜明的体现。关于这一点，只要对杨逵和陈映真文学创作和生平事迹有所了解的话，应该就不会有太大异议。简单一点而言，他们二人都目标坚定，一生致力于同情卑微平民和民族解放与统一；都有着顽强不屈、百折不挠（都曾不止一次被捕）的精神意志和斗争品格；都有着良善、温暖、开阔的心胸；都将文学作为社会斗争的重要工具，却又不完全局限于文学；都具有诗人的气质的同时，更有着强大的理性和社会分析能力……总之，他们都是"斗士"和"诗人"的合体。关于上述诸点，我们这里限于篇幅，无法充分展开。而只能借由有限的一点来管中窥豹，观察他们之间的精神继承性。这一点即他们作为知识分子的对待愚昧的立场和态度。

1. 启蒙叙事范式："愚昧"的农民和"彷徨"的知识分子

启蒙叙事是 20 世纪以来中国现代性叙事的重要一支，而鲁迅所开创的国民性批判主题书写又是启蒙叙事最重要的范式。作为"愚昧"的主体之一，农民（其实也包括其他的社会小人物）一直是启蒙叙事的主要人物形象；而与此相对，知识分子形象貌似隐蔽（相较于农民），但实际上作为"愚昧"的发现者、批判者，他一直都是在场的——启蒙叙事中的叙事者本人更是一个最明显不过的"知识分子"。由此我们发现，在启蒙叙事中，存在两种主要的人物形象塑造模式：农民—愚昧者；知识分子—彷徨者。农民在启蒙叙事中，一直都是"愚昧""封建意识""落后"的代名词，在他们身上，"愚昧"（自私、麻木、目光短浅）简直成为了一个标签，农民在启蒙叙事中一直都是以一个"被批判者"的形象存在的；而知识分子作为具有现代意识、现代观念的文明（先进）主体，则是一个目光犀利、见解深刻的"批判者"。

但是，在现代性叙事中，我们也发现了一种困顿，它存在于现代知识者自身。困顿来源于愚昧之沉重，它造成了批判者的疲惫，而当愚昧对批判者自身造成了伤害，疲惫更变成了失望、绝望、悲凉甚至仇恨。这样的知识分子的内心，显现着这样的一条非常值得关注的心灵轨迹：希望——幻灭——孤独。这种心灵轨迹在鲁迅的《孤独者》《在酒楼上》中有着鲜明的体现。可以说，农民的"愚昧"和知识分子的"困顿"，构成了一个相辅相成的叙事结构。这个结构，从鲁迅一直到阎连科、李洱等，一以贯之。而这个结构的背后，所显现的，其实不是别的，而是中国知识分子的偏狭。且问——农民真的就是愚昧的？知识分子即便发现了愚昧——那"黑暗的铁屋子"一样的愚昧，他们真的只能陷入彷徨、苦闷？对于中国现代知识分子来说，且不说他们自身在多大程度上构成着那种须对愚昧负责的社会、历史、文化力量，单是从"解决问题"的角度上来看，彷徨的他们为什么不能从当下、从其身边、从一些微小的地方开始做出行动，以改变现状（包括其自身）？为什么那么多知识分子总是陷于和停留于思考、文字、话语，陷于和停留于苦闷、彷徨的情绪，而疏于行动？

在台湾作家身上，尤其是我们这里所探讨的杨逵、陈映真身上，我们发现了一种截然相反的气质——悲悯、温蔼，坚毅、无畏。这种气质，尤其体现在他们笔下的人物形象身上，他们笔下的"农民"和"知识分子"没有大陆作家笔下的"农民"和"知识分子"那般的愚昧和彷徨。当然，不能说杨逵和陈映真他们在现实生活中，在求取民族解放和统一的行动过程中，没有遭遇过愚昧和愚昧的伤害——其实他们的文字确实也触及过愚昧——但他们却并没有陷入或一直陷入大陆现代作家和知识者的那种彷徨、苦闷、怨怼。这显现了杨逵、陈映真甚至很多台湾作家身上的一种共同的精神气质，一种渗透在他们的生命、生活中的精神。

2.反愚昧、反彷徨——杨逵和陈映真笔下的农民、知识分子形象

很多作家都对农民都抱有同情，同时又对其身上的封建残余（愚昧）深恶痛绝，正所谓"哀其不幸，怒其不争"。启蒙叙事者往往更倾重后者，如鲁迅写《阿Q正传》，高晓声写《陈奂生上城》，他们都是把农民的愚昧性放在了更为突出的位置，而大家对于鲁迅、高晓声这些启蒙作家的肯定和尊崇，也往往是因为更看重了其揭露黑暗、批判愚昧的启蒙意识。但是殊不知，这样所导致的一个结果，便是无形中将文化批判放在了更高的位置，而降低了社会批判的地位。实际上，社会批判视域下的对社会历史整体性的政治、经济分析，可能才是更为根本、更具有决定意义的工作，因为政治、经济因素决定着文化的形成、构态，其实也更为直接、更为有力地构成着历史。对它进行分析、批判，其重要性可以说更根本性地关乎到人文学科的一个人道主义的前提。对社会卑微群体、小人物的关怀，对普通人生命的怜惜，这一切如果没有社会历史分析作为支撑，很容易流于一种空洞、乏力、易变的道德高调。比如以高晓声为例，他

早期的《李顺大造屋》《"漏斗户"主》，那里面所显现出来的他和农民之间所具有的的那种血肉联系，[①] 是因为高晓声本身便是一个农民，但后来他却走向了《陈奂生上城》的那种带有讽刺的"幽默"，那种"幽默"的讽刺虽然并不过分，甚至还可以说成是所谓"含着眼泪的微笑"，但其中确实是包含着一种"讽刺"的，而这"讽刺"还是暗藏了一种和温厚的悲悯不甚相同的东西，这其实也就隐隐地、内在性地造成着"悲悯"的不牢、不稳定。所以我们才看到，在《陈奂生上城》中，这种带着微笑的批判（相应地造成了笔下人物的某种滑稽、可笑），到了他后来的"陈奂生系列"，便逐渐失去了他早期创作的那种忧患和深重，而逐渐变得轻飘甚至油滑起来。[②]

　　其实，多数大陆作家都能够发现农民的"不幸"并给予同情，但当他们运用理智开始写作时，他们首先看到的却往往是"愚昧"，并给予激烈的批判。更让人寻味的是那些"农裔城籍"的作家，他们出生于乡村，对农村抱有血肉亲情，当他们在创作早期，无意识地提笔创作时，往往对农村、农民抱有眷恋、同情，但当他们有了一定的"知识"和"文化"，再反观农村时，便往往走向了批判。而至于那些缺乏农村生活根脉的城市作家，他们受到的人生教育所赋予他们的乡村印象，也往往是农村即贫穷、落后、愚昧之地，是需要被改变、提升之地（文学中的乡村和农民，当然也还有另外一种表现形态，即那种浪漫主义式的静美、质朴），只有当因缘际会地遭遇某种社会历史动变（如右派下放、知青下乡）从而对真实的乡村、农民有所接触后，这种印象也许才会有所改变——很多知青作家都有这种表现。这里确实有值得我们深思的东西：是什么让我们的作家总是瞩目"愚昧"？是什么让他们总是一边心怀"国家""社会"，一边可能却又疏于关心身边活生生的生命个体？当然还有更值得追问的问题是，他们可能并不是不想要去关怀生命个体，但为什么却总是无从下手，或轻易地

---

　　① 谈到早期创作时高晓声曾经说过："我写《"漏斗户"主》，是流着眼泪写的，既流了痛苦的眼泪，也流了欢慰的眼泪。最后一段，写陈奂生看到自己果然分到了很多粮食，'他心头的冰块一下子完全消融了；泪水汪满了眼眶，溢了出来，像甘露一样，滋润了那副长久干枯的脸容，放射出光泽来。当他拭着泪水难为情地朝大家微笑时，他看到许多人的眼睛都润湿了；于是他不再克制，纵情任眼泪像瀑布般直泻而出'。这里的眼泪，既是陈奂生和大家的，也有我的。"参见高晓声：《且说陈奂生》，《人民文学》1980 年第 6 期。

　　② 参见王晓明：《在俯瞰陈家村之前——论高晓声近年来的小说创作》，《文学评论》1986 年第 4 期。

就动摇了这种心愿？

从这样的背景下去观察，我们会发现，杨逵笔下却绝少愚昧的农民，至多只是因为贫穷、身处底层所致的一种麻木、怯弱、可笑。如《模范村》中的底层农民萧乞食，他是个善良懦弱的佃户，最大的梦想就是"盖栋大房子""早点抱孙子"；还有慙金福，一个专门捡别人烟屁股抽的社会最底层的农民。这样的农民形象是无法引起人的厌烦、痛恶的，而是深深的同情。与同情相伴随的，则是一种对不公不义力量的激愤，正如《无医村》所表现出来的那样，看到农民生病后不到最后不去看医生，做医生的"我"因此首先感到了"一种激烈的悲哀"，但这种"悲哀"旋即便转化了，转化成对于造成农民贫困以致无法就医的社会的批判——"悲哀之余，竟成悲愤，觉得这政府虽有卫生机构，但到底是在替谁做事呢？"

杨逵的笔下涉及过"愚昧"，但这只是存在于压迫者身上的，尤其是日据时代的乡村地主等。而对于底层农民，他却绝少这种愚昧形象的塑造。也许是反殖民、求解放的意愿过于强烈，他笔下的底层农民，非但没有"愚昧者"，反而充满了"觉醒者"和"反抗者"。比如《模范村》中的农民新力量——添进等，他们尊重并帮助陈文治，捐资维持他的生活，修葺他的房舍，接受新知识，他们是"坦挚天真"的"年轻的农人"。这种富有觉醒意识、反抗精神的农民，最典型的，当如《送报伕》中的"我"的父亲、母亲，父亲是"台湾乡村长大的""一个勤恳的自耕农"，其土地却被某制糖公司联合当地政府，由警察出面强行夺取，父亲面对这一切却没有忍气吞声，而是誓死不从、顽强地抗争到底——"我的土地，我要自己耕种才能生活。因此不能出卖"。虽然抗争并没有取得最终胜利，但是他的抗争却给"我"和母亲播下了抗争的火种。这种抗争精神在母亲身上体现得更加鲜明，母亲一开始是怯弱的，劫难使她病倒，但最终她下决心卖掉耕牛、农具支持儿子远行，当儿子陷入困境后，她又卖掉了房屋，汇来"一百二十元"，并写信道："妈妈天天祈愿着你的成功，在成功之前，无论有什么事情都不要回来。"最后为了让儿子"无所挂虑，可以勇往直前"，竟然自缢身亡，在她临终的信中她对儿子交代道："我唯一的、也是最后的愿望是你要坚心努力，能够替陷在地狱边缘的乡人出一点力，救救他们。……母亲期望你成功回来，是为了拯救在苦难中的家乡人，却不希望你扬眉得意，衣锦回乡。"这样的母亲，实在令人肃然起敬。

　　陈映真笔下的农民（小人物）也是如此。在书写农民（小人物）方面，陈映真早期小说的代表作品是《将军族》（1964），后期的小说则当属《忠孝公园》（2001）。《将军族》的主人公分别是外省退伍老兵三角脸和台湾本省籍出身、家境贫寒的小瘦丫头，他们在乡村康乐乐队相识，同是天涯沦落人，在离乡背井、过着漂泊无依的生活的情况下，两个卑微贫贱的生命却反而更加互相怜悯、关爱——在困厄面前，三角脸毅然把自己的退休金悄悄留给了小瘦丫头，自己则流落天涯。而当几年后他们又一次偶然相遇时，三角脸已经衰老到令人难以置信，小瘦丫头也失去了自己的一只眼睛。此时的他们，决定以一起赴死的方式实现来生的永远相守，他们相约"下辈子罢"，"那时我们都像婴儿那么干净"。从小说我们可以看到，在两个小人物身上，在这两个至为贫贱的生命身上，反而焕发出了至为高贵的人性光辉。小说写他们走向死亡之前，他们一起走上了田野的坡堤，三角脸吹起《王者进行曲》，小瘦丫头则戴上制服帽，挥舞指挥棒，一前一后，走着正步……而当人们第二天在田野里发现他们的尸首的时候——"两个人躺得直挺挺地，规规矩矩，就像两位大将军呢！"

　　在这里，地位的贫贱和精神的高贵、肉体的残缺（三角脸的衰老、小瘦丫头瞎了一只眼）和灵魂的完美形成了令人惊异的对照，焕发出一种奇异的令人难忘的精神诗性。而陈映真在塑造他们的时候，不仅"无视"其小人物身上可能存在的愚昧，更主动地去发现、发掘他们身上的人性光辉——善良、真诚、爱、无私，这一点和杨逵确实有着一种一致性。

　　当然，极力发掘小人物身上的人性美，可能带有某种刻意的成分。因为台湾文学在当时有一个流行的"小人物、大时代"叙事模式，所表现和挖掘的，乃是梁实秋等人所看重的"普遍的人性"，所以陈映真所挖掘和展示的小人物的人性光辉，未免没有探讨深层的"普遍人性"的意图。倘如此，那他在塑造三角脸、小瘦丫头的真挚、勇毅的时候，他所着眼的可能就不是他们的社会性、阶级性，而是更普遍化的人性。人性探讨是一个更普遍化、哲学化的问题，可能它无法非常有力地表现出陈映真对愚昧的轻视，但陈映真创作于生命晚期的《忠孝公园》却非常清晰地体现出了这一点。

　　《忠孝公园》中的老人林标，显然是一个愚昧的农民的形象，但陈映真在作品中极力突出的却是他的受害，是他的弱势地位。林标曾经在二战时期做过日本人的军伕，作为一个普通的农民，光复之后他的生活一直处于困顿当中，于是他和当年那些曾经做过日本军伕的人一起，走上了争取战争赔偿之路，但是他们的方式却是可笑的：集在一起唱日本军歌、穿日本军服，一起回忆、缅怀当年作为"天皇的忠诚的儿子"的岁月……这些行为透着荒唐，透着无知和愚昧。但是，陈映真在塑造他们，在描写他们这些行为的时候，却并没有着眼于此，他所竭力呈现的是这些老人身上的悲情色彩——他们被历史愚弄、被战争摧残，又被现实当中拉选票的台湾政客们利用，他们所求的并不是真的做回"天皇的忠诚的儿子"，而只是家园丧失、衣食无着、无立锥之地的艰辛生活的一点点改变，但在历史的愚弄和现实的受骗下，他们的期望注定了破灭。

可以看出，与以往的启蒙叙事相比，陈映真的叙事有着明显的偏移，即从描写"愚昧"，转向了展示"贫困"。小说用极大的篇幅叙述了林标老人争取战争赔偿背后所隐藏的命运艰辛的生存真相——他那贫困的家庭、衰老的身体、台湾土地改革和现代化转型摧毁的家园、离家出走的儿子和儿媳……这一切都让他身上原有的"愚昧"淡化、瓦解，而"贫困"则鲜明地凸显出来，占据显要的位置。

在如何看待"愚昧"的问题上，也许陈映真评论钟理和小说《夹竹桃》（1944）的文章（《原乡的失落——试评〈夹竹桃〉》）最能见出他的态度——他批评钟理和《夹竹桃》在描写北平和旧中国时所展现的情感和态度。钟理和1938年因为恋爱受挫而离家奔逃，怀着"原乡人的血，必须流返原乡，才会停止沸腾"的意念，他奔向大陆，在硝烟遍地、苦难重重的中国内地（东北、北平）流离数年，1946年返回台湾。《夹竹桃》便是其记叙那段大陆漂泊生活的作品之一。在这篇作品里，作者通过对北平一个大杂院的生活描写，展示出了当时的北平乃至整个中国的状况：贫穷、落后、苦难、愚昧。小说对这种贫穷、落后、苦难、愚昧状况的批判，是尖锐而突出的。但是，陈映真却对钟理和小说中所表现出来的这种尖锐的批判姿态持否定的态度。他说，钟理和小说中的描写显现出来的是一种"嘲讽、怨怼的语气"，这样的钟理和所代表的乃是"殖民地丧失了自信的知识分子"——

在殖民者以枪炮压服，继之以"教化"之后，有些殖民地知识分子完全丧失了民族自信心。在殖民者"光辉灿烂"的文明的照耀下，自己的民族不论在生活上、精神上，显得千疮百孔。他们始则羞愧，继而恼怒，再继则产生深重的劣等感。于是，他们也对祖国的落后，发出辛辣、毒恶的批评。在这个批评中，看不见他自己的民族的立场，从而拒绝和自己的民族认同。

陈映真认为，"在《夹竹桃》里，我们就看到了这种令人疼痛的民族自我憎恶意识。"① 陈映真认为，对祖国的落后、贫困、愚昧不是不应该有悲愤，"但这一切的悲愤，有一个下限，就是这悲愤源于对中国的深切而焦虑的爱；就是不丧失批评者自己作为中国人的立场。"然而，钟理和小说中透露出来的他对于祖国落后和愚昧的批评，在陈映真看来，"却似乎逾越了这个下限，对自己的民族完全地失去了信心，至于'深恶痛绝'起自己的民族。"② 在陈映真看来，这种"深恶痛绝"其实是一种"民族立场""民族认同"的丧失。

然而，陈映真所谓的"民族认同""民族立场"究竟指的是什么？

陈映真认为，所有耳闻目睹、亲身感受和体验过现代文明的知识分子，都不免对于祖国的落后和"愚昧"产生厌恶和批判，加上殖民者居心叵测的宣传，很容易造成一种盲目而无理性无分析的、对"落后"和"愚昧"的本民族的厌恶，和对于"文明""先进"的国家的向往。这种情感不加反省，长此以往，也就很容易导致这样一种后果：所谓的"愚昧"和"落后"往往就被认为是由一种先天的"民族性"所致，由此便进一步导致厌恶、鄙弃起自己的本民族和同胞来。那原本的被殖民的屈辱，由此也就渐渐被遗忘和消释于一种"被支配有理"的意识之中。

造成这种令人悲哀的状况的原因，最关键一点，其实是知识分子自身的无知——在对所谓"先进"和"落后"、"文明"和"愚昧"的认识上，他们缺乏理性，缺乏分析，他们根本没有去深究、思考——

---

① 陈映真：《原乡的失落——试评〈夹竹桃〉》，《陈映真文选》，生活·读书·新知三联书店2009年版，第200页。

② 陈映真：《原乡的失落——试评〈夹竹桃〉》，《陈映真文选》，生活·读书·新知三联书店2009年版，第201页。

其实，说穿了也很简单。有钱的人，就有教化，就看起来富泰、可敬……穷人就得不到教化，就肮脏、自暴自弃、愚昧、疾病、迷信、酗酒、赌博……于是有人说，富人之富绝非偶然，因为富人是优秀的种类，无往而不富，是上帝所拣选以管理世上的财富。穷人之穷，也不是偶然，因为他们是根性劣下的种类，无往而不贫，注定要受役于富人……这种"一以贯之"的"支配有理"论，只有一个目的，即在于掩盖一个事实：那就是许多民族的、社会的悲惨生活，来自一个不合理的制度，而这个不合理的制度，正是少数"优秀"的人们，为了他们自己的利益而刻意制定的。①

一种貌似"长久以来都是如此"的现状，遮盖和掩藏着的是长久以来的不平等和压迫，这才是造成所谓"先进"和"落后"、"文明"和"愚昧"分野的现状的真正原因！殖民者（统治者、既得利益者）的掩盖和欺骗，底层民众觉悟能力的不足，或许还有知识分子自身的怠惰、怯弱，造成了知识分子的无知与盲目。在这种情况下，觉醒和改变便只能依靠那些真正的有良知、有理性、有勇气的知识分子。而如果知识分子仍盲目、无知，甚至一任自己的偏见与愤怒肆意放纵，那么结果便可想而知。而像陈映真这种不畏艰难澄清事实、探究真相、勇敢坚毅的知识分子的存在，正是对这种无知、盲目、偏见的反抗的希望。他们所做的工作，其实才是对于启迪民智、追求正义的精神的真正贯彻和发扬——才是真正的"启蒙"。只是这样的"启蒙"是站的层次更高的对知识分子的启蒙。

而至于钟理和，他之所以会有这样的认识盲点和情感误区，一方面在于他生活的社会历史条件的限制，另一方面则在于他对中国社会历史、世界历史发展缺乏宏观的把握（这一点则是陈映真这种知识分子所具备的），他没有认识到他所处的、所面对的"是那一个自由了的、独立了的民族和国家所必要的阵痛的中国"，"他不知道，要认识这一个历史时代的中国，光凭感伤的热情，是注定要失望的。他必须对十九世纪以来，世界进入帝国主义时代以后，世界弱小民族所共同面临的命运和问题，有理性的认识；他也必须弄清楚：在帝国主义

---

① 陈映真：《原乡的失落——试评〈夹竹桃〉》，《陈映真文选》，生活·读书·新知三联书店2009年版，第205页。

者和国内旧势力结成坚固的阵线以鱼肉同胞的时代，一个知识分子应该站在什么立场，伙同国内的那些人，团结奋斗，取得胜利……"①

那么，一个富有良知（正义感）、理性的作家究竟该怎么描绘自己的祖国呢？陈映真认为，在世界和中国特定的近现代史背景下，"描写自己祖国的残破，自己民族的落后的文学"应该是这样的一种文学——

> 对于这些残破和落后，它怀有同样或更深的痛恶，但它知道这一切残破和落后底根源。它以挚热的爱，和基于这爱而来的愤怒，揭发那残破和落后。它更明白地看见那正在涌现和壮大的、明白的、光明的、前进的中国的潜流。它具有积极介入、求革新、求实践的雄心大志……②

一个知识分子也许不能做到"更明白地看见那正在涌现和壮大的、明白的、光明的、前进的中国的潜流"，也不能做到"基于这爱而来的愤怒，揭发那残破和落后"——因为那确实需要刚毅坚定的品质和乐观昂扬的性格——但是他至少可以做到"知道这一切残破和落后底根源"。也就是说，对于知识分子而言，即便你做不到有勇气、有毅力，但你可以做到有理性、有良知，能辨明是非、守住底线。

在陈映真看来，"钟理和的民族认同，发生深刻的危机"，"这绝不是一个孤立的、特殊的案例。当殖民地的知识分子被殖民者所给予的'现代'教育开启了智慧以后，他首先要面对的，就是自己祖国的残破和落后，自己同胞的'贫困和无知……'"。陈映真接下来的一番话值得我们今天的中国知识分子，甚至每一个中国人深思，因为我们很多人可能都见证甚至经历着这样的心路历程——

> 钟理和的一生，代表着那个时代部分知识分子的一生的历程。钟理和的民族感情，也是一定历史过程下的产物，具有重大的意义。他代表了在光复前后的一部分台湾省知识分子的整个痛苦的心灵的历程。在日人的统治下，他们的

---

① 陈映真：《原乡的失落——试评〈夹竹桃〉》，《陈映真文选》，生活·读书·新知三联书店2009年版，第206页。

② 同上。

"原乡人—中国人"意识尚有一个归托。原乡中国，代表着民族的解放，国家的独立；代表着同胞间骨肉般的热情；代表着一切未来的光明和幸福。然而，一旦面临了前现代的中国，他们吃尽苦头，受尽挫折。他们和钟理和一样，在整个新生的、近代中国的分娩期所必有的混乱中，所漫天揭起的旧世界的灰尘中，看不见中国的实相，从而也不能积极地、主体性地介入整个中国复兴运动中。正相反，他们寻求原乡的心灵顿时悬空，在苦难的中国的门外徘徊逡巡，苦闷叹息。在这些受创伤的心灵之中，有些人由悲痛而疾愤，走向分离主义的道路。①

　　在当代的许多作家笔下，都曾出现过对于中国的"落后"和"愚昧"的描写，这些描写所透露出来的情绪，正是陈映真在这里所说的这样的一种心理状态、情感状态。而这显然是有问题的，它值得我们每一个当代中国知识分子、中国人深思。如何做一个合格的知识分子，如何做一个中国人，如何做一个有正义感、能辨是明非、看清历史、辨明大势，且为了正义和理想付出努力的知识分子？陈映真的论点，以及他一生所做的工作，都值得我们深思。

　　与这样的农民形象相对应，杨逵和陈映真笔下的知识分子形象也是另外一种风貌。无论是杨逵《送报伕》中的"我""田中君"，《模范村》中的陈文治、阮新民，《鹅妈妈出嫁》中的林翁、林文钦，还是陈映真《铃珰花》《山路》《赵南栋》中的高东茂、蔡千惠、叶春美等，他们都是具有理想、敢于实践、勇于担当和牺牲的知识分子形象。

　　这样的形象富有极大的激励作用。这里可能隐含了杨逵和陈映真这样的作家的一种理想——寻求一种知识分子式的激励。比如，陈映真便明确地谈到，社会的改变其希望和责任不在于农民，而在于中产阶级，在于中产阶级的知识分子——

　　我总觉得应该有先进的、进步的中产阶级，其他问题才能得到解决。……必须要有开明的、先进的、自由化的中产阶级，社会改革在资本主义社会里才

① 陈映真：《原乡的失落——试评〈夹竹桃〉》，《陈映真文选》，生活·读书·新知三联书店2009年版，第207页。

142

有希望。[①]

　　这些中产阶级的知识分子首先有机会觉醒，然后他才到民众里面去……[②]

　　对知识分子的期望，其实与其对待农民的态度是相辅相成的，他们并不苛求于农民，因为农民受社会历史条件的限制，目前可能尚缺乏自醒的条件和改造社会的意识：

　　我们的社会在分工上已规定了这种不平等。我不是赞成这种不平等，但我们分工愈细密，我们广泛的劳动者可能一辈子要重复做最简单的工作。像卓别林的《摩登时代》一样，每天都在搞相同的工作，他不是"傻子"也会变成"傻子"。他没有办法接受文化，没有办法思考，没有办法去想这是制度造成的。[③]

　　对农民和知识分子的这样一种态度，其实并不矛盾，它其实反而更反映了杨逵和陈映真的一种务实性，反映了他们的理智清醒。他们不抱怨、不憎恨，而只是理智地分析，固执地坚持，热情地激励，默默地行动。这也正是杨逵和陈映真身上最令人印象深刻、最令人感动的一点。

　　3. 原因：悲悯为"体"，理性为"用"

　　悲悯和理性，是陈映真和杨逵的共同点。而它们，固然在基本立场和原则层面可以说是所有文学写作者应有的共性，但其实可能只有左翼作家是把它们作为一种根本性的创作理念——"文学为社会、为人生"——贯彻到具体的写作过程当中的。从这个意义上说，它们甚至可以说是左翼文学一种精神特质。

　　悲悯，作为一种情感，它体现的是一个人的良善、心灵的柔软。杨逵和陈映真都是集战士与诗人于一身式的知识分子：他们既参加社会运动，努力抗争毫不妥协；他们真挚温婉又情深义重；他们既嫉恶如仇，又宽容体谅……这种性格和人格，使得他们的文字焕发着一种刚健、理性、深婉、细腻的风格。

---

　　①　陈映真:《大众传播和民众传播》,《陈映真作品集》(13),台北：人间出版社1988年版,第128页。

　　②　同上，第147页。

　　③　同上，第146页。

这种温蔼而深婉细腻的风格和性格，在陈映真身体现的非常明显。它和同样讲求启蒙的鲁迅的性格某种程度上形成了一种对照：鲁迅有彷徨，有"两间余一卒，荷戟独彷徨"的孤独，有《药》里的愤慨，有"黑屋子"的孤愤；但是陈映真身上，似乎很难发现这一些。在一次对话中，有人问他是否因为感到"悲愤和孤独"才去战斗，他说：

说"悲愤和孤独"，又似乎没有那么严重。基本上，人各有志吧。人各有他自己持守的价值。这使我想起生父陈炎兴先生。他生长在殖民地台湾赤贫的家庭，正式学历只有小学，但他靠着刻苦自学，在我的眼中，他成为有知识、有思想、有风格的知识分子。在我看来，不论在思想、见识和知识上，他高过他许多学历、职位比他高的同时代的台湾人，他从来不愤世嫉俗，也从来不自炫独学的成就。他的安静、自在的谦虚，对我影响很大。他谢世前给自己写了这样的墓志铭："这里睡着一个无可隐而隐的老人"。"无可隐"是他本质的谦卑之辞，"隐"则是他自觉自在的修养和行为。在他，就没有"悲愤和孤独"的问题。这样的气质，使他能在两个儿子突然被侦探带走后，仍能器度宁静轩昂，第一次来狱中看我的时候，能安静、明确地说，"首先，你是上帝的儿子。其次，你是中国的儿子。最后，你是我的儿子"，要我以这三个标准度过缧绁中的年年月月。①

除了不"悲愤和孤独"，陈映真也坦诚过自己内心的柔软和脆弱："有时我会觉得好像甚么都没有用，我就甚么都不想做了，只想好好睡一天的觉，……那恰好是我最软弱的时候，我这样的时候蛮多的，所以不要误会我是个'大力水手'。"② 然而，即便如此，陈映真毅然坚持着"启蒙"，坚持着参加社会活动……

当然，在这里，陈映真为什么不感到"悲愤和孤独"？难道他在长久的生活和实践中，未曾遭遇过"愚昧"？显然并非如此。我认为，这一点除了性格

① 赵遐秋：《步履未倦夸轻翩——与当代著名作家陈映真对话》，《台湾乡土文学八大家》，台海出版社 1999 年版，第 187—188 页。

② 同上，第 136 页。

（更温厚）之外，还跟其对"人"的认识、成长经历（包括童年、家庭、交友、读书等）、精神信仰等因素有关。当然还有一个容易被忽略的因素，那就是在这诸多因素共同作用下进而形成的他一直致力于行动（而不是局限于文字）的实践方式有关。鲁迅尽管激烈但因为各种复杂原因，他和陈映真相比，其思想更多地还是形诸文字，而陈映真则是走上街头的，他的身上显然带有一种"外张性"。当然这样一种文化性格，并不是陈映真独有，从杨逵到陈映真（陈映真受杨逵影响，但杨逵的影响并不只是辐射到陈映真，而是许多台湾作家和知识分子），再由陈映真波及其他人（比如蓝博洲、钟乔、施善继、曾健民等）……陈映真便曾经提到过，他其实有许多志同道合的人——

多年来，我还是有许许多多不能已于希望和工作的朋友们。在台湾，在马尼拉、日本和南朝鲜。我有一对旅居纽约的朋友，五六年来，用自己的费用跑遍西班牙、荷兰、德国、法国、俄国和东欧各国，探访中国人在三十年代投身西班牙反法西斯内战者的脚踪。他们在全世界获得了最慷慨的协助。但他们没有"悲愤孤独"。他们告诉我，他们越来越乐观。①

总之，这样的一些因素，形成了陈映真性格中的"温蔼"。

持"实用主义"文学观的陈映真，不仅有"为人生"的一面，也有"为艺术"的一面，这可能也是他温蔼性格的一种体现——或者，可能也是造成他温蔼性格的一个原因？他重视"文学性"（自由、灵感），重视"才情"，绝不不拘泥于刻板的、教条化的现实主义——"创作有一个相对自主于理性的地带，既不神秘，更不庸俗机械……从那里往往涌现闪耀瑰奇的情节、对话、创意、灵感和叙述。面对着它，我感到创作的大喜悦和大奥秘。"这甚至是他"创作中最大的快乐，最大的惊奇"。②

这样的性格也展现于杨逵身上。他那些情意深长的作品，也表现着他内心的柔软。总之，无论是陈映真，还是杨逵，这种柔软的东西，其实都是来源于

---

① 赵遐秋：《步履未倦夸轻翩——与当代著名作家陈映真对话》，《台湾乡土文学八大家》，台海出版社 1999 年版，第 188 页。

② 同上，第 193、200 页。

一点，即他们内心的良善。在这种良善的背后，有个人的性格，更有一种普遍的人性，但它们能够被坚持和发展成为一种信念，实在是有一种道德和意志的力量在发挥作用。

陈映真和杨逵的文学风格之所以有前面所说的那样的表现，可能还有一个非常重要的原因，即他们自身所具备的理性能力。无论杨逵，还是陈映真，他们在保有内心的良善的基础上，能够对不良的社会、历史、文化进行冷静的分析、判断，这种冷静的分析、判断——也即一种理性能力——成为了其道德和信念的有力支撑。它使得他们不至堕入肤浅、误入歧途。这种理性能力具体表现在其创作当中，便是其作品所显现出来的那种社会分析的特征。

杨逵的文学，有着显著的社会分析的色彩。在小说《送报伕》里，他展现了殖民地台湾时期的社会经济结构：农民备受日本殖民者、台湾地主阶级的双重压迫，进而造成了生存处境的艰难与悲惨。小说开始便介绍，主人公"我"是"台湾乡村长大的"贫困家庭的孩子，父亲"是一个勤恳的自耕农"，"我"十五岁的时候，我们的土地被某制糖公司联合当地政府、由警察出面，强行夺取，最终家破人亡。然而，这样的剥削和压迫，不只是存在于台湾，当主人公杨君讲述了台湾劳动人民在日本殖民统治下的悲惨的生活情状之后，日本进步青年伊藤向他走了过来，并对他说："到台湾去的日本人，多数就是这一类的人。他们不仅对于你们台湾人如此，就是在日本内地，也是叫我们吃苦头的人呢……"这里揭示出了在殖民地宗主国，压迫和剥削同样存在。正是由此，伊藤和杨君才走到了一起，他们一起和大崎派报所斗争并取得了胜利，而且进一步地，杨君把这种反抗、革命的火种又引到了台湾。

而在陈映真的作品中，其社会分析色彩则更为浓烈。最典型的当属他创作于 1978 至 1982 年间的《夜行火车》《上班族的一日》《云》《万商帝君》四篇。70 年代末的台湾已经实现了社会的现代化转型，发达的现代工商业时代使得台湾笼罩在一片富裕繁华的气氛之中，但是恰从狱中释放归来的陈映真，在面对这样的富裕繁荣的时候，却是审慎而怀疑的。他通过自己在资本主义跨国企业中的任职经历，更进一步看清了作为发达的现代化工商业标志的"跨国企业"的实质，由此他写出了"华盛顿大楼系列"。这些作品通过生动的人物、故事、命运书写，对资本主义跨国企业整个运行机制、理念、逻辑进行了揭露，从而有力地描写出其中所存在的剥削、压迫、不平等，以及其所导致的人群受害和人性异化。

而到了80年代，陈映真又从"现实"转入了"历史"。他的"《铃珰花》系列"（《铃珰花》《山路》《赵南栋》）是对于台湾50年代"白色恐怖"时期革命历史的打捞。陈映真以无比动人的笔墨描写了革命一代的忏悔与牺牲。这一切则是陈映真在一个全新形势和面貌掩盖下的压迫和不公的时代里所发出的对于革命的呼唤。及至世纪之交的"《归乡》系列"（《归乡》《夜雾》《忠孝公园》），则是进一步地对于历史的钩沉，但和"《铃珰花》系列"不同的是，小说变得更为沉静、绵密，它们祛除了"《铃珰花》系列"的那种理想主义的激情和浪漫色彩，批判、反思的色彩更浓：对战争、体制这些压迫人的力量的揭露（《夜雾》），对愚弄人的历史力量的揭露（《夜雾》《忠孝公园》），对转型时代人情世态的讽刺（《忠孝公园》）……这些都体现着作家的强大的社会历史分析能力：他观察现实，钻研历史，与此同时也在进行着更为丰富多样的社会实践活动（如之前创办《人间》杂志、后来参与创办"中国统一联盟"并担任创盟主席）——它们互相影响、互相配合，从而作用于社会、时代和人心，进而达到改造社会的愿望。

如果将陈映真和杨逵做一个对比的话，我们会发现，陈映真较之于杨逵，也许是前者所处的时代环境不同，其社会历史分析能力似乎要更强——陈映真后来的视野并不局限于台湾甚至中国，而是整个亚洲、第三世界。读陈映真的小说作品，我们开始可能感觉不出来，但是读完之后回头再看，它们其实与作为思想者、革命者、实践活动家的作家主体息息相关。他的理性和思想，几乎是丝丝入扣地渗透在他的文学创作中。不过这种不同，并不说明他们之间有任何根本的差异，相反他们在精神气质、人格、思想等方面所表现出来的，是一种显著的趋同性。

陈映真与杨逵之间存在着显著的精神关联，这应该与陈映真对杨逵文学与思想的主动汲取有关。但是实际上，陈映真在70年代之前对杨逵的文学与思想并没有深入的接触——据陈映真本人介绍，他是1973年才读到了杨逵的作品：

直到1968年我入狱之前，虽然知道杨逵先生的大名，但一直没有机会读到以《送报伕》为首的他的小说，也不知道他在被囚禁了十二年后于我大学毕业的 1961 年获释。等到听说杨逵先生在台中东海大学附近开辟了"东海花园"时，我已经在狱中。1973 年，我在畏友尉天骢兄寄到狱中的、由他主编的《文季》季刊上，初次拜读了杨逵先生的力作《模范村》，震动很大。1975 年我出狱后，杨逵作品曲折地，陆陆续续地，由官方和民间文学媒体、民间出版社零星或选择性地公刊。[①]

所以，在 70 年代之前，陈映真作品业已透露出来的那种悲悯、温蔼同时又勇毅、坚定的"杨逵气质"，更多地不是他受到杨逵本人的影响，而是他本身所具有的某种天生的气质与个性在发挥作用，这种个性气质与杨逵却又暗暗相通。也许正是这种相通，才有了后来陈映真对杨逵的主动学习和汲取。不管怎样，从赖和、杨逵到陈映真，再从陈映真到蓝博洲、钟乔等，他们一代一代传递了一种弥足珍贵的气质与个性，这种气质与个性，是一个民族走向进步、光明的必须。

---

① 陈映真：《学习杨逵精神》，《世界华文文学论坛》2004 年第 2 期。

第五章　台湾"乡土文学"对大陆社会转型期
乡村叙事的启示

经过上述比较和分析，我们能看到，相对于大陆社会转型期（尤其是 20 世纪 90 年代以来）乡村叙事而言，台湾 70 年代"乡土文学"在文学姿态、叙事立场、艺术风格等方面都有不同。这种不同，对于当代中国乡村叙事有极大的启示，尤其是考虑到近二十年乡村叙事所存在的问题，这种启示某种程度上说，可能恰好有"对症下药"的作用。而考虑到近三十年现实主义文学在大陆的高涨，以及它昭示的今后整个社会转型期文学发展的趋势时，这种启示尤其值得我们总结和汲取。本节我们将通过具体的作家作品比较，来观察这种启示。

第一节　思想启示：批判、忏悔与行动

首先，我们将选取贾平凹的《带灯》、乔叶的《认罪书》和陈映真的《山路》，通过这三部小说的比较，探析台湾社会转型期乡村叙事对大陆社会转型其乡村叙事的启示。

《带灯》《认罪书》《山路》同是对社会转型"发言"，却展现着作家各自不同的立场、情感与诉求：贾平凹着意批判，乔叶痛苦自省以至忏悔，陈映真却将文学诉之于文学之外——行动。不同的立场、情感与诉求，带来不同的文学风貌和作家精神气象：贾平凹貌似激切，实则浪漫悠游；乔叶深重忧虑，却因止于自我省思而焦虑重重；陈映真直接而质朴，却因理性和悲悯获致了其独有的深刻与动人，并在人格和文风上显现着当代大陆作家所罕有的刚健与大气。

大约从 20 世纪 90 年代开始，中国的社会转型明显加速。如果说 80 年代以

"改革文学"为代表的社会转型叙事仍然洋溢着某种积极、乐观的理想主义色彩的话，那么90年代以来的社会转型叙事已经褪去了那种理想化的色彩，转而在表达一种不无激烈的批判，从"现实主义冲击波"到"底层写作"，莫不如此。虽然这种以社会批判为主的文学在历史理性、人文关怀、艺术性等方面都受到过不同程度的争议和批评，①但不可否认的是，社会转型叙事自身也在争议和批评中成长——当我们不无感慨地谈论起80年代的《人生》《平凡的世界》，甚至90年代的《白鹿原》《废都》时，我们不应该忘记，新世纪以来我们也已经拥有了《秦腔》《额尔古纳河右岸》等，它们之于我们置身的这个时代，正如《人生》之于80年代，都是具有标志性的，从而也是无可替代的。当然这并不是说我们当下的文学不存在问题，恰恰相反，它们问题很多，尤其是当作家置身于剧烈的社会转型从而无比急切地关注着时代问题的时候，源于思想的、生活积累抑或艺术的某种欠缺，他们的写作也暴露着各种各样的问题。这些"问题"，如果用一种比较的眼光去辨别和审视，可能会变得更加明显，它们不仅体现于一般的写作者，也体现于那些优秀的、重要的作家，从而显现着这些"问题"的深固与普遍。那么，这些"问题"到底有哪些？对于社会转型期的文学发展来说，它们是否是可以克服的？

在这里，我们择取了三个作家的三部作品——贾平凹的《带灯》，乔叶的《认罪书》，陈映真的《山路》——力图以小见大对以上问题做一管窥。这三个作家，贾平凹和乔叶来自大陆，一个是成名已久的"老作家"，一个是"青年作家"；②陈映真则来自台湾。他们的三部作品虽诞生于不同的时空之下，但是都直面了"社会转型"这一共同的课题，从而具有极大的可比性。同时又因为三个作家之间年龄的、地域的差别，他们的作品所展现出来的异同也才给我们带来更多的启示。

一、《带灯》：与"自我"无涉的批判

新世纪之后，贾平凹一改20世纪90年代对中国农村的象喻式书写（《土

---

① 参见童庆炳、陶东风：《人文关怀与历史理性的缺失——"新现实主义小说"再评价》，《文学评论》1998年第4期；洪志纲：《底层写作与苦难焦虑症》，《文艺争鸣》2007年第10期。

② 乔叶1972年生，河南焦作人。早年主要写散文，新世纪之后开始创作小说。代表性作品有中篇小说《最慢的是活着》，长篇小说《拆楼记》《认罪书》《藏珠记》等。

门》《高老庄》），开始直面了一种他似乎一直不愿正视的现实：乡村颓败。《秦腔》（2005）如果说是表达他首次直面"颓败"时的一种彷徨和失落，那么《带灯》（2013）则在这种彷徨和失落之外更增加了一种有力度的批判——《秦腔》是通过对人物与情节的淡化，完成了对"颓败"的全景式扫描，《带灯》则是通过凸出人物（带灯）和情节（矽肺病事件、上访事件等），对"颓败"进行了一次近距离的观察与分析。二者是感性与理性、哀怨与愤怒的差别。

这样一种变化，对贾平凹来说是殊为不易的。因为自进入 90 年代之后，他便为一种悲怆的情绪所控制——《废都》（1993）呈现了一个连灵魂都已"破碎"了的作家自我，[①]《秦腔》则是直接为将逝的故乡"树一块碑子"。[②] 但这样一个悲伤难抑的主体是无法进行真正的批判的，所以那时的他主要还是在抒情。而《带灯》却开始了理性的批判，作家将视线深入到了秦岭深处的一个乡镇（樱镇），通过主人公带灯那双"综治办主任"的眼睛全面而辽阔地展现着一个与《秦腔》里颓败但还算平静的清风街已不甚相同的农村：上访、矽肺病、械斗……

事实上也可能并没有什么不同，只是因为作家站的方位不同了，视线便有了不同。写《带灯》之时，贾平凹与农村的现实，与带灯原型及其所在的生活有着更密切的接触；[③] 而写《秦腔》时，他虽也是一次次返乡，但或许是因为过于熟悉，也或许是感情过于强烈，他看起来倒更像是一个来去匆匆的"归客"，虽忧戚满怀，于现实的观察上却不免走马观花。所以，《秦腔》最终呈现出来的作家更多的是在摇头、叹息和怅惘，而《带灯》里的他则开始了认认真真的分析和研究：基层权力的异化，官民对立，底层的晦暗和芜杂，等等。

但《带灯》里的这种"分析和研究"，仔细来看的话仍然是不够的。在小说中，主人公带灯是展开这种"分析和研究"的主要凭借，她被作家安排从城市下到乡镇，深入中国基层权力结构的内部，从一个"当事人"的角度去体验、观察和分析乡村面临的问题。但随着带灯最后陷入迷乱，这种"分析和研究"

---

① 贾平凹：《废都·后记》，北京出版社 1993 年版。

② 贾平凹：《秦腔·后记》，作家出版社 2005 年版。

③ 在《带灯·后记》中，作家详细介绍了他去农村走动，参与处理老家"特大恶性群殴事件"，跟随带灯原型"走村审寨"，收获她发的短信、寄的乡镇工作材料等。参见贾平凹：《带灯·后记》，人民文学出版社 2013 年版。

实际上也就停止了。带灯的迷乱，从精神状态上来看就是对自我内心世界的一种耽溺，这种耽溺其实早就开始了，那就是小说中被一再渲染的带灯的"小资"。"小资"的带灯与作为乡村现实的"改造者"①的带灯是小说中带灯展现给我们的两副面孔：前者任情任性、自由洒脱（身为有夫之妇仍追求真爱，流落穷乡僻壤却心向高处，爱大自然、爱文学、爱独处、爱远足）；后者则焦虑沉重、郁郁寡欢。与积极入世地干预乡镇日常事务的公共化的"改造者"带灯不同，常常遁入自我精神世界的"小资"带灯可以说是私人化、自我化、隐秘而超脱的。但这个"小资"带灯在小说中却是被浓墨重彩加以表现的——从她甫到樱镇便拒绝剪短发，②到陷入对元天亮的暗恋写那一封封热情洋溢的"给元天亮的信"，这些彰显其自由心性的叙述始终在小说中占据着醒目的比重。而到了最后，带灯终于被压垮，陷入精神迷乱，那实际上完全可以看作是"小资"带灯以一种极致化的方式实现了对"改造者"带灯的全覆盖。因为带灯的"小资"乃是她抗拒其在干预乡镇工作受挫时的压力的一个"避风港"，当这种压力越积越多而终于使她崩溃，精神世界中的那个自我化、私密化的"避风港"也便膨爆成了她精神世界的全部——精神失常。

　　这样的一个有着两副面孔的带灯乃是作家本人某种心意和愿望的投射应该是无疑的，带灯的两副面孔映照着作家本人的两个人格层次：③一个是怀有救世理想的道德的"超我"（"改造者"带灯），一个是洋溢着审美意趣和生活情趣的艺术的"本我"（"小资"带灯）。而这两者之中，从前面的分析可以见出，后者是更深固且居于主导地位的，就像小说中带灯在写给元天亮的信里说的那样——"我的工作是我生存的需要，而情爱是我生命的本意"。带灯如此，由作品所展现出来的作家本人也是如此：他的本意是要借由带灯去往现实的深处，去观

---

①　带灯的理想化和正义感使得她在小说中既是一个对现实的批判者，又是一个凭借有限的权力和能力使她所处的那个乡村世界往更公平、正义和有人情味的方向发展的改造者，小说中"学中医"这一细节似乎是对带灯这方面的一种隐喻。

②　丈夫建议带灯为了乡下工作方便剪短发，却被带灯拒绝了："我就不剪！"参见贾平凹：《带灯》，人民文学出版社 2013 年版，第 15 页。

③　此处借鉴西格蒙德·弗洛伊德的人格理论，他将人格分为三部分：本我、自我、超我。本我由遗传的本能和欲望构成，受唯乐原则支配；自我是"外部世界的代表、现实的代表"，遵循唯实原则；超我是人性中高级的、道德的、超个人的方面，即"自我典范"。参见西格蒙德·弗洛伊德：《弗洛伊德后期著作选》，林尘等译，上海译文出版社 2005 年版，第 169—190 页。

察、分析乡村世界乃至转型期中国所面临的问题（当然他在一定程度上也做到了），但是当他真正面临了那些复杂的、积重难返的问题并感到压抑和绝望的时候，[①] 他没有有意识地去克服这种消极情绪，进一步调动自己的理性和毅力去观察、分析和研究那些问题，而是转而回到了他原先更为熟悉也更为得心应手的一种写作方式：写情感、写意趣——如日常生活、古典意味的爱情、乡情野趣、乡风乡俗，以及它们共同烘托出的一种古心古意、古色古香的乡土文化氛围等。那样的一种凝聚了作家才情和意趣的乡土文化氛围依然是整个小说（其实也是几乎所有贾平凹的小说）最富个性和魅力的部分，但写作它们对作家来说实际上却并不具有太大的挑战性——尤其与深入调查研究，进而更全面、更深刻地表现现实相比。

　　所以《带灯》这部小说整个地看来，它的初衷也许是要写现实、记录历史，但实际上它最终更多地却是在写自我，即作家自我：首先是性情（情趣）自我（展现于"小资"带灯），其次是道德自我（展现于"改造者"带灯）。但不管是性情（情趣）自我还是道德自我，它们其实都是缺乏历史感和批判力的，尤其是道德自我，因为道德终须是落实于行动而非言语的，而随着小说中带灯因受挫而陷入迷乱，行动也便走向终止了的带灯，其道德自我更彰显出了它的可疑——真正的"改造者"不会稍一受挫便走向自我的内心世界，走向迷乱，带灯的表现只能证明她的脆弱。带灯的脆弱其实所折射的是贾平凹的脆弱，这种"脆弱"在庄之蝶（《废都》）、高子路（《高老庄》），甚至刘高兴（《高兴》）身上都能见到——这些人物身上大致而言都有着共同的一点，即对所处外部环境的抵触和因这抵触而致的颓唐易折的悲剧性命运。[②] 这些人物的这种人生态度和命运所折射的其实是贾平凹近三十年面对社会转型一直以来的焦虑、悲怆心境。

---

　　① "可我通过写《带灯》进一步了解中国农村，尤其深入了乡镇政府，知道那里的生存状态和生存者的精神状态。我的心情不好。可以说社会基层有太多的问题，就如书中的带灯所说，它像陈年的蜘蛛网，动哪儿都落灰尘，这些问题不是各级组织不知道，都知道，都在努力解决，可有些能解决了，有些无法解决，有些无法解决了就学猫刨土掩屎，或者见怪不怪，熟视无睹，自己把自己眼睛闭上了什么都没有发生吧，结果一边解决着一边又大量积压，体制的问题，道德的问题，法制的问题，信仰的问题，政治生态问题和环境生态问题，一颗麻疹出来了去搔，逗得一片麻疹出来，搔破了全成了麻子。"参见贾平凹：《带灯·后记》，人民文学出版社2013年版。

　　② 庄之蝶自不用说。刘高兴虽努力进取，但终不免背着同伴五富的尸体凄惶返乡。高子路身上的悲剧性似乎稍弱，但他弃乡返城的选择从心境上来讲也并非乐观高昂的。

那么，为什么会发生这种写作的偏移呢？除了作家的趣味、写作惯性等因素外，更重要的一个方面可能是贾平凹并没有真正地走到现实和历史的深处，去更深入、更全面地调查、分析和研究，所以他也就没有足够的能力让带灯在干预现实的道路上走得更远，最后只能滑向他自己最擅长的写作路径（写意趣、写风物）。那么他为什么不能更深入地走进现实呢？答案或许就在带灯身上，带灯太高尚、太纯净了，她怀抱救世之心，对芸芸众生施以悲悯，但她却站得太高——她与她试图拯救的那个世界在精神层面上一直都是超离的，她的"小资"正是这种超离的表现，这实际上也是她最终陷入迷乱的根源。而这样的带灯所映照的其实就是作家自己。不过，相对于贾平凹之前的创作，《带灯》的历史价值仍然是值得称道的，诸如上访、刑讯逼供、械斗等描写都令人印象深刻，但如果作家能把精神姿态降低，更深入地走进现实，那么它在描写现实、记录历史方面肯定会做得更好。

二、《认罪书》：批判与自我批判

《带灯》最大的问题不在于它没有反映现实，而是在于它反映现实时所表现出来的作家精神姿态，这种精神姿态之于外部世界所显露出来的是一种深在的淡漠，之于作家自我则是一种自怜和自恋。真正的批判力不是来自对自我道德和人格的标榜与展示，而是来自对现实和历史的深入观察与反思，而且这种观察与反思不应该只是指向外部世界的，还应该是指向自我的。"70后"大陆作家乔叶的《认罪书》（2013）在这方面便有着突出的表现。

《认罪书》与《带灯》相比，其最大的区别是小说所展现出来的作家自我并没有站在一个高高在上的、与所面对的那个世界相超离的位置上去俯视，相反她是沉入其中的。作品借一个名叫金金的女子之口讲述了一个现代中国版的"罪与罚"的故事：出身农村的金金卫校毕业后进城谋生，遇到在省城进修的梁知并堕入情网，梁知进修结束后决定和金金断交，心有不甘的金金追至梁知所在的源城试图报复，却不曾想由此揭开了一桩尘封已久的惊天罪恶——梁知的初恋情人梅梅、梅梅之母梅好是受害者，加害者则包括了梁氏家族（梁知、其弟梁新、梁母张小英）、市长钟潮以及湮没在"文革"历史云烟中的王爱国、甲、乙、丙、丁等。金金于是决定对罪恶进行追究，但在追究的过程中她却逐渐发现，无论梅好还是梅梅，她们的受害其实并非源于具体的某个人或某些人，而是源于一种更弥散广大的力量——人性自私。当她发现这一点之后，她也开始发现了自己的罪恶：世俗伦理压迫下的试图弑父、利用他人进城、报复梁知……最终，金金决定认罪。

《认罪书》对人性自私的批判让人印象深刻。在小说中，无论是梅好当年在丈夫梁文道、张小英目视下一步步走进群英河，还是后来梅梅被张小英亲手送给市长钟潮以求儿子梁知仕途闻达，都是起源于人性的自私。对人性自私的批判，在小说中还隐含了对一种更弥漫广大的生存本位的世俗文化的批判——张小英（这个大众化的名字似乎也隐喻了那种生存本位的世俗文化的广大）这个一切以生存和自我为中心，为了自己和儿子梁知不惜牺牲梅好和梅梅生命，从而把人性自私演绎得淋漓尽致的女人，是这种生存本位的世俗文化的典型代表。其他的人物如梁文道、梁知等，他们在梅好、梅梅之死上所负的责任也都与其人性中的自私以及这种自私所衍生的生存本位的世俗文化的影响有关。

对人性自私的批判使《认罪书》具有了一种思想的穿透力。但更难能可贵的是，它所批判的并不是一个外在的、客体化的"人性"，而是"自我"。小说中的主人公金金一开始对自己的罪恶是无知的，直到她开始追究梅好、梅梅之死，她才开始发现自己的罪恶——以"尊严"之名仇视生父，以"生存"为借口利用他人，借伸张正义之机报复梁知等。由此，金金决定要认罪，因为她觉得这是得救——自己得救，大家也得救——的"起点"。正如她在小说中所言：

我只是站在了第一级。第一级很低，而且我也不可能爬得更高——但是，我毕竟来到了第一级。

这不仅让人联想到列夫·托尔斯泰的《复活》。在《复活》中，主人公聂赫留朵夫也正是从认罪开始他的"复活"之路的：当他看到法庭上那个因被自己抛弃而沉沦的玛丝洛娃，他才意识到自己所犯下的罪恶，而当他进一步审视四周，他更看清了自己所生活的那个让他感到"又可耻又可憎"[1]的世界，由此他决定放弃家业，随玛丝洛娃一起去流放。所以，认罪是复活的开始。从这一点

---

① ［俄］列夫·托尔斯泰：《复活》，草婴译，现代出版社 2011 年版，第 107 页。

来看，《认罪书》和《复活》是相通的。但乔叶在这里宣扬认罪，却并不是对列夫·托尔斯泰（或基督教文化）的蹒跚学步，而是对当下中国社会转型之痛切实的有感而发：她既从梅好、梅梅之死揭开人性自私的狰狞面目，更通过金金的双眼直击了人性自私在当下中国的累累恶果——"雾霾""瘦肉宝""甲醛超标""血癌"……

其实在中国的文化语境中，"罪"一直是一个比较陌生的概念，对中国人精神气质影响最大的儒家、道家文化被人视为是一种"乐感文化"，它们强调和追求的是生命个体的一种"自足性"的"现世生命的快乐感受"，这与以人性欠缺为共识和前提，强调"原罪"和"救赎"的基督教文化完全不同。[1] 这种看法的准确、全面性姑且不论，不过汉民族的中国人心灵世界中一直欠缺一种超越性的精神信仰却是不争的事实。[2] 而超越性的精神信仰的缺失，显然与儒、道文化影响下的对人性认识的偏失有关，这一点又是汉民族的中国人"罪感"缺乏的根源。所以《认罪书》对"灵与肉""罪与罚"的探讨，其实已经使它触及了一个中国文学甚至中国文化不甚熟悉的领域。

然而，认罪只是一个开始，认罪之后还须赎罪——前者是一种态度，后者才是行动。但令人遗憾的是，《认罪书》中的金金还没来得及真正地行动便病逝了。从作品精神探索的角度来看，安排金金这么快地走向死亡是乔叶这部小说的一个不小的遗憾，因为尽管金金之死从情节发展来说是合情合理的，以这样一个逝者的临终手书的形式讲述故事也是有一定创意的，但死亡却使得金金的认识和觉悟仅仅停留在了认罪。而在《复活》中，聂赫留朵夫却走向了行动：变卖家产，陪玛丝洛娃去流放。更值得我们深味的是，多年后，垂暮之年的列夫·托尔斯泰竟然以自己的方式践行了聂赫留朵夫的这一"行动"。[3]

---

① 刘小枫：《拯救与逍遥》，上海三联书店2001年版，第141、145页。

② 如刘再复和林岗便认为，"中国文化缺乏叩问灵魂的资源"，这造成了"中国文学缺少忏悔意识，即缺乏灵魂维度这一根本缺陷"。参见刘再复、林岗：《中国文学的根本性缺陷与文学的灵魂维度》，《学术月刊》2004年8月号。

③ 这里指的是1910年托尔斯泰临终前的那次著名的离家出走。在1897年6月8日写给妻子的信中，列夫·托尔斯泰其实已经透露了他后来出走的原因："为了我的生活与我的信仰底不一致而痛苦"——这其实也是聂赫留朵夫放弃家产选择流放的根本原因。而就托尔斯泰来说，在临终出走前，他在践行自己的精神理念方面其实也早有行动——办慈善、教育，做地方仲裁人保护弱者，生活节制而简朴，等等。参见［法］罗曼·罗兰：《巨人三传》，傅雷译，安徽文艺出版社1998年版，第286、308、396、397页。

所以，将列夫·托尔斯泰和乔叶相比较我们会看到，他们二人的焦虑其实是相似的，即对所置身的时代有强烈的批判，区别只是在于其批判是囿于言语（文字），还是付诸行动。当然行动与否是需要调查才会知道的，我们也并不否认有着"认罪"觉悟的乔叶在现实生活中可能会有所行动，但至少从目前所掌握的材料来看，列夫·托尔斯泰在社会干预、自我约束等方面的行动是一般人所难以比拟的。①

行动上的差异在作品中其实也有体现：在《认罪书》中，乔叶一开始只是讲述故事（以致我们误以为这是个俗套的都市情感故事），直到后来她的观念和意图（倡扬"认罪"）才渐渐托出；而在《复活》中，列夫·托尔斯泰则几乎是在一开始就交代了"罪恶"（聂赫留朵夫早年引诱玛丝洛娃），接下来所有的篇幅都是在写"认罪""赎罪"的过程。这种差异其实可以形象地来概括："认罪"是金金精神之旅的终点，但却是聂赫留朵夫行动的起点。"换算"到作家本人身上便是：乔叶是起于批判，终于反省；列夫·托尔斯泰则是起于反省，终于行动。

"行动"在《复活》中还有其他的表现——列夫·托尔斯泰对俄国当时社会的政治、经济、司法体制、宗教的深度剖析和批判，对俄罗斯上流和底层社会的广阔书写等，这些都是他长久以来对自己所处的时代有意识地进行观察、体验、思考和介入的结果。而与此相比，《认罪书》在这方面还是有所欠缺了——在有着相当不错的思想深度的同时，它在社会历史面的涉及上仍有些狭窄，它虽从"文革"写到当下，但内容实际上只围绕"金金侦案"展开，人物、线索都比较单纯，故事性、可读性虽增强了，社会历史的展开面却受到了影响，而且"故事性"过于突出也暴露着作品的"加工"痕迹。②

所以与列夫·托尔斯泰相比，乔叶的写作还尚未达到那种浩浩汤汤的境界——这一点其实与贾平凹相比，也是有着明显的差距的。究其原因，主要可能还是在于生命阅历和生活积累的相对欠缺。但与贾平凹相比，她在对自我精神世界的省思上所展现出来的诚挚与勇气却是前者所不具备的。只是对于作家

---

① 参见［法］罗曼·罗兰：《托尔斯泰传》，《巨人三传》，傅雷译，安徽文艺出版社1998年版。

② 如小说中金金破解梅梅之死最关键的一步竟然是通过"猜字谜"来完成的，这里虚构的痕迹非常明显。

本人来说，不管是对外部世界的批判，还是对自我精神世界的省思，都起于她对时代现实的焦虑，而这种焦虑是止于反省，还是发起行动，对焦虑的缓解来说效果必然大大不同——止于反省，焦虑会越积越多；落实于行动，就算行动无法改变现实，精神应该也会清健大气。

三、《山路》：由批判而行动

以文学为行动，或者说文学以行动为旨归，便难免实用主义的指责。20世纪80年代，因为对1949年后文学政治化的反拨，带有实用主义倾向的"现实主义文学"受到冷遇。但90年代之后，随着大陆社会转型加速，呼吁文学关心现实、关怀民生的呼声日涨，此间的"现实主义冲击波""底层写作"可以说都是对这种呼声的"回应"。而可以想见的是，随着大陆社会转型的进一步推进，这股关心社会现实的文学仍然会是今后一段时期内大陆文学发展的主流。在这种情况下，文学应该是"实用的"还是"非功利的"，这种理论层面的争辩便没有太大意义了，既然"实用的"文学必然要发展，那么更有价值的话题应该是——它究竟该如何发展？如果说20世纪的大陆实用主义文学（特别是左翼文学）一度因政治的因素而步入歧途的话，那么在社会转型加速的今天，它究竟该如何更好地发展？

对此，我们不妨把视线转向海峡对岸，台湾也许是受特殊的社会历史环境的影响，其实用主义文学传统一直非常繁盛。从20世纪初到80年代，台湾新文学在台湾社会转型的过程中一直是以富于社会关怀、人生热情，甚至政治参与的批判的、写实的现实主义文学为"主潮流"①的。这方面尤以台湾左翼文学为代表。相较于20世纪大陆左翼文学的一度萧条和中断，台湾20世纪的左翼文学，前自赖和、杨逵一代，后至陈映真一代，可谓代有传承、源远流长。台湾左翼文学的接续发展，固然有特殊的社会历史环境的作用，但它自身的立场、诉求、品质和个性其实也起到了非常关键的作用，这对大陆当下的现实主义文学发展可能有一定的借鉴作用，这里我们不妨以陈映真的《山路》为例进行具体观察。

《山路》（1983）和《铃珰花》（1983）、《赵南栋》（1987）一起，是陈映真

---

① 吕正惠、赵遐秋主编：《台湾新文学思潮史纲》，昆仑出版社2002年版，第5页。

书写台湾20世纪50年代"白色恐怖"的小说。小说的主人公名叫蔡千惠，她早年因参加革命的二兄汉廷、未婚夫黄贞柏而结识了他们的同伴李国坤，并为其热情、坚毅、温暖所感染和吸引，所以后来当革命行动暴露而李国坤身死、黄贞柏被判终身监禁，同时她又发现她的二兄汉廷是因自首而幸免于难时，她便毅然"决定冒充国坤大哥在外结过婚的女子，投身于他的家"。而当30多年恍然过去，李国坤的弟弟李国木也被"大嫂"抚养成人，并作为某事务所的会计师携"大嫂"在内的全家人在台北过上了富裕的中产阶级生活，蔡千惠却从报纸上猝然得知了包括黄贞柏在内的四名当年的"政治犯"被释放回家的消息，她由此而变得沉默、忧悒、少食，并最终"在医学所无法解释的缓慢衰竭中死去"。直到李国木整理其遗物发现她写给黄贞柏的信，他才获知了事情的真相——少女蔡千惠献身于他的家庭的原因和经过，以及她最终委顿而死的缘由。

按小说中负责诊治的杨教授的话说，蔡千惠之死是源于她"对自己已经丝毫没有了再活下去的意志"。而通过她的遗信我们知道，她之所以如此是因为她对于30年来"不知不觉间深深地堕落了的自己""感到刺心的羞耻"所致，而之所以说"堕落"，乃是因为她认为那个曾经受苦后来却"过着舒适、悠闲的生活"的自己是一个"被资本主义商品驯化、饲养了的、家禽般的我自己"。这样的一个自己，忘记了国坤大哥和黄贞柏，同时也忘记了"自苦、折磨自己、不敢轻死以赎回我的可耻的家族的罪愆的我的初心"。

这篇小说发表于1983年，作品中的蔡千惠去世也是在这一年。当时的台湾经过了50年代的战后恢复和60、70年代的经济腾飞，已经完成了社会的现代化转型。而与之相应的是民众的生活素质也有了极大的改善，其水平甚至在国际比较中也处于较领先的地位。① 然而，小说中的蔡千惠却对处在这种变化中的自己"感到刺心的羞耻"以致弃生求死。那么蔡千惠的"羞耻"是合情合理的吗？因为如果说革命一代抛头颅洒热血所要争取的是包括穷苦人在内的台湾人民的安宁和富裕的话，那么当时的台湾不是已经基本上——如果说不是完全的话——实现了这个目标吗？那么蔡千惠在这种情况下的"羞耻"和求死岂不是

---

① "生活素质"包括收入所得、教育、卫生和福利等方面，台湾二十世纪六七十年代在这些方面有大幅的改善。参见李国鼎：《台湾经济高速发展的经验》，东南大学出版社1993年版，第36—49页。

一种小题大做和庸人自扰？而如果事情并不是像我们想得这么简单，那么真相究竟是什么？陈映真创作这样一篇作品、塑造这样一个人物究竟是为了什么？想要表达什么？这就需要追溯一下小说写作的背景。

这篇小说写于陈映真受邀赴美国爱荷华大学国际作家工作坊期间，而素材是取自他之前的牢狱经历——陈映真于 1968 年因"民主台湾联盟"案被捕入狱，1975 年因蒋介石去世"特赦"出狱。在狱中，"他头一次遇见了百数十名在一九五〇年朝鲜战争爆发后全面政治肃清时代被投狱、幸免被刑杀于当时大屠的恐怖、在缧绁中已经度过了二十年上下的政治犯。"与当年这些被国民党投狱的政治犯的相遇，按陈映真的话说也是与"被暴力、强权和最放胆的谎言所抹杀、歪曲和污蔑的一整段历史云烟"的相遇，而对于青年读书时期便已思想"左倾"[1]的陈映真来说，与这样一段一直寄寓着他无限的理想与激情的"革命历史"相遇，他的激动是可以想见的——"五十年代心怀一面赤旗，奔走于暗夜的台湾，籍不分大陆本省，不惜以锦绣青春纵身飞跃，投入锻造新中国的熊熊炉火的一代人，对于他（笔者注：陈映真），再也不是恐惧、神秘的耳语和空虚、曲扭的流言，而是活生生的血肉和激昂的青春。他会见了早已为故乡腐败的经济成长所遗忘的一整个世代的人，并且经由这些幸存于荒陬、孤独的流放之岛的人们、经由那于当时已仆死刑场二十年的人们的生史，他会见了被暴力和谎言所欲湮灭的历史。"[2]可以说，正是这种激动的心情使他后来写出了《山路》（以及《铃珰花》《赵南栋》）。然而，触动他的除了与"革命历史"的相遇之外，还有更重要的一点，即出狱后他才发现的"革命历史"在台湾的被遗忘——不是为强权所抹杀和篡改，而是"为故乡腐败的经济成长所遗忘"。陈映真所说的这种"遗忘"其实也正是小说中蔡千惠的遗忘，而通过蔡千惠之口陈映真也明确地表达了他对这种"遗忘"的态度："感到刺心的羞耻"。陈映真为什么会感到羞耻——他为什么会将当时台湾的经济发展视为"腐败的经济成长"？这须了解陈映真对战后台湾社会历史的分析与判断。

台湾在六七十年代的经济腾飞以及由此带来的安宁和富裕确实不假，但在

---

① 陈映真：《关于陈映真》，《陈映真文选》，生活·读书·新知三联书店 2009 年版，第 20 页。
② 陈映真：《后街——陈映真的创作历程》，《陈映真文选》，生活·读书·新知三联书店 2009 年版，第 23、27 页。

陈映真眼里，那只不过是一种"虚相"，掩盖在它之下的是台湾在以美国为主导的新的资本主义国际分工中处于"依附性"地位的"实相"："从五〇年开始，台湾经济实质上的资本主义化以空前的面貌快速展开。资本主义的生产方式和生产关系有显著的发展。但这发展是假借外铄的美援经济而不是本地长期的积累；假借美国和'国府'权力所主导的政策，而不是本地资产阶级的发动，带有深刻的依附性和畸形性。"① "依附性"一词来自发展经济学著名的"依赖理论"（Dependency Theory），这是 20 世纪 60 年代在拉丁美洲和美国兴起、后扩展到世界其他地区的一种发展经济学理论，该理论批判传统的资产阶级经济学发展理论，认为第三世界不发达的根源主要在于欧美等发达国家的控制和剥削，其中由早期殖民侵略和后期经济渗透所形成的在资本主义世界体系内的"中心（发达国家）—外围（第三世界国家）"结构，作为一种"统治—依附"结构是造成这种控制和剥削的主要原因。② 战后台湾正是在冷战的世界政治格局中作为"外围"之一被混编进了以美国为"中心"的资本主义生产体系，当时为了培植自己在远东的势力，美国以美援援助、帮助发展进口替代工业等手段协助台湾渡过难关，而到了国际资本主义体系重新分工的 60 年代，借助美、日的产业转移之机，"台湾更是编入向美输出廉价轻工业产品，自日输入设备、技术、半成品这样一个'三角贸易'结构下发展加工出口工业化"，从而造就了当时台湾经济的"高额快速的"增长。③ 但这样一种增长在"依赖理论"家眼里却是"丧失了自身发展的任何主动性的"④ 增长，陈映真借用"依赖理论"阐述过这种"依附性增长"的虚假与危害：

　　依赖理论认为纳入资本主义世界体系的落后国家，各别地取得一定程度内的"发展"是完全可能的。问题在于这"发展"的性质。依赖理论认为，在世界体系中的落后国家，是作为先进国发展和扩张的一个反射而有局部、各别的

　　① 陈映真:《以意识形态代替科学知识的灾难——批评陈芳明先生的〈台湾新文学史的建构与分期〉》,《陈映真文选》,生活·读书·新知三联书店 2009 年版,第 330 页。
　　② ［德］安德烈·冈德·弗兰克:《依附性积累与不发达》,高铦、高戈译,译林出版社 1999 年版,第 2 页。
　　③ 陈映真:《以意识形态代替科学知识的灾难——批评陈芳明先生的〈台湾新文学史的建构与分期〉》,《陈映真文选》,生活·读书·新知三联书店 2009 年版,第 330 页。
　　④ ［埃及］萨米尔·阿明:《不平等的发展》,高铦译,商务印书馆 2000 年版,第 178 页。

成长，是在先进国家发展和扩张的全盘计划中，作为这计划的一个附庸而发展，而不是以后进国本身为主，以自己需要为导向的发展。而落后国家这极为有限的"成长"与"发展"，又回过头来成为先进国更大发展与扩张的工具和条件，使落后国对于世界体系之依赖的结构，更形加深与巩固，从而是抑制而不是促进了使一个国家经济获得真正发展所必要的结构性的改造（S.Amin）。①

正是对台湾社会历史和经济发展的这样一种认识，使得陈映真对当时陶醉于安宁、富裕现状的台湾民众和知识界感到不满。因为表面的安宁、富裕背后掩盖的是一种深在的危机，更何况这"表面的安宁、富裕"中也还包含着现实的贫困与不公。②如果说当年的革命是为了解放包括穷苦人在内的所有人的话，那么这种任务还远没有完成。在这种情况下，怡然于安宁和富裕自然是一种"羞耻"。在《山路》中，陈映真通过蔡千惠病萎中的自语表达了他对遗忘了革命历史和革命者的台湾社会的质疑："这样，我们这样子的生活，妥当吗？"

所以《山路》首先表达的是对台湾社会对"革命"的遗忘的批判。这种批判是来自于陈映真的理性——对于台湾社会发展历史和现状的深入剖析。然而同是"革命"，和当年反抗暴力强权相比，在和平、富裕时代里唤起反抗的困难势必更大。所以陈映真也借蔡千惠表达着自己的"忧愁"："暌别了漫长的三十年，回去的故里，谅必也有天翻地覆的变化罢。对于曾经为了'人应有的活法儿斗争'的您，出狱，恐怕也是另一场艰难崎岖的开端罢。只是，面对广泛的、完全'家禽化'了的世界，您的斗争，怕是要比往时更为艰苦罢？"作为当年也曾怀揣理想投身于左翼运动的陈映真来说，蔡千惠的担忧其实也正是他当年牢狱生涯结束后回到故乡的切身感受。③正是这种感受，促使他出狱后做了两方

---

① 陈映真：《"鬼影子知识分子"和"转向症候群"——评渔父的发展理论》，《陈映真文选》，生活·读书·新知三联书店2009年版，第462页。
② 台湾出生的著名日籍台湾经济研究专家刘进庆教授认为，台湾当时的技术水平、产业结构、商品及质量"与美国、日本的差距相当大"，"台湾企业的主体性太脆弱"，"农民和劳工阶级吃亏最大"。参见陈映真：《台湾经济发展的虚相与实相——访刘进庆教授》，《陈映真作品集》（7），台北：人间出版社1988年版，第181—185页。
③ 描述1975年提前出狱时的感受时，他含蓄地说："台湾社会在他流放七年中经历了'独裁下经济发展'的高峰期。重回故园，他颇有沧海桑田的感慨。"陈映真：《后街——陈映真的创作历程》，《陈映真文选》，生活·读书·新知三联书店2009年版，第24页。

面的工作：首先是分析和揭露台湾当时繁荣、富裕的"虚相"下的"实相"——于 1978 年至 1982 年创作了"反省和批判台湾在政治经济与心灵的对外从属化的'华盛顿大楼系列'"（《夜行货车》《上班族的一日》《云》《万商帝君》）；其次是追怀革命历史，反抗遗忘——于 1983 至 1987 年创作了"以五十年代台湾地下党人的生活、爱与死为主题的《铃铛花》系列"①（《铃铛花》《山路》《赵南栋》）。

但理性（批判和反抗遗忘）并不是《山路》这篇小说的真正动人之处，它的真正动人之处在于——激励。这体现于主人公蔡千惠。这个早年因爱情而感动、因感动而献身于烈士家庭的善良、刚强的女子首先是作为一个"忏悔者"形象出现的：为家族忏悔，为自己对革命的遗忘忏悔。前者付出的是她的青春，后者付出的是她的生命。无论青春还是生命，都是一生只有一次，蔡千惠付出她一生只有一次的青春与生命，所为的却不是自己的罪过（而是家族的），也不是自己独有的遗忘，这样的忏悔是无法不让人动容的！而实际上，当她的忏悔直接从一种意识转化为一种行动（献身、弃生求死），这忏悔其实已经化为了一种实实在在的激励了。

不管是批判还是激励，陈映真创作这样一篇小说，心目中事先有一个"理念"是显然的。②按说，这样一篇"理念先行"的小说应该枯燥、生硬才对，但事实却恰恰相反，它是极为动人的。它以倒叙的手法，从李国木的角度引入对"大嫂"的描写：从她莫名的病萎，到回忆当年少女的她来到残败的他家，到送走双亲并抚养他长大，继而却在苦尽甘来的时日病萎倒下。这部分描写缓慢、沉稳却也波澜不惊，直到那封给"黄贞柏先生"的信被发现，才让我们知道这"波澜不惊"下掩藏着如此惊心动魄的牺牲和轰轰烈烈的献身，这样的一种结构设置造成了一种强烈的"震撼"效果。③当然陈映真那种深婉绵长、富有知性

---

① 陈映真：《后街——陈映真的创作历程》，《陈映真文选》，生活·读书·新知三联书店 2009 年版，第 23、27 页。

② 谈到写《铃铛花》系列"的目的时，陈映真曾说过："我不是要写共产党员的伟大，其实不是的。我想见证，就在那样苛刻的时代下，有一群年轻的人，把他们的一生只能开花一次的青春和生命献给了他们的信念和理想。这样的一种人性的高度是事实上存在过的。"参见《我的文学创作与思想》，《陈映真文选》，生活·读书·新知三联书店 2009 年版，第 53 页。

③ 吕正惠：《历史的梦魇——试论陈映真的政治小说》，《陈映真作品集》（15），台北：人间出版社 1988 年版，第 216 页。

与情感的语言，也是造成这种"震惊"的重要一点，由这样一种语言他展现给了我们"不知什么时候下起霏霏的细雨了的窗外，有一个生锈的铁架，挂着老大嫂心爱的几盆兰花"的特有着南中国濡湿、寂寥的台湾的天空：正是在这样的天空下，展开过"那些惨白的日子"里的镇压，也展开着"荒芜的日子"里的遗忘；当然也是在这样的天空下，少女蔡千惠走过"那一截小小而又弯曲的山路"，又通过她的献身与忏悔，完成了对"惨白"和"荒芜"的超越——这是小说描写得最为动人之处。

所以，《山路》的动人从根本上说不是因为它的技巧，而是因为它的情感与思想。正像这里所展现的，陈映真在一个安宁、富裕的世界里仍然要揭开这安宁、富裕背后那仍有和会有的压迫与不公，不为别的，就是因为他始终认为文学应"侍奉于人的自由，以及以这自由的人为基础而建设起来的合理、幸福的世界……要给予举凡失丧的、被侮辱的、被践踏的、被忽视的人们以温暖的安慰；以奋斗的勇气，以希望的勇气，以再起的信心"。[①]

正是这样一种建基于对包括社会弱小者在内的所有人的悲悯和爱的人道主义立场，使陈映真的小说有一种深在的打动力。而以这种人道主义立场为根基，贯连了他从1959年（《面摊》）到2001年（《忠孝公园》）的整个文学创作历程，也贯连了他从日据和"戒严"体制批判、民族分断批判、台湾文学与台湾社会性质论争到资本主义异化批判、知识分子批判、大众消费文化批判的思想历程，以及他入狱、论战、创办杂志（《人间》）、往来海峡两岸的行动历程，从而形成了作为作家、思想家和斗士的陈映真。这样一个陈映真之让人敬佩，就是在于他自始至终所坚持着的这两点：悲悯和理性。前者是根基，后者是前者免于肤浅、狭隘和变形的保证。它们一并形成了陈映真其人其文所特有的温蔼、勇毅和坚定。

陈映真公开承认自己"是个主题先行的作家"，说自己"是一个在思想上没有出路的时候，没有办法写作的人"，[②]这样他的文学便难免受到争议。然而，正如《山路》所表现出来的，除了写给黄贞柏的那封信中的某些措辞（"堕落""家

---

① 陈映真：《建立民族文学的风格》，《陈映真作品集》（11），台北：人间出版社1988年版，第30页。

② 陈映真：《我的文学创作与思想》，《陈映真文选》，生活·读书·新知三联书店2009年版，第48—49页。

禽化")能看出一星半点蔡千惠为陈映真"代言"的痕迹外，其他无论结构、语言风格、心理描写等都是恰切甚至完美的。其实陈映真虽重思想，却从未因此偏废艺术，他一直坚信"创作有一个极为细致而有一定程度自主性的""神奇的领域"，[①]再加上他本身有着极高的文学才华和素养，[②]这使得他的绝大部分作品非但没有一般"观念化写作"的浅陋和生硬，反而每于思想和艺术的努力融合中展现着知性与想象的双重魅力。

这样的一个陈映真，与贾平凹相比较，其文学是外向的、爱人胜过爱己的，[③]是理性和明晰（而非迷惘）的、刚健而清朗（而非期期艾艾）的；与乔叶相比，其文学是指向"行动"从而将理性思考落实为了一种具体的、扎扎实实的社会历史分析——而非虽深刻却极易流于普遍化和本质化的人性质疑——从而避免了孤愤与绝望的。这样的一种文学可能少了一分摇曳多姿，但却以其理性给人以启蒙，以其温暖与真挚给人以力量。

当然，陈映真的文学并非完美无瑕。但他的文学继承了大陆鲁迅所代表的左翼文学传统，[④]也继承和发展了赖和、杨逵以降的台湾左翼文学传统，从而形成了一种理性与悲悯、思想性与艺术性兼备的批判现实主义风格。而这样的一种批判现实主义风格的文学，作为在大陆现代文学时期曾有所发展的文学传统（以茅盾的《子夜》为代表），在今天的大陆并没有得到很好的继承——经过了80年代的文学"拨乱反正"，我们一度对左翼文学甚至包括左翼文学在内的整个现实主义文学都弃之如敝屣，风气所及，甚至在今天仍有作家对"现实主义"

---

① 陈映真：《后街——陈映真的创作历程》，《陈映真文选》，生活·读书·新知三联书店 2009年版，第 27 页。

② 黎湘萍便认为陈映真是"一个十分富有艺术气质，而且在骨子里十分讲究艺术技巧的真正的小说家"；李欧梵也说过"陈映真（用许南村的口气）处处否认文学技巧的重要性，而我偏偏在他的每一篇作品中发现深藏其中的各种叙事技巧和象征意象的圆熟运用"。参见黎湘萍：《台湾的忧郁》，生活·读书·新知三联书店 1994 年版，第 51 页；李欧梵：《小序·〈论陈映真卷〉》，《陈映真作品集》（14），台北：人间出版社 1988 年版。

③ 赵刚曾敏锐地觉察到"陈映真的小说很少说他自己的事，不论是他的家庭、童年、服兵役、坐牢、爱情，或是老病"。而他在另一篇文章中认为，陈映真之所以会如此，乃是因为他"并不停留在一己，他要一通天下之气，把自己和一个更大的人间世推联起来"。参见赵刚：《求索：陈映真的文学之路》，台北：联经出版事业股份有限公司 2011 年版，第 27—28 页。

④ 钱理群称之为"鲁迅左翼"，以区别于"中国共产党领导下的""把党的利益置于至高无上的位置"的"党的左翼"。参见钱理群：《陈映真和"鲁迅左翼"传统》，《现代中文学刊》2010 年第 1 期。

一词耿耿于怀。[①]但这显然是一种矫枉过正。[②]

今天的大陆其实已经步入了一个和当年的陈映真所曾批判和反省过的台湾极为相似的时代，这个剧烈变动着的社会转型的时代，所出现的一些问题，也是当年社会转型期台湾所曾出现的问题，陈映真对这些问题的思考、他思考这些问题的方式——人道主义和民族主义的立场、带有强烈的社会分析色彩的理性批判、反机械化的实用主义的文学观——都给我们以极大的启示。而陈映真的思考以及他思考的方式，所显现的正是一种大陆作家常常所欠缺的"思想"。

第二节　艺术启示：现实主义与现代主义

纵观两岸社会转型期乡村叙事，农村在转型时代所遭遇的发展困境，农民在社会转型过程中所承受的灵与肉的重负，乃是两岸作家共同的叙事"资源"。但是同样的叙事"资源"，在两岸作家笔下的艺术表现却不尽相同。简单来说，台湾作家更专注于一种传统的批判现实主义的艺术笔法，而大陆作家则在艺术创作风格上更追求一种多元性——比如现代主义，抑或浪漫主义的艺术风格，但是它们对于表现时代现实而言，却有着不同的艺术效力。本节我们将通过具体的作家作品细读，对此作具体观察与分析。

我们在此选择的两个作品是陈映真的《面摊》和鬼子的《瓦城上空的麦田》。这两个小说，从内容来看，大致都可以算作"乡下人进城"故事。这个故事类型，在社会转型期两岸乡村小说叙事中非常常见。而这个"乡下人进城"故事，也典型地体现着转型时期"城乡交叉"这一特殊的社会历史现象。城乡交叉带来了一种伦理和道德冲突，这两个小说都程度不同的触及了这一点。但是它们触及的方式却有所不同，这种方式对于表现其共同性的主题、对于丰富而全面

---

① 比如阎连科便曾说："现实主义，是谋杀文学最大的罪魁祸首。"参见阎连科：《寻求超越主义的现实》，《受活·代后记》，十月文艺出版社 2009 年版。

② 李洁非评论茅盾时谈到过这一问题，他说现实主义在"五四"之后成为新文学的主流，"这结果，有内在的历史合理性；它既符合时代对中国文学的要求、期待，亦与当时世界文学大势并行不悖"，但"它最后实际形成了一种文学霸权，成为文学当中的一个压迫者"，这才导致了它后来的受人诟病，所以他认为"当现实主义不再构成对其他文学方式的排斥与否定时，它对中国文学的价值就是正面的，中国仍然需要现实主义文学"。参见李洁非：《典型文案》，人民文学出版社2010 年版，第 28—29 页。

地展示社会历史有着各自怎样的效力？我们接下来详细分析。

一、全知与有限："乡下人进城"的不同叙述方式

如果要从社会转型的角度谈论这两个作品，那么鬼子的《瓦城上空的麦田》是没有任何问题的。这篇发表于 2002 年（《人民文学》第 1 期）的小说，是一篇描写乡下小人物的作品，同年还有陈应松的《松鸦为什么鸣叫》（《钟山》第 2 期）、孙惠芬的《歇马山庄的两个女人》（《人民文学》第 1 期）在文坛出现，这都是后来"底层文学"的代表性作品。而相对于后两者，《瓦城上空的麦田》在表现时代发展造成的伦理道德困境方面，显然更有典型意义。它写的是一个老人李四生日当天因为不满儿女忘记自己的生日而进城兴师问罪，却因为无法遂愿而引起一连串祸灾，终致家破人亡的故事。表面夸张的故事折射出的却是传统人情和伦理在现代社会的被异化。故事里人内心的风暴、一连串的死亡，都可以从社会转型导致的人性与人情畸变的角度进行解释。

而陈映真的《面摊》严格而言写的却并不是台湾社会转型时代（1950—1970）——而是日据时代——的故事。不过，陈映真这篇小说的发表时间却是在 1959 年。生于 1937 年的陈映真在 1951 年从家乡桃园到台北读初中，[①] 自此开始进入台北，所以小说《面摊》中的日据时代的台北城书写，合理推测的话，应该来源于两点：第一，是他的个人想象；第二，则是青年时代他对台北的印象——这个印象应该是从他 1951 年第一次进入台北时便开始形成的。所以，当 1959 年的陈映真动笔写日据时代的台北时，这个呈现在小说《面摊》中的历史中的台北，某种程度上叠印着现实中的台北的影子。而至于这个极为简单的日据时代警察和街头摊贩的故事，其背后同样传递着不同于赖和等老一辈作家写同类题材作品时所传达的一种新时代的讯息——关于新人际关系和伦理重建的思考。

当然，我们这里重点所谈的是，同样的主题意蕴或者说精神诉求，两个作品的艺术表现方式却完全不同:《瓦城上空的麦田》是一种冷峻的、寓言化的现代主义的写作，《面摊》则是朴素的现实主义的手法。而它们的效果也极为不同。

---

① 陈映真:《后街——陈映真的创作历程》,《陈映真文选》,生活·读书·新知三联书店，第 19 页。

在《瓦城上空的麦田》中，鬼子的开头是以第一人称开始的（它也贯穿始终）：

我六岁多快七岁那年，母亲被别的男人偷走了。当时我不知道，我只知道我们家的床上怎么突然间空了一个人。我问父亲，我妈呢？我妈怎么空空的了？父亲没有回答。父亲只是朝我拉着那张老脸，像是拉扯着一块抹布。父亲那年已经是一个老头了。我母亲不老。我母亲比我父亲小好多好多，而且长得好看。我们三人走在一起的时候，很多人都在背后指点着我的父亲，说他应该是我的爷爷。但我没见过我的爷爷。我母亲也没见过我的爷爷。我不知道我的父亲为什么不去找回我的母亲。我只是发现，父亲时常一个人坐在那里，呆呆地想着什么，一边想一边狠狠地咬着牙，空空地啃着什么，啃得很苦很苦的样子。

其实，读完《瓦城上空的麦田》我们知道，在开头这一段中便被设定的整个小说的叙述者"我"，相对于整个故事来说，更多地只是一个旁观者。小说的主角是那个和"我"的父亲不期而遇的老人李四——李四的生日被儿女遗忘，他兴师动众地进城，但没有得到自己想要的结果，失望而归的途中认识了在瓦城捡垃圾的"我"的父亲，父亲鼓动并陪同李四去教训自己的儿女，结果自己却遇车祸身亡。愧疚又难过的李四一怒之下把"我"父亲的骨灰盒放在女儿门前，并附上他自己的身份证，以造成自己已死的假象，由此引发了老伴死亡、自己也被儿女误认为是骗子等一连串匪夷所思的人间悲剧。

叙述者"我"并非故事主角，而是一个旁观者、故事转述者，这样就使得整个叙述能够保持一种相对"冷静"的态度。这种"冷静"，其实在"我"叙述自己经历的时候已经显现了，一个未成年的孩子讲述自己被母亲抛弃，其语气却是罕见的冷静——"我六岁多快七岁那年，母亲被别的男人偷走了。当时我不知道，我只知道我们家的床上怎么突然间空了一个人。我问父亲，我妈呢？我妈怎么空空的了？父亲没有回答。父亲只是朝我拉着那张老脸，像是拉扯着一块抹布。"这样的叙述，相对于所叙述的悲剧性故事而言，显然是缺乏应有的"温度"的。

而在第三人称全知叙述的《面摊》中，叙述者则是隐形的，人物、故事与我们直接面对，当叙述者以貌似客观平常实则无限悲悯的眼光"追随"着小说人物（主要是那个孩子）一步步走向故事深处的时候，一种强烈的被刺激起来的情感也逐渐升腾、笼罩住我们的心胸——

"忍住看"，妈妈说，忧愁地拍着孩子的背："能忍，就忍住看罢。"

但他终于没有忍住喉咙里轻轻的痒，而至于爆发了一串长长的呛咳。等到他将一口温热的血块吐在妈妈盛着的手帕中时，妈妈已经把他抱进了一条窄窄的巷子里了。他虽然觉着疲倦，但胸腔却仿佛舒爽了许多。巷子里拂过阵阵晚风，使他觉得吸进去的空气凉透心肺，像吃了冰水一般。

"妈妈，我要吃冰。"

两篇作品开头部分已经显现的叙述人称的差异这一点至关重要，它决定了两个小说风格与气质的整个走向。

回到《面摊》这部小说。作品开头的部分向我们介绍了故事的两个人物：咳血生病的孩子、年轻的母亲。小说还通过其叙述向我们展示了它的聚焦点——孩子。通过病儿的眼睛，台北这座城市也开始稍稍流露出它的样貌："妈妈背后远远的巷口穿梭地来往着各色样的人群和车辆""巷子两边高高的墙""左边的屋顶上，有人养着一大笼的鸽子"……接着，小说的第二部分，开始向我们展现这个孩子的家庭：

妈妈抱着他回来的时候，爸爸正弯着腰，扇着摊子下面的火炉。妈妈一手抱着他，一手随手拿起一块抹布擦着摊板子。他们还没有足够的钱安上一层铝皮，因此他们就特意把木板的摊面擦得格外洁净。大圆锅里堆着尖尖的牛肉；旁边放着一个箩筐的圆面饼，大大小小的瓶子里盛着各样佐料。

"又吐了么？"男人直起腰来忧愁地说，一面皱着脸用右袖口揩去一脸的汗水。牛肉开始温温地冒气起来。黄昏分外地浓郁了。也不知道在什么时候，沿着通衢的街灯，早已亮着长长的两排兴奋的灯光。首善之区的西门町，换上了另一个装束，在神秘的夜空下，逐渐地蠕动起来。

孩子的父亲是经营面摊的主要劳力。简陋的面摊（"没有足够的钱安上一层铝皮"）却掩不住夫妇两个人的勤勉、干净（"特意把木板的摊面擦得格外洁净"）。"尖尖的牛肉""一个箩筐的圆面饼""大大小小的瓶子里盛着各样佐料""温温地冒气"的牛肉……这些微末却又自然的细节，都显现着这个小小面摊虽清贫简陋，却透着一种人气、一种欣欣向荣之气，这一切当然来自主人的勤劳、努力。所以，简单的一个开头，已经能让我们看到小说内在的一种丰厚。这种丰厚，一方面是富有节制力的细节描写，另一方面则是通过这些"细节"所展现出来的"人"的精神力量。虽然这种精神力量在后面的情节中并没有再进一步地被展开，而是在另一个主要人物——年轻警察——出场后，转移到了对年轻警察这一形象的塑造上（通过年轻母亲的视角），但是它却早已暗含在这个开头的诸多细节之中。这其实也正是现实主义文学的力量所在。

而相对而言，《瓦城上空的麦田》的开头在这方面则显得寡淡多了：它只是描述了"我"和父亲被母亲抛弃后，父亲在消沉中让"我"退学，并把"我"带至瓦城捡垃圾这样一个简单事实。在这个并不算简短的开头里，没有出现主人公李四，也就是说这个开头对塑造主要人物性格、建构主要故事情节来说并没有实质性的价值——我们完全可以设想，如果不写"我"和父亲进城前的那些遭遇（被母亲抛弃、辍学），而是安排父亲直接带"我"进城与李四相遇，小说的人物形象塑造、情节发展都不会受到太大影响。当然，这个开头也并非没有包含任何实质性内容，父亲那次"病危"（后来又转危为安）时和我的对话就暗含着深意：

父亲说，我可能要死了，你知道吗？

我说我知道。

父亲说，我有一句话要留给你，你一定要放在心里，你要给我牢牢地记住。

我说只要好记，我会记住的，你说吧。

他说不，不管好记不好记，你都要给我牢牢地记住。

我说好的，那我一定牢牢地记住，你说吧。

父亲没有马上告诉我，而是把话绕到了远处，绕到死后他看不到的地方。

他说，你能不能先告诉我，我死了你怎么办？

我说回家。

我说你死了我马上就回家去。

那时候我还不太喜欢瓦城，我知道瓦城好，但我觉得瓦城是别人的瓦城，不是我的。我们住的房子在瓦城并不叫房子，而是一种乱搭乱住的棚子，我们干的活在瓦城也是最脏的活。我不喜欢。我还是喜欢我的村子。村里有山有水，有田有地，什么都有，爱怎么玩就怎么玩，可是在瓦城，哪里都是别人玩的地方，哪个好玩的地方我们都进不去，我们只能在远处两眼傻傻地看着。父亲却因为我的回答伤心起来，他突然忘了胸膛里的空气已经不多，他的声音突然大了起来，大得叫人感到恐慌。

他说不！我死后你千万千万不要离开瓦城，你知道吗？

父亲要留给我的，其实就是这么一句。父亲的两眼跟着就流下了泪来。

他说你知道我为什么把你带到瓦城来吗？

我说知道，你是带我找妈妈来的。

父亲的声音就又大了起来，他说不！我们不找她，她也不在瓦城。她跟一个男人私奔了，他们去的是另一个城市，那个城市叫米城。

我说米城在哪？

父亲说米城在米城，等你长大了你就知道了。

我说，那我们来瓦城干什么？

父亲说，我是为了让你有一天能成为瓦城的人。

我说现在我们不是瓦城人吗？

父亲说不是。

父亲说，只要你自己不离开瓦城，只要你永远在瓦城住下去，总有一天你会成为瓦城人的你知道吗？他说，你别小看你现在只是一个捡垃圾的小孩，你要知道，捡垃圾也是能够发大财的，等到你有了钱了，你就在瓦城买一套房子，那时候，你就是真正的瓦城人了，你知道吗？

这段对话，展现了"我"父亲对城市的一种态度，这种态度和嗣后出现的主人公李四对城市的态度一样：无限向往。他们向往瓦城，誓死要让自己的儿女成为瓦城人（李四愿望实现了，"我"父亲则以捡垃圾的方式奋斗着），但这种"向往"最终却造成了他们共同的命丧街头的悲剧命运。所以，如果我们把小说的主题归纳为作者通过李四的命运悲剧，对现代都市生活进行批判反思的话，那么小说开头所描写的这段父亲和"我"的对话便明显起着点题的作用。它和小说后半部分李四在历尽辛酸、坎坷与"我"在城墙上的那段关于"麦田"的对话一样——都是在起着画龙点睛的作用。但既然后面已经有了围绕主人公李四展开的"点睛之笔"，何苦在开篇之始安排这样一个由次要人物（重要性甚至不如"我"）展开的"点睛之笔"呢？所以这样的一种安排，首先使得作者在主题表达上显得有些过于急迫，同时也延宕了主人公的出场，而使叙述变得烦琐和冗余。

所以两篇作品比较，其开头一个貌似简单实则饱满充实，一个则是有些寡淡和烦冗。这种不同的叙述风格，其实是现实主义和现代主义的差异。这种差异集中在两个小说不同的人称叙事方式上：《瓦城上空的麦田》是第一人称（"我"）叙事，叙事人是捡垃圾的孩子，当这个孩子以漠然的语调叙述故事的时候，整个故事也就以相对冷漠、寡淡的面貌呈现出来；《面摊》是第三人称全知叙事，叙事人以俯瞰的姿态，观察着台北街头的那一个小小面摊，病儿、忧心忡忡的母亲、辛劳忙碌的父亲，一个城市、一个家庭也就被相对丰富地呈现了出来。现实主义文学讲究生动、逼真地表现世界，后者便是如此。

二、苦难叙事与超越苦难叙事：关于故事情节

《面摊》中，现实主义笔法所呈现的这个小小面摊，还展现着更丰富的内容。当父亲忙碌的间隙发现孩子又在咳嗽的时候，他直起了身子，忧愁地和母亲谈着孩子。此时，台北夜色正在降临："也不知道在什么时候，沿着通衢的街灯，早已亮着长长的两排兴奋的灯光。首善之区的西门町，换上了另一个装束，在神秘的夜空下，逐渐的蠕动起来。"这是一段关于台北的描写，日据时代的台北已经是台湾的中心，整个日据时代，台湾的近现代化水平也有了很大的提升，所以在《面摊》中，"街灯"这个现代化的事物已经出现，而这个小小面摊便是蜷缩在这夜的街灯光里的。

接下来，小说开始将视角转向逐渐热闹起来的小小面摊。它接着叙述道：

　　虽然他们来到这个都会已有半个多月，但是繁华的夜市对于这孩子每天都有新的亢奋。他默默地倾听着各样不同的喇叭声，三轮车的铜铃声和各种不同的足音，他也从热汤的轻烟里看着台子上不同的脸，看见他们都一样用心地吃着他们的点心。孩子凝神地望着，大约他已然遗忘了他说不上离此有多远的故乡，以及故乡的棕榈树；故乡的田陌；故乡的流水和用棺板搭成的小桥了。

　　这里我们可以进一步看出，这个三口之家是从外地乡下来台北，并且刚刚"半个多月"。那么，他们在这陌生的都市将经历什么？

　　骚动声传来，我们才看到，原来小小面摊只是若干小摊面中的一个罢了，父亲推着"安着没有削圆的木轮的摊车"，也汇入了骚动的人群，"辘辘地涌过通衢去了"。原来是警察来了。我们的心弦也随之绷紧，"白盔的警官"出现了——

　　女人和孩子依旧坐在原来的地方，不一会果然看见一个白盔警官。他慢慢地从对街踱了过来，正好停在这母子俩的对面。他把纸夹在他的左臂下，用右手脱下白盔，交给左手抱着，然后又用右手用力地搓着脸，仿佛在他脸上沾着什么可厌的东西似的。店面的灯光照在他舒展后的脸上——他是个瘦削的年青人，他有一头森黑头发，剪得像所有的军官一样齐整。他有男人所少有的一双大大的眼睛，困倦而充满着热情。甚至连他那铜色的嘴唇都含着说不出的温柔。当他要重新戴上钢盔的时候，他看见了这对正在凝视着他的母子。慢慢地，他的嘴唇弯成一个倦怠的微笑。他的眼睛闪烁着温蔼的光。这个微笑尚未平复的时候他已经走开了。

　　这段描写是一段典型的现实主义描写。它交代了事情发生时的场景，描绘了人物的肖像、神态、动作。通过这些描写，我们首先看到了这个"白盔警官"的样貌："瘦削""年轻""一头森黑头发"，而最突出的是"他有男人所少有的一双大大的眼睛，困倦而充满着热情。甚至连他那铜色的嘴唇都含着说不出的温柔"。

这段外貌描写显然不是冷冰冰的，而是充满着温度。年轻警察是英俊的、忧郁的、温柔的，他的忧郁是年轻人所特有的那种敏感、心事所带来，但是随着故事推进，我们发现它也还有另外的缘由——小小面摊所引起的他的一种悲悯心怀。接着小说便介绍了年轻警察和面摊在此之前的第一次相遇（共三次相遇）。那次相遇，是台北警察例行公事清理摊贩的一次行动，行动中，刚刚在台北摆摊的一家三口被带到警局，审讯中我们知道他们来自"苗栗"，并且，年轻的母亲和年轻警察有了第一次对视。她发现了他"有着男人所少有的一双大大的眼睛，困倦而深情的"。那次在警局，因为被发现没有申报流动户口，小小面摊被罚款六十元。

第一次的会面，其实是写的小小面摊一家三口遇到的灾难：摆摊被抓，被带入警局，接受审讯，被罚款。虽然我们并不知道被罚款六十元钱对初来乍到的一家意味着多大的分量，但至少第一次摆摊就被抓、受到和年轻警官一起的那个胖警察的呵斥，以及没有暂住证的忧恐，肯定都让夫妇二人胆战心惊。小说没有交代他们为何从苗栗来到台北——是生活所迫，还是其他？但初来乍到，便被逮入警局，对于这一家三口来说，说这是他们在台北首善之区遇到的一场灾难并不为过。

然而，最终，这场灾难因为这个年轻警察的出现得到了化解。虽然他并没有能力阻止他们被罚（从小说的描写来看，这个年轻警察显然刚刚入职不久，对于职场的一切还不熟悉，权力应该也有限），但是他却以他自己的方式——去小小面摊吃饭并故意留下十元钱（这是他们的第二次相遇）——对他们的受害表示抚慰。

读《面摊》的故事，很自然便想起赖和的《一杆"秤仔"》，赖和的这个小说写于1925年，同样是日据时代的警察和摊贩之间的故事。但是，和陈映真的小说不同，赖和笔下的故事却是典型地表现着对日本殖民体制的强烈批判——欺行霸市的粗暴警察，贫苦卑微的农民，一桩不堪欺压而引起的血案。同样的历史背景（日据时代），同样的人物设置（警察和摊贩），陈映真的《面摊》和赖和的《一杆"秤仔"》相比，所表达的却是一个不同的主题——不是关于"批判"，而是关于"爱"的主题。陈映真笔下的警察不是粗鲁的、横暴的、狡诈的、凶蛮的，而是年轻的、温柔的、忧郁的、伤感的。所以，在陈映真笔下，我们感受到的是一种浓浓的人道的温情和悲悯，而不是赖和笔下流露的那种批判的激愤。此时的陈映真的小说（而非他后期的作品）和赖和的小说相比，有很明显的一种不同，即它的那种浓郁的感性色彩。赖和的《一杆"秤仔"》详细介绍了主人公得参的身世和遭遇——农民出身、母亲改嫁、娶妻生子（孩子多）、渐趋赤贫化……最终他一步步地走向绝望，并在遭受警察横暴欺凌后怒起杀人。也即，赖和的小说有一种明显的社会分析式的理性气质，而陈映真笔下的故事则更为温婉抒情，甚至更为单纯——作家的笔触始终没有从那个小小面摊扩展开去，而是紧紧围绕三口之家、年轻警察展开。

也就是说，陈映真用一种完全不同的方式叙述了一个日据时代"警察与摊贩"的故事。这个故事不是关于压迫和反抗，而是关于爱与悲悯。他是以一种人道的温情，化解了苦难，也化解了仇恨。当然，真正的历史也许不像《面摊》所呈现得这么温情动人，在赖和小说中所展现的横暴和仇恨毋宁才更代表了历史的"真相"，但是陈映真却是在以一种个人化的方式对历史做出反抗。真相当然是历史的本质，但理想难道不是历史的决定性力量？早年的陈映真，无论是《面摊》，还是《将军族》，其实所表达的都是这样的一种关于爱和悲悯的理念。这种理念显然并不只是一种情感化的理想，而是更包含着陈映真对于历史、现实和未来的一种态度的理想。这种态度使他的小说超越了苦难叙事。

但鬼子的《瓦城上空的麦田》却完全相反，它是一种比较典型的苦难叙事。小说开头部分写完之后，从写到李四开始，几乎是在一种单刀直入的简练和直接中一步步将故事情节推向了极致（或者说让主人公李四走向了他悲剧命运的顶点）——负气进城、流落街头、发生车祸、报复儿女、老伴丧生、儿女不认、自杀于街头。

《瓦城上空的麦田》的叙事极为简练，它的语言是一种冷峻、简约的现代主义的风格。从表达方式来看，它主要运用叙述，而较少描写——尤其是传统现实主义文学中常见的那种直接性的对话描写、细致入微的环境描写、带有强烈暗示意味的细节描写等。这就使得《瓦城上空的麦田》的整个叙事表现出一种"克制"。而且，小说设置"我"作为主要叙事人，通过这样一个旁观者的角度去观察、描述悲剧的发生，这实际上也能看出一种"克制"。然而，这样一种叙事上的"克制"非但没有使小说的苦难色彩有丝毫减损，反而造成了一种更具张力的效果，从而使得小说的苦难色彩变得更为浓重了——叙事上的克制和故事情节本身的悲惨形成鲜明的对照，从而更进一步地加重了苦难的重量。

除此之外，苦难叙事还有更为直接的一种加重苦难的方法，即人为地增加苦难的密度和强度。在《瓦城上空的麦田》中，李四的悲惨遭遇和一连串偶然性事件紧密相关，比如生日那天李四如果不负气进城就不会有后面的事情发生，如果他进城后不遇到"我"的父亲，或遇到"我"的父亲但不听从其建议教训儿女，又或者"我"父亲不那么突兀地被撞死……那么就不会有后面的所有悲剧故事的发生。也就是说，是一件件紧密相关的事件——而且是极其偶然性的事件——将李四一步步导向了他最终的悲剧。而这些"偶然性事件"显然是作家叙事的刻意所在。这些偶然性的事件，每一桩都导向了悲剧甚至死亡，都关联着苦难，这使得苦难的密度增加；同时也因为这些事件本身和悲剧、死亡的紧密关联，因而使得苦难的强度也在增加。由此导致的一个结果，是整个叙事给我们一种前所未有的紧张感。

整体来看，《瓦城上空的麦田》是以一种貌似不动声色的、冷峻简约的叙述语言，将故事一步步推向了高潮，同时也将李四推向其命运的深渊。在这个过程中，李四老伴之死应该是他命运悲剧的第一个高潮。《瓦城上空的麦田》对李四老伴之死的描写，虽然在关键之处也凸出了某些细节，但整体看来仍然是简约、克制的。比如，李四知道老伴去世之后，在我的陪伴下一起离开自己的村庄返回瓦城——

他便不再说话。

但他还是朝他的那块地走去。

我悄悄地跟在他的身后。

他是朝地里的那个稻草人走去的。那个稻草人歪歪的，眼看就要倒地了。

我看到他扶起稻草人的时候，眼里悄悄地竟流下了泪来，好像他扶的不是什么稻草人，而是他那永远离开了人间的老伴，或者那稻草人就是他自己。

他让我帮他，帮他把稻草人往地里插深一点，插牢一点，他希望它别再倒下。

他说这里风大，你使劲点，免得我们一走，风一来，又倒了。

插好后他又试了几下，扯了扯稻草人的手，然后朝我点点头，算是放心了。临离开时，他又整了整稻草人身上的衣服，他的动作很细，从稻草人的衣领开始，慢慢地往下顺，先是衣袖，然后是胸襟，然后是衣摆，然后，是裤子，我看到他的手几乎没有放过一个地方，一点一点都做得十分体贴；完了，才去整理那稻草人头上的帽子，完完全全地把稻草人当成了一个人了。最后，他把稻草人手里拿着的那个白色的塑料口袋，也重新系了一遍。

我指着那个塑料袋问他，挂这个干什么呢？

李四只对我笑了笑，没说。

我想了想，觉得那塑料袋也不可能有什么特别的意思，也许只是随便挂挂，就没有追问。

从地里出来，走到路上的时候，我的脑子突然被什么挂住了，我马上回过头去。这一次，我终于明白了李四为什么掉下眼泪。那个稻草人，除了头上的帽子是李四的帽子，那稻草人身上穿的衣服，那稻草人脚上穿的裤子，全都是他老伴的。

李四给稻草人整理衣服的细节是很有打动力的，但是它的打动力其实只是源自死亡这件事情本身——李四的反应只是死亡所激起的他自然而然的悲伤。而作者的叙述却极其简约、克制，他只是寥寥几笔勾勒了李四的悲伤（或者说悲伤的李四），至于其他——比如他的心理活动、他和"我"的互动等——我们都无从得悉。

重重叠叠的高密度、高强度的苦难，形成了《瓦城上空的麦田》苦难叙事的"核心"，而简约、克制的语言，则更进一步地增加了苦难的冲击力。这一切的背后，都体现着作家的一种刻意。他笔下的故事，不是自然而然的，不是紧贴着生活的本来面貌，而是经过了一种"处理"和"加工"，经过了刻意"经营"。这背后则是作者内在的一种愤怒情绪和批判性态度在起作用。

三、丰腴与干瘪：在故事情节周围

在《瓦城上空的麦田》和《面摊》中，其现代主义与现实主义的不同艺术表现风格还体现于它们在核心的故事情节之外对于环境等细节元素的重视与否。

如前所述，《面摊》不是那种针脚绵密的社会剖析式的现实主义面貌，它更为温婉、抒情，更带有陈映真早期那种感伤的个人主义气质，但即便如此，它的细节描写仍然显示出它的丰腴与厚实。比如在小说中，屡次出现的对于街景的描写——

到了行人开始渐渐稀少的时候，他们已经换过许多地方。最后他们终于停在一个街口。孩子可以看见左对面的大房子的楼上，挂满了许多画像，有拿刀的，有流血的。有男的，也有女的。他也看见一排长长的脚踏车，似乎都在昏昏的路灯下打瞌睡。夜里像是蒙着雾，潮湿而且阴凉。满街的灯光，在远远的夜空中，看起来仿佛使这个城市罩着一层惺忪的光晕。人潮渐退的时候，汽车的喇叭和三轮车的铜铃就显得刺耳起来。

这是通过孩子的眼睛所看到的台北的夜景，这里出现了"左对面的大房子""画像""脚踏车""昏昏的路灯""满街的灯光""汽车的喇叭和三轮车的铜铃"，它们点染出一个繁华而又静谧着的夜的台北。这个夜的台北，在稍后的段落里，继续借由孩子的眼睛呈现着它的样貌——

妈妈默默地接过五元钞，不一会便消失在黑暗里。孩子独自坐在角落里，看着那川流不息的人群，看着台子上不同的脸。三轮车们载着它们的顾客，拖着各种不同音色的长长的铃声，分别奔向不同的方向去了。街口的自动的红绿灯机械地变着脸，但不论或红或绿，在他似乎都显得十分困顿而无聊。这个夜市的最末的人潮，也终于渐渐地消退下去，甚至连车声都变得稀落了。

这里出现了"川流不息的人群"、"三轮车"及其车铃声、"自动的红绿灯""夜市""人潮"——仍然是这个刚刚度过了它繁华、喧嚷的时段，正在变得沉静安谧的台北。此后的一段同样的关于夜台北的描写，视角已经不是孩子，而是叙述人——

他们推着那没有削圆的木轮格登格登作响的车子离开街口时，这个首善之区的西门町，似乎开始沉睡下去了。街灯罩着一层烟霭，排着长长的行列，各自拉着它们寂寞的影子。许多的店门都关了起来，有的还在门外拉上铁栅。几家尚未关门的，也已经开始在收拾着。有些瞌睡的店员，颠颠仆仆地关着板门。街上只剩下稀落的木屐声。那唯一不使人觉得生活的悲愤的街车在谦逊地寻找它的生活。街道显得十分寥落。一只狗嗅着地面窜过一条幽暗的巷子。

他们逐渐走出了这个空旷的都城，一拐、一弯地从睡满巨厦的大路走向瑟缩着矮房的陋巷里。

这里仍然是"街灯""店门""铁栅""街车"，还有富有时代特征的"木屐声"，以及让我们疑惑着究竟是日据时代还是陈映真写作时的50年代末的台北的那些事物——"睡满巨厦的大路""瑟缩着矮房的陋巷"……

这些貌似无关紧要的细节描写，尤其是这些细节中所呈现给我们的关于彼时台北的那些形貌、物事，让我们在阅读过程中不由自主地想象着一个曾经真实存在过的台北城——那街道、街灯，以及街灯昏昏的灯光所见证的生活与历史……于是我们便会得到一个关于时间（历史）和空间（台北）的更为丰腴的想象。

彼时年仅22岁的陈映真，在提笔写下这篇处女作时，到底有没有另外的深在的理想寄托[1]我们暂且不论，而仅仅从小说表层的艺术形式而言，它单纯甚至不无青涩的笔触，其实已经暗含了他后来那种逐渐走向开阔的精神气质，因为在这个小说里暗含着一种触摸社会历史的意图和力量，它此时虽只是淡淡地隐身于作者那种浓郁的个人感伤情绪的背后，但也以它本有的一种能力，构织着一个为这种情绪提供依托的实在的基底。那些在陈映真淡淡的笔触下隐约浮现着的构成这基底的细节、场景，显示出这个小说骨子里的现实主义风貌。

而《瓦城上空的麦田》则相反，它冷峻、简约、克制，鬼子的笔触犹如冷冰冰的手术刀，它剔除骨血和筋肉，以一种刻意隐蔽实在的社会历史细节的方式直抵"本质"，这也使得《瓦城上空的麦田》表现出一种带有象征意味的寓言

[1]　赵刚便在这个小说中发现了两点："理想的心"和"欲望的眼"。即小说中那颗"橙红橙红的早星"，暗通着陈映真的左翼理想；而这理想在小说中又"不由自主地暗渡为对女性的注目"。关于这一点，赵刚有着极为精细和精彩的分析。参见赵刚：《面摊——理想的心，欲望的眼》，《橙红的早星》，台北：人间出版社2013年版，第33—52页。

色彩。和《面摊》虽然篇幅短小却不忘从些许微小的细节中透露故事的历史背景和时空特征（比如台北、西门町、苗栗）不同，篇幅更长的《瓦城上空的麦田》却没有任何透露故事实在的历史背景和时空特征的意图，它没有交代故事发生的确切地点、自然环境、社会环境、家庭环境，甚至对人物性格也缺少用力（而《面摊》中年轻母亲和警察的形象和性格虽笔墨不多，却是何等生动、饱满）。比如李四，因为不满于儿女忘记自己生日而暴跳如雷、负气进城，这让我们看到了他的斤斤计较和小题大做（如果不能说是心胸狭窄的话），但是其他的更丰富的性格与心理活动、他的家庭、老伴等一切可能与他的恼火相关的其他因素在小说中却都被压抑和克制了。

任何的"寓言"背后，都暗含"深意"。《瓦城上空的麦田》的"深意"，在小说后半部分"我"和李四在城墙上的那段对话中充分显现：

然后，他告诉我，这里他已经不知坐过多少次了，前前后后，都二十年了。头一次，是送他的李香进城的那一天。那一天你知道我上来干什么吗？他问我。

我摇摇头，我说我不知道。

他说，我当时只是觉得这个地方好，我想找一个高一点的地方坐一坐，我想好好地看一看瓦城。因为瓦城是我心里一直向往的地方，我早就发誓要让我的三个孩子，一个一个地都成为瓦城的人。那时他们还小。

……

他接着便转过了头去，继续看着远处的黑暗。

他说，那天我就坐在这里，那时太阳已经下山了，但天上的白云还在，还在东一朵西一朵地飘着，我就看着那些白云，我想啊想啊，突然，我眼里的一朵白云变成了一块麦田，我发现那块麦田是从远远的山里飘过来的，飘呀飘呀，就飘到瓦城来了。

我觉得这种想法蛮有意思的，我觉得有点像梦。但我不知道他说的意思是什么意思。

我摇摇头，我的意思是我不知道。

他说，我当时的感觉是那一块麦田就是我的李香。

我当时有点想乐，我不由轻轻一笑。

他说你别笑，真的。你现在还小你还不知道，在每一个当父母的心中，他们的任何一个孩子，其实都是他们心中的一块麦田，等你大了，等你结了婚，等你有了小孩，你就什么都知道了。从那以后，不管是送来我的李瓦，还是送来我的李城，只要他们有人又进入了瓦城，送到后我都会爬到这里来，我总是像现在这样坐着，然后看一看天空，看一看天边的白云，我会觉得我心中的又一块麦田，在飘呀飘呀，从山里又远远地飘到了瓦城来了。那种感觉你可以想象，那真是太幸福，太幸福了。……

李四向"我"敞开心扉所说的这一切，只是表达了一个农民对于城市的向往。这种向往促使他千辛万苦把一个个孩子送进了城市，但是进城后的孩子们却为城市的"焦虑"（"忙"）所裹挟，连父亲的生日都记不住。李四悲剧的命运又平添了一份荒诞——向往城市，一心进城，却又为城市所伤。李四的"麦田理论"也许可以这样理解：麦田即希望，每一个孩子都是父亲"心中的一块麦田"，把"麦田"搬到城市是每个农民父母的心愿。然而，把"麦田"搬到水泥封闭的城市后它还是"麦田"吗？

也就是说，鬼子写这篇小说所表达的其实也就是对城市所表征的现代化的批判和质疑。这种批判和质疑，以一个乡村父亲和儿女的冲突展开，以机械、物化的城市对乡村的伤害展开。李四的悲剧，显现了鬼子的激愤。那么，是否是这种激愤，使得鬼子无暇为这个故事建造更多的血肉，赋予它更丰富的社会历史肌理？

总结来看，《瓦城上空的麦田》和《面摊》相比，它们的差别主要在于两点：第一，外在形态上的现代主义和现实主义；第二，内在情感上的宣扬爱与悲悯还是宣泄激愤。而后者可能是两者更根本性的一种差异。陈映真通过这个作品宣扬了人性的善和爱，他通过挖掘苦难历史背后的人性闪光，为现实寻找希望。而在《瓦城上空的麦田》中，我们看到更多的则是愤怒和绝望——虽然它们也是在表达批判，但放弃了对爱与希望的寻找的批判，是否已经沦为了一种纯粹的情绪宣泄？

作家心底蕴藏的是爱与希望，还是愤怒与绝望，也能解释他们叙述方式的差异：因为同是对现实报以批判，但如果有爱、希望的话，便能在情绪和心理上达到一种相对的平衡，更能对世界报以宽容和理解，更有心绪去全面、客观地观察、分析，更愿意乐观、积极地看待未来；而如果只是有愤怒、绝望，那么心里便会缺少一种制衡的力量，愤怒的情绪一往无前，便会造成一种表达上的迫切与激烈。这也正是两篇小说在叙述风格和精神气质上给我们的不同印象。

更值得注意的是，这种爱与希望，似乎并不是陈映真一个人独有。台湾社会转型期的"乡土文学"似乎多有这种特点，比如黄春明的《看海的日子》、洪醒夫的《黑面庆仔》等，在这些小说中，作家塑造了一个个充满着人性光辉的人物形象。这些挣扎在生存悲苦中却坚强抗拒着悲苦的底层小人物让我们看到，作者一方面在揭露和批判台湾社会的矛盾和问题，另一方面更努力寻求着改变的希望。

与之相对地，在大陆90年代以来的社会转型叙事中，更常见的则是鬼子式的愤怒和绝望。[1] 在《挑担茶叶进北京》《马嘶岭血案》《神木》《泥鳅》《狗皮袖筒》等小说中，充斥着令人绝望的、血淋淋的底层故事，这些故事固然揭露了现实，但在对"如何改变"这一问题的思考上显然还有许多不足，而且它们跟风式的对于"苦难"的偏嗜是否有助于真正全面客观地反映现实显然也是令人怀疑的。

《面摊》并不是陈映真最好的作品，但是它的现实主义气质却包含着力量，尤其是与《瓦城上空的麦田》相比，我们会发现，后者那种"用近于黑色幽默的艺术手法来表现荒诞"[2] 的现代主义的风格在反映社会现实、分析社会现实方面显然无法做到前者的充分和有力，而且它缺少了前者所蕴含的那种作家对爱、希望的寻找，也就更欠缺了一种深切的打动力。在90年代以来现实主义文学有重振势头之际，如何发现现实主义文学真正的力量与魅力，显然是进一步促进其发展的关键。在这方面，台湾转型期"乡土文学"显然能给我们提供有益的启示。

---

① 在鬼子"瓦城三部曲"的另两部作品《被雨淋湿的河》《上午打瞌睡的女孩》中，同样充满了激愤，它们对现实予以批判的同时，也让人感到一种透骨的寒冷与绝望。

② 丁帆：《论近期小说中乡土与都市的精神蜕变———以〈黑猪毛白猪毛〉和〈瓦城上空的麦田〉为考察对象》，《文学评论》2003年第3期。

结　语

　　20 世纪 90 年代以来，大陆乡村小说叙事正发生着明显的变化，无论题材，还是艺术风貌，都是如此。这些变化的根源，还是在于文学所扎根的社会现实。我们惯于用"新世纪"这样更具有标志性的时间节点来划分历史，但其实"90年代"对改革开放后的中国历史来说似乎更具转折意义，无论社会和文化的发展，还是更微观的文学的发展都是如此。90 年代以降的这 30 年的文学，相较于 80 年代而言，如果用一句话来概括其整体性的差别，那就是它逐渐褪去了 80 年代文学那种特有的"文化"韵味，转而从那种色彩斑斓的文化乃至哲学表达，逐渐衍变为一种愤激、忧郁而又略显单一的社会问题书写。如果说《白鹿原》《活着》《马桥词典》《废都》《九月寓言》《丰乳肥臀》等这些 90 年代最具标志性的作品还遗留着 80 年代文学的那种文化韵味的话，那么与此同时从刘醒龙、谈歌、关仁山、鬼子等笔下所流淌出来的那种与时代现实休戚与共的写作，当时却正在逐渐壮大，并且在新世纪之后一跃而成为文坛的主流。

　　纵观新世纪大陆文坛，那种深邃辽阔抑或诗意盎然的文化书写并不是没有，但已无法占据主流——当我们读完迟子建的《额尔古纳河右岸》、刘震云的《一句顶一万句》，我们也许仍能清晰地嗅到文中所流淌出来的"80 年代"气息，但仔细体味的话就会发现，它们和 80 年代的寻根文学或先锋文学相比，还是有着隐隐的差别，这种差别在于它们所传递出来的文化感伤的程度，以及在表达一种历史态度、生命思考时所使用的语言和语气，它非常微妙，但也非常清晰——它不是质的，而是量的。这种量的差异，除了有限的主体因素之外，只能归因于时代。正是时代，使得新世纪的文坛改换了另一副姿容，这姿容由《秦腔》《带灯》《认罪书》《涂自强的个人悲伤》这样的作品塑成。

　　俗话说"一时代有一时代的文学"，当我们将目光投向海峡对岸，观察那个与当代大陆极为相似的时代的台湾文学的时候，我们首先想到的是它们是否有更多的相似点。这一点似乎是显然的，对社会问题的敏感、对社会卑微人群的关注，甚至躁动激烈的道德情绪等，这都是两岸文学所共有的。然而，仔细追索的话却也会发现，这种相似只是浅表的。在陈映真、黄春明、贾平凹、乔叶、鬼子之间，貌似相同的写作立场实际上暗含着差异，同一个题材故事，他们的叙述方式可能南辕北辙。这里显现着海峡两岸作家某种深在的精神差异。这种差异不再只是来自时代，还更来自脚下的土地，以及这块土地上所生长出的文化性格、人文（文学）传统。

　　进行比较，便难免会下判断，但是这些判断是否能够真正立得住脚，却是让人心存犹疑的——我是否能拨开了泥沙，触摸到河床底部？更何况，很多的表象联系着的是一些古老的文学命题或难题。比如思想和艺术的关系问题，就像我们将贾平凹这样一个感性十足的作家和陈映真那样一个理性能力突出的作家做比较时，就会突出地感到一种判断的困难，因为我们既可以从"思想"的层面肯定陈映真而批评贾平凹，甚至我们还可以从社会发展、人类文明进步这些确实意义重大的层面论证陈映真这种思想型作家的重要，但我们同时却又无法否认贾平凹这种艺术家型的作家的魅力——甚至从某种更高远的层面来看，这种不同风格的艺术家及其艺术，难道不都是我们所需要的吗？

　　当然，判断困难并不是说不能做出判断。因为至少我们可以从我们脚下的土地、所立足的时代出发，去判断，去批评，去呼唤——做出这些并不困难，但问题是在做出这些评判和呼唤的时候，我们是否真正地抛却了成见和偏见，设身处地首先施以理解而非责难？因为最基本的一点，可能也是令我们最感焦虑的一点，是我们在做出评判和呼唤的时候，我们自己其实并不能自外于这种评判和呼唤，我们在谈论、审视他人的时候，其实也是在谈论、审视我们自己。所以，当我们审视、评判、呼唤的时候，我们还要反思，还要理解，还要激励；需要保持诚实，保持谦卑，直面我们自身深在的欠缺、焦虑与不安。

　　也许，唯此方能有真正的进步与改变。

附　录

新世纪大陆乡村小说创作年表 [①]

（2011—2020）

一、《当代》

2011 年第 1 期——贾平凹:《古庐》（长篇）

2011 年第 2 期——钟正林:《户口还乡》（中篇）

2011 年第 3 期——谈歌:《豆腐脑年谱》（中篇）

2011 年第 3 期——陈然:《野猪之舞》（中篇）

2011 年第 3 期——夏天敏:《月色晦明》（中篇）

2011 年第 4 期——王祥夫:《办喜》（短篇）

2011 年第 4 期——侯波:《上访》（中篇）

2011 年第 4 期——邓宏顺:《乡风》（中篇）

2011 年第 5 期——肖江虹:《犯罪嫌疑人》（中篇）

2011 年第 5 期——谈歌:《扩道》（中篇）

2011 年第 6 期——何玉茹:《过程》（短篇）

2011 年第 6 期——闫文盛:《回乡偶书》（短篇）

2011 年第 6 期——王松:《流淌的瘦龙河》（中篇）

2012 年第 2 期——樊健军:《1994 年的寒露风》（中篇）

2012 年第 2 期——韩永明:《马克要来》（中篇）

[①]　新世纪大陆乡村小说创作年表（2000—2010），参见李勇:《"现实"之重与"观念"之轻——论 20 世纪 90 年代以来的乡村小说叙事》，中国社会科学出版社 2013 年版。

2012 年第 4 期——孙泉喜：《黑日谷》（短篇）

2012 年第 4 期——鲍十：《冼阿芳的事》（短篇）

2012 年第 5 期——侯波：《春季里那个百花香》（中篇）

2013 年第 2 期——张新科：《大喷》（短篇）

2013 年第 2 期——王华：《花河》（长篇）

2013 年第 2 期——修白：《空洞的房子》（中篇）

2013 年第 2 期——少一：《凌晨脱逃》（中篇）

2013 年第 2 期——周云和：《调研员》（中篇）

2013 年第 3 期——闵凡利：《债主》（中篇）

2013 年第 3 期——毛建军：《第三日》（中篇）

2013 年第 5 期——少鸿：《天火》（中篇）

2013 年第 6 期——冯俊科：《何处安放》（中篇）

2014 年第 1 期——铁扬：《黑》（短篇）

2014 年第 1 期——叶广芩：《太阳宫》（中篇）

2014 年第 1 期——夏天敏：《左手右手》（短篇）

2014 年第 5 期——贾平凹：《老生》（长篇）

2014 年第 5 期——侯波：《二〇一二年冬天的爱情》（中篇）

2014 年第 5 期——周云和：《张组织的发明》（中篇）

2014 年第 6 期——余林：《老虎的眼睛》（短篇）

2014 年第 6 期——闵凡利：《面子的事》（短篇）

2015 年第 1 期——萨娜：《敖鲁古雅 我们的敖鲁古雅》（中篇）

2015 年第 1 期——白天光：《远去的马克西姆》

2015 年第 1 期——李清源：《苏让的救赎》（中篇）

2015 年第 2 期——韩永明：《发展大道》（中篇）

2015 年第 2 期——铁扬：《湖畔诗》（中篇）

2015 年第 2 期——王华：《花村》（长篇）

2015 年第 3 期——郑烨:《我们北京见》(中篇)

2015 年第 4 期——黄朴:《一个人的年夜》(短篇)

2015 年第 6 期——王凯:《瀚海》(长篇)

2016 年第 1 期——王刚:《喀什噶尔》(长篇)

2016 年第 3 期——邓宏顺:《补天缺》(中篇)

2016 年第 3 期——何玉茹:《前街后街》(长篇)

2016 年第 5 期——欧阳黔森:《武陵山人杨七郎》(短篇)

2016 年第 6 期——李云雷:《暗夜行路》(短篇)

2016 年第 6 期——李云雷:《三亩地》(短篇)

2017 年第 1 期——刘庆邦:《牛》(短篇)

2017 年第 1 期——孙频:《光辉岁月》(中篇)

2017 年第 2 期——张策:《黄花梨》(中篇)

2017 年第 2 期——秦岭:《吼水》(短篇)

2017 年第 3 期——张者:《少女的舅妈》(短篇)

2017 年第 4 期——邓一光:《坐着坐着天就黑了》(中篇)

2017 年第 5 期——白天光:《喧嚣的塔城》(中篇)

2017 年第 5 期——梁鸿:《梁光正的光荣梦想》(长篇)

2017 年第 6 期——李榕:《热干面记》(中篇)

2018 年第 1 期——季宇:《归宗》(中篇)

2018 年第 2 期——周云和:《仇人》(中篇)

2018 年第 3 期——陈斌先:《流年絮语》(中篇)

2018 年第 3 期——曾剑:《净身》(中篇)

2018 年第 4 期——阚文咏:《李庄深巷里——羊街 8 号家族记忆》(中篇)

2018 年第 5 期——柳喻:《阿伊赛麦之鹰》(短篇)

2018 年第 5 期——侯波:《胡不归》(中篇)

2018 年第 6 期——冯俊科:《走出溟梁村》(中篇)

2018 年第 6 期——符浩勇：《大潭湾纪事》（短篇）

2019 年第 1 期——罗伟章：《路上》（中篇）

2019 年第 2 期——阿宁：《遥远的哈拉乌素》（短篇）

2019 年第 2 期——魏思孝：《农村妇女组画》（短篇）

2019 年第 3 期——程绍国：《木藤家事》（短篇）

2019 年第 5 期——李一清：《大民还乡》（短篇）

2019 年第 6 期——彭东明：《豆苗青　稻子黄》（中篇）

2020 年第 3 期—— 曾剑：《整个世界都在下雪》（中短篇）

2020 年第 3 期——水心晨：《摇摇摆摆》（中短篇）

2020 年第 4 期——崔玉松：《羊啊羊》（中短篇）

2020 年第 5 期——项静：《清歌》（中短篇）

二、《收获》

2011 年第 1 期——晓苏：《花被窝》（短篇）

2011 年第 1 期——黄永玉：《无愁河的浪荡汉子》（长篇）

2011 年第 1 期——王安忆：《天香》（长篇）

2011 年第 2 期——唐慧琴：《拴马草》（中篇）

2011 年第 3 期——迟子建：《黄鸡白酒》（中篇）

2011 年第 3 期——曹寇：《码头风云》（短篇）

2011 年第 4 期——张惠雯：《爱》（短篇）

2011 年第 4 期——叶弥：《局部》（短篇）

2011 年第 4 期——李锐：《张马丁的第八天》（长篇）

2011 年第 6 期——杨争光：《驴队来到奉先時》（中篇）

2012 年第 1 期——迟子建：《别雅山谷的父子》（中篇）

2012 年第 1 期——钟求是：《两个人的电影》（中篇）

2012 年第 2 期——王松：《掩骨记》（中篇）

2012 年第 4 期——曹寇：《塘村概略》（中篇）

2013 年第 1 期——贾平凹：《带灯》（长篇）

2013 年第 2 期——罗望子：《修真纪》（中篇）

2013 年第 2 期——晓苏：《酒疯子》（短篇）

2013 年第 2 期——韩少功：《日夜书》（长篇）

2013 年第 3 期——苏童：《黄雀记》（长篇）

2013 年第 4 期——余一鸣：《潮起潮落》（中篇）

2013 年第 4 期——田耳：《天体悬浮》（长篇）

2013 年第 5 期——王松：《甲鱼的荣誉》（中篇）

2014 年第 3 期——王手：《斧头剁了自己的柄》（中篇）

2014 村第 7 期——范小青：《我的名字叫王村》（长篇）

2015 年第 1 期——陈崇正：《碧河往事》（短篇）

2015 年第 1 期——迟子建：《群山之巅》（短篇）

2015 年第 3 期——阿来：《蘑菇圈》（中篇）

2015 年第 3 期——路内：《慈悲》（长篇）

2016 年第 1 期——尹学芸：《李海叔叔》（中篇）

2016 年第 1 期——格非：《望春风》（长篇）

2016 年第 1 期——徐则臣：《狗叫了一天》（短篇）

2016 年第 1 期——王手：《阿玛尼》（短篇）

2016 年第 2 期——吕新：《烈日，亲戚》（短篇）

2016 年第 4 期——旧海棠：《橙红银白》（中篇）

2016 年第 6 期——袁远：《单身汉董进步》（中篇）

2016 年第 6 期——黄永玉：《无愁河的浪荡汉子》（长篇）

2017 年第 5 期——莫言：《故乡人事》（短篇）

2018 年第 2 期——迟子建:《候鸟的勇敢》(中篇)

2018 年第 2 期——宋小词:《柑橘》(中篇)

2018 年第 2 期——余秀华:《且在人间》(中篇)

2018 年第 3 期——麦家:《双黄蛋》(短篇)

2018 年第 4 期——徐畅:《鱼处于陆》(短篇)

2018 年第 5 期——肖克凡:《紫竹提盒》(短篇)

2018 年第 5 期——盛可以:《息壤》(长篇)

2018 年长篇专号·春卷——贾平凹:《山本》(长篇)

2019 年第 1 期——黄永玉:《无愁河的浪荡汉子》(长篇)

2019 年第 1 期——孙频:《鲛在水中央》(中篇)

2019 年第 2 期——黄永玉:《无愁河的浪荡汉子》(长篇)

2019 年第 2 期——范稳:《橡皮擦》(中篇)

2019 年第 2 期——袁凌:《寂静的孩子》(短篇)

2019 年第 3 期——黄永玉:《无愁河的浪荡汉子》(长篇)

2019 年第 3 期——尹学芸:《青霉素》(中篇)

2020 年第 5 期——索南才让:《荒原上》(中篇)

三、《人民文学》

2011 年第 1 期——石舒清:《浮世》(短篇)

2011 年第 2 期——余一鸣:《入流》(中篇)

2011 年第 3 期——朱辉:《大案》(短篇)

2011 年第 4 期——铁扬:《团子姐》(短篇)

2011 年第 5 期——王十月:《寻根团》(中篇)

2011 年第 6 期——张翎:《睡吧，芙洛，睡吧》(长篇)

2011 年第 8 期——邵丽:《挂职笔记》(短篇)

2011 年第 8 期——范情:《香火》(长篇)

2011 年第 9 期——李浩:《爷爷的"债务"》(短篇)

2011 年第 9 期——哲贵:《信河街》(中篇)

2012 年第 1 期——李佩甫:《生命册》(长篇)

2012 年第 6 期——王蒙:《山中有历日》(短篇)

2012 年第 6 期——蔡东:《往生》(短篇)

2012 年第 9 期——冉正万:《银鱼来》(长篇)

2013 年第 2 期——贾平凹:《倒流河》(短篇)

2013 年第 6 期——肖江虹:《蛊镇》(中篇)

2013 年第 6 期——胡学文:《奔跑的月光》(中篇)

2013 年第 6 期——樊健军:《罗单的步调》(中篇)

2013 年第 7 期——了一容:《我的颂乃提》(短篇)

2013 年第 10 期——范晓波:《过故人庄》(短篇)

2013 年第 11 期——张炜:《卖礼数的狍子》(中篇)

2013 年第 12 期——王华:《向日葵》(中篇)

2014 年第 2 期——陈冲:《紫花翎》(中篇)

2014 年第 3 期——田耳:《长寿碑》(中篇)

2014 年第 3 期——张庆国:《马厩之夜》(中篇)

2014 年第 7 期——李凤群:《良霞》(中篇)

2014 年第 9 期——关仁山:《日头》(长篇)

2014 年第 9 期——肖江虹:《悬棺》(中篇)

2014 年第 11 期——孙惠芬:《后上塘书》(长篇)

2014 年第 11 期——欧阳黔森:《兰草》(短篇)

2015 年第 1 期——艾伟:《南方》(长篇)

2015 年第 2 期——阿来:《三只虫草》(中篇)

2015 年第 3 期——麦家:《日本佬》(短篇)

2015 年第 3 期——林白:《桃树下》(短篇)

2015 年第 6 期——张炜：《寻找鱼王》（中篇）

2015 年第 6 期——汤汤：《天上的永》（短篇）

2015 年第 7 篇——胡性能：《孤证》（短篇）

2015 年第 9 期——何玉茹：《回乡》（短篇）

2015 年第 9 期——钟求是：《星子》（短篇）

2015 年第 9 期——温亚军：《空巢》（短篇）

2015 年第 10 期——余一鸣：《风雨送春归》（中篇）

2015 年第 10 期——普玄：《一片飘在空中的羽毛》（中篇）

2016 年第 1 期——贾平凹：《极花》（长篇）

2016 年第 1 期——张玉清：《一百元》（短篇）

2016 年第 2 期——方方：《软埋》（长篇）

2016 年第 2 期——畀愚：《丽人行》（中篇）

2016 年第 4 期——雷杰龙：《斗鸡》（短篇）

2016 年第 4 期——盛可以：《喜盈门》（短篇）

2016 年第 5 期——薛舒：《香鼻头》（中篇）

2016 年第 5 期——黄惊涛：《天体广场》（短篇）

2016 年第 6 期——曹文轩：《蜻蜓眼》（长篇）

2016 年第 6 期——晓苏：《除癣记》（短篇）

2016 年第 7 期——小七：《草原上的事》（短篇）

2016 年第 8 期——高君：《枉然记》（短篇）

2016 年第 9 期——肖江虹：《傩面》（中篇）

2016 年第 10 期——许春樵：《麦子熟了》（中篇）

2016 年第 11 期——陈仓：《地下三尺》（中篇）

2016 年第 11 期——何顿：《蓝天白云》（中篇）

2016 年第 12 期——哲贵：《柯巴芽上山放羊去了》（短篇）

2016 年第 12 期——姚辉：《银子岩》（中篇）

2016 年第 12 期——吴中心：《出门捡金子》（短篇）

2017 年第 2 期——李云雷：《梨花与月亮》（短篇）

2017 年第 5 期——东紫：《芝麻花开》（中篇）

2017 年第 5 期——赵兰振：《草灵》（中篇）

2017 年第 5 期——储福金：《水影》（短篇）

2017 年第 5 期——津子围：《麦村的桥》（短篇）

2017 年第 6 期——曹文轩：《蝙蝠香》（中篇）

2017 年第 6 期——薛涛：《蓝帐篷》（短篇）

2017 年第 6 期——李云雷：《草莓的滋味》（短篇）

2017 年第 8 期——马平：《高腔》（中篇）

2017 年第 9 期——崔君：《炽风》（中篇）

2017 年第 10 期——老藤：《黑画眉》（中篇）

2017 年第 11 期——莫言：《天下太平》（短篇）

2017 年第 11 期——马原：《弥大的猪》（短篇）

2017 年第 11 期——乔叶：《四十三年简史》（中篇）

2017 年第 11 期——李瑾：《李村寻人启事》（中篇）

2018 年第 2 期——周如钢：《清明上河图》（中篇）

2018 年第 3 期——陈集益：《金塘河》（中篇）

2018 年第 3 期——晓苏：《吃苦桃子的人》（中篇）

2018 年第 6 期——翌平：《魔笛》（短篇）

2018 年第 9 期——葛水平：《活水》（长篇）

2018 年第 9 期——林森：《海里岸上》（中篇）

2018 年第 10 期——李凤群：《大野》（长篇）

2018 年第 10 期——老藤：《青山在》（中篇）

2018 年第 10 期——黄军峰：《立夏》（短篇）

2019 年第 1 期——王松：《宋家庄的斯芬克斯之谜》（中篇）

2019 年第 1 期——杨遥：《白色毡靴》（短篇）

2019 年第 2 期——程青：《嵇康叔叔》（中篇）

2019 年第 3 期——鬼鱼：《端阳》（中篇）

2019 年第 3 期——钱玉贵：《推销员的幸福生活》（中篇）

2019 年第 3 期——梁积林：《刀郎羊》（短篇）

2019 年第 4 期——李一清：《棋盘上的麦子》（短篇）

2019 年第 5 期——海伦纳：《鸿雁的故乡》（中篇）

2019 年第 5 期——陈楸帆：《人生模拟》（中篇）

2019 年第 6 期——大解：《众神之乡》（短篇）

2020 年第 1 期——夏立楠：《大宛其的春天》（短篇）

2020 年第 2 期——陈集益：《大地上的声音》（中篇）

2020 年第 2 期——陈武：《狂奔》（短篇）

2020 年第 7 期——刘庆邦：《远去的萤火》（短篇）

2020 年第 7 期——沈念：《长鼓王》（中篇）

2020 年第 9 期——温燕霞：《琵琶围》（长篇）

2020 年第 10 期——李天岑：《三山凹》（中篇）

2020 年第 10 期——窦红宇：《牛美丽的手脚》（中篇）

四、《小说月报》

2011 年第 1 期——郭文斌：《冬至》（短篇）

2011 年第 1 期——晓苏：《留在家里的男人》（短篇）

2011 年第 1 期——千夫长：《草原记》（短篇）

2011 年第 2 期——邵丽：《村北的王庭柱》（短篇）

2011 年第 2 期——王松：《矿徒》（中篇）

2011 年第 2 期——须一瓜：《海鲜呀海鲜，怎么那么鲜啊》（短篇）

2011 年第 2 期——季栋梁：《郑元，你好福气》（中篇）

2011 年第 3 期——迟子建：《七十年代的四季歌》（短篇）

2011 年第 3 期——邵丽：《河边的钟子》（短篇）

2011 年第 3 期——罗伟章：《回龙镇》（短篇）

2011 年第 4 期——刘庆邦：《麦苗青青芦芽红》（短篇）

2011 年第 4 期——葛水平:《春风杨柳》(中篇)

2011 年第 4 期——彤子:《玉兰赋》(短篇)

2011 年第 5 期——陈应松:《一个人的遭遇》(中篇)

2011 年第 5 期——毕飞宇:《一九七五年的春节》(短篇)

2011 年第 5 期——李亚:《电影》(中篇)

2011 年第 5 期——马金莲:《鲜花与蛇》(短篇)

2011 年第 6 期——秦岭:《鬼扬土》(短篇)

2011 年第 6 期——武歆:《对峙》(中篇)

2011 年第 7 期——铁凝:《海姆立克急救》(短篇)

2011 年第 7 期——千夫长:《鼠的草原》(中篇)

2011 年第 7 期——叶弥:《你的世界之外》(短篇)

2011 年第 8 期——关仁山:《镜子里的打碗花》(短篇)

2011 年第 8 期——须一瓜:《莺萝》(中篇)

2011 年第 8 期——刘庆邦:《月亮风筝》(短篇)

2011 年第 8 期——乔叶:《盖楼记》(中篇)

2011 年第 8 期——何存中:《同志》(中篇)

2011 年第 9 期——胡学文:《隐匿者》(中篇)

2011 年第 9 期——王祥夫:《办喜》(短篇)

2011 年第 9 期——温亚军:《麦子》(短篇)

2011 年第 10 期——刘庆邦:《皂之白》(短篇)

2011 年第 10 期——邵丽:《挂职笔记》(短篇)

2011 年第 10 期——徐岩:《短篇两题》(短篇)

2011 年第 10 期——郑小驴:《少儿不宜》(短篇)

2011 年第 11 期——关仁山:《飘雪》(中篇)

2011 年第 11 期——陈应松:《送火神》(短篇)

2011 年第 11 期——鲍十:《东北平原写生》(短篇)

2011 年第 11 期——赵德发:《路遥何日还乡》(短篇)

2011 年第 12 期——秦岭:《杀威棒》(短篇)

2011 年第 12 期——赵瑜:《比喻句》(短篇)

2011 年第 12 期——陈然:《祖父在弥留之际》(短篇)

2012 年第 1 期——莫言:《澡堂》(外一篇)(短篇)

2012 年第 1 期——刘庆邦:《后事》(短篇)

2012 年第 1 期——盛可以:《佛肚》(短篇)

2012 年第 1 期——王威廉:《秀琴》(短篇)

2012 年第 2 期——何玉茹:《过程》(短篇)

2012 年第 2 期——邵丽:《刘万福案件》(中篇)

2012 年第 2 期——马金莲:《暗伤》(短篇)

2012 年第 3 期——迟子建:《别雅山谷的父子》(中篇)

2012 年第 3 期——方方:《声音低回》(中篇)

2012 年第 3 期——叶广芩:《夹金山穿越》(短篇)

2012 年第 3 期——陈力娇:《青花瓷碗》(短篇)

2012 年第 4 期——王跃文:《漫水》(中篇)

2012 年第 4 期——韩少功:《山那边的事》(短篇)

2012 年第 4 期——胡学文:《离婚》(短篇)

2012 年第 4 期——晓苏:《剪彩》(短篇)

2012 年第 4 期——姚鄂梅:《狡猾的父亲》(短篇)

2012 年第 5 期——王松:《王五归来》(中篇)

2012 年第 5 期——千夫长:《白马路线》(短篇)

2012 年第 5 期——马金莲:《夜空》(短篇)

2012 年第 6 期——范小青:《短信飞吧》(短篇)

2012 年第 7 期——迟子建:《他们的指甲》(短篇)

2012 年第 7 期——刘庆邦:《走投何处——保姆在北京之三》(短篇)

2012 年第 7 期——孙频:《凌波渡》(中篇)

2012 年第 7 期——叶广芩:《唱晚亭》(短篇)

2012 年第 7 期——小岸:《海棠引》(中篇)

2012 年第 8 期——王蒙:《山中有历日》(短篇)

2012 年第 8 期——阿满:《陈黎竺的两场麦子》(中篇)

2012 年第 8 期——安勇:《做伴儿》(短篇)

2012 年第 9 期——铁凝:《七天》(短篇)

2012 年第 9 期——衣向东:《青草地》(短篇)

2012 年第 9 期——张新科:《信人》(短篇)

2012 年第 10 期——邵丽:《糖果儿》(中篇)

2012 年第 10 期——钟二毛:《回家种田》(短篇)

2012 年第 11 期——李亚:《武人列传》(中篇)

2012 年第 11 期——吴君:《天使》(短篇)

2013 年第 1 期——张翎:《夏天》(中篇)

2013 年第 1 期——陈河:《西雅河》(中篇)

2013 年第 1 期——马金莲:《荞花的月亮》(短篇)

2013 年第 1 期——张楚:《良宵》(短篇)

2013 年第 1 期——补丁:《麦女》(短篇)

2013 年第 2 期——南翔:《哭泣的白鹳》(中篇)

2013 年第 2 期——晓苏:《回忆一双绣花鞋》(短篇)

2013 年第 2 期——周建新:《斑海豹》(短篇)

2013 年第 3 期——李铁:《会唱黄歌的大姐》(中篇)

2013 年第 3 期——孙频:《异香》(中篇)

2013 年第 3 期——晓苏:《让死者瞑目》(短篇)

2013 年第 4 期——徐坤:《地球好身影》(中篇)

2013 年第 4 期——贾平凹:《倒流河》(短篇)

2013 年第 4 期——乔叶:《拾梦庄》(中篇)

2013 年第 4 期——晓苏:《花嫂抗旱》(短篇)

2013 年第 5 期——迟子建:《晚安玫瑰》(中篇)

2013 年第 5 期——东西:《蹲下时看到了什么》(短篇)

2013 年第 5 期——方方:《涂自强的个人悲伤》(中篇)

2013 年第 5 期——金仁顺:《喷泉》(短篇)

2013 年第 5 期——蔡东:《无岸》(短篇)

2013 年第 6 期——黄咏梅：《达人》（中篇）

2013 年第 6 期——杨小凡：《梅花引》（短篇）

2013 年第 7 期——陈继明：《陈万水名单》（中篇）

2013 年第 8 期——铁凝：《火锅子》（短篇）

2013 年第 8 期——肖江虹：《蛊镇》（中篇）

2013 年第 8 期——阿郎：《酥油花》（短篇）

2013 年第 9 期——蒋韵：《朗霞的西街》（中篇）

2013 年第 9 期——铁凝：《暮鼓》（短篇）

2013 年第 9 期——郭文斌：《玉米》（短篇）

2013 年第 9 期——刘庆邦：《我有好多朋友——保姆在北京之十二》（短篇）

2013 年第 10 期——张炜：《中篇小说两题》（中篇）

2013 年第 10 期——胡学文：《无边无际的尘埃》（中篇）

2013 年第 10 期——南翔：《老桂家的鱼》（短篇）

2013 年第 10 期——孙频：《无相》（中篇）

2013 年第 11 期——胡学文：《风止步》（中篇）

2013 年第 11 期——王保忠：《借宿》（短篇）

2013 年第 11 期——马金莲：《项链》（短篇）

2013 年第 12 期——范小青：《五彩缤纷》（短篇）

2013 年第 12 期——葛水平：《花开富贵》（中篇）

2013 年第 12 期——徐皓峰：《刀背藏身》（中篇）

2013 年第 12 期——徐则臣：《看不见的城市》（短篇）

2014 年第 1 期——杨少衡：《蓝名单》（中篇）

2014 年第 1 期——葛水平：《天下》（中篇）

2014 年第 1 期——巴一：《跑药》（短篇）

2014 年第 1 期——郭雪波：《包尔希勒草原的风》（短篇）

2014 年第 1 期——刘荣书：《流水场景》（短篇）

2014 年第 1 期——尹向东：《空隙》（短篇）

2014 年第 2 期——汪洋才让：《卓根玛》（短篇）

2014 年第 3 期——叶广芩:《太阳宫》(中篇)

2014 年第 3 期——余一鸣:《种桃种李种春风》(中篇)

2014 年第 3 期——李亚:《自行车》(中篇)

2014 年第 3 期——晓苏:《养驴的女人》(短篇)

2014 年第 4 期——邵丽:《第四十圈》(中篇)

2014 年第 5 期——陈应松:《喊树》(短篇)

2014 年第 5 期——马金莲:《绣鸳鸯》(中篇)

2014 年第 5 期——田耳:《长寿碑》(中篇)

2014 年第 6 期——尹向东:《河流的方向》(短篇)

2014 年第 7 期——池莉:《爱恨情仇》(中篇)

2014 年第 7 期——陈应松:《跳桥记》(中篇)

2014 年第 7 期——陈启文:《梦魇》(短篇)

2014 年第 7 期——容三惠:《苦心误》(短篇)

2014 年第 8 期——曹文轩:《小尾巴》(短篇)

2014 年第 8 期——赵玫:《蝴蝶飞》(中篇)

2014 年第 8 期——尹学芸:《大宝生于 1971》(中篇)

2014 年第 8 期——余同友:《转世》(短篇)

2014 年第 9 期——叶广芩:《月亮门》(中篇)

2014 年第 10 期——方格子:《谁在那里自言自语》(中篇)

2014 年第 11 期——陈应松:《滚钩》(中篇)

2014 年第 11 期——王十月:《人罪》(中篇)

2014 年第 11 期——慕容素衣:《我绝不宽恕》(中篇)

2014 年第 11 期——秦岭:《女人和狐狸的一个上午》(短篇)

2014 年第 12 期——李进祥:《生生不息》(短篇)

2014 年第 12 期——谢友鄞:《这天河也留不住你吗》(短篇)

2015 年第 1 期——付秀莹:《一种蛾眉》(短篇)

2015 年第 1 期——张学东:《小幻想曲》(短篇)

2015 年第 2 期——李清源:《苏让的救赎》(中篇)

2015 年第 2 期——乔叶：《塔拉，塔拉》（短篇）

2015 年第 2 期——季栋梁：《黑夜长于白天》（中篇）

2015 年第 3 期——阿来：《三只虫草》（中篇）

2015 年第 3 期——凡一平：《沉香山》（中篇）

2015 年第 3 期——陶丽群：《母亲的岛》（短篇）

2015 年第 3 期——杨红：《最远的是爱情》（中篇）

2015 年第 3 期——老藤：《熬鹰》（中篇）

2015 年第 3 期——甫跃辉：《乱雪》（短篇）

2015 年第 4 期——叶广芩：《树德桥》（中篇）

2015 年第 4 期——漆月：《白月光》（短篇）

2015 年第 5 期——安昌河：《兰梅会》（短篇）

2015 年第 6 期——王蒙：《奇葩奇葩处处哀》（中篇）

2015 年第 6 期——刘庆邦：《杏花雨》（短篇）

2015 年第 7 期——裘山山：《疯迷》（短篇）

2015 年第 7 期——付秀莹：《道是梨花不是》（短篇）

2015 年第 7 期——田耳：《金刚四拿》（短篇）

2015 年第 7 期——东君：《长生》（短篇）

2015 年第 8 期——余一鸣：《稻草人》（短篇）

2015 年第 9 期——范小青：《碎片》（短篇）

2015 年第 9 期——李清源：《二十年》（中篇）

2015 年第 9 期——于怀岸：《下场大雪，好不好》（短篇）

2015 年第 10 期——杨少衡：《把硫酸倒进去》（中篇）

2015 年第 12 期——张敦：《我要去四川》（短篇）

2016 年第 5 期——艾玛：《跟马德说再见》

2016 年第 6 期——王祥夫：《六户底》（短篇）

2016 年第 6 期——赵大河：《灼心之爱》（中篇）

2016 年第 7 期——红日：《回来》（短篇）

2016 年第 8 期——尹学芸：《转指甲》（中篇）

2016 年第 8 期——徐则臣:《莫尔道嘎》(短篇)

2016 年第 8 期——王棵:《宁静河》(短篇)

2016 年第 12 期——唐慧琴:《去高蓬》(中篇)

2017 年第 1 期——夏天敏:《酒摊》(短篇)

2017 年第 2 期——方方:《花满月》(中篇)

2017 年第 2 期——马金莲:《旁观者》(中篇)

2017 年第 2 期——李月峰:《逃之夭夭》(中篇)

2017 年第 4 期——李进祥:《奶奶活成孙女了》(短篇)

2017 年第 4 期——陈春澜:《寻子记》(中篇)

2017 年第 4 期——李明春:《深山雪白》

2017 年第 6 期——王祥夫:《怀鱼记》(短篇)

2017 年第 7 期——王安忆:《乡关处处》(中篇)

2018 年第 5 期——张子雨:《苦楝树》(短篇)

2018 年第 6 期——普玄:《夕阳开开》(中篇)

2018 年第 7 期——邱贵平:《细娘养的》(中篇)

2018 年第 8 期——周雨墨:《金大娘》(中篇)

2018 年第 11 期——林森:《海里岸上》(中篇)

2018 年第 11 期——林那北:《蓝衫》(中篇)

2018 年第 12 期——老藤:《青山在》(中篇)

2019 年第 1 期——尤凤伟:《画像》(中篇)

2019 年第 1 期——尹学荟:《喂鬼》(中篇)

2019 年第 2 期——余一鸣:《理想主义青年郑三寿》(中篇)

2019 年第 2 期——刘庆邦:《到外面去睡》(短篇)

2019 年第 3 期——莫言:《一斗阁笔记)》(短篇)

2019 年第 3 期——李云雷:《杏花与篮球》(短篇)

2019 年第 4 期——莫言:《一斗阁笔记(二)》(短篇)

2020 年第 1 期——张翎:《廊桥夜话》(中篇)

2020 年第 1 期——刘庆邦:《托煤》(短篇)

2020 年第 1 期——朱山坡:《白马夜驰》(短篇)

2020 年第 1 期——笫代着冬:《系花头巾的"爵士鼓"》(短篇)

2020 年第 2 期——郑小驴:《骑鹅的凛冬》(中篇)

2020 年第 2 期——范小青:《无情物》(短篇)

2020 年第 5 期——陶丽群:《七月之光》(中篇)

2020 年第 5 期——红日:《暗香》(短篇)

2020 年第 7 期——沈念:《空山》(中篇)

2020 年第 8 期——智啊威:《杀猴》(短篇)

2020 年第 10 期——阿占:《满载的故事》(中篇)

台湾乡村小说相关作品

陈映真:《陈映真作品集》(1—15),台北:人间出版社 1988 年版。

陈映真:《陈映真小说集》(1—6),台北:洪范书店 2001 年版。

陈映真:《陈映真全集》(1—23),台北:人间出版社 2017 年版。

郭枫等编:《台湾当代小说精选》(1—4),生活·读书·新知三联书店 1992 年版。

聂华苓主编:《台湾中短篇小说选》(上、下),花城出版社 1984 年版。

张葆莘编:《台湾作家小说选集》(1—4),中国社会科学出版社 1981 年版。

《台湾小说选》,人民文学出版社 1979 年版。

《台湾乡土作家选集》,中国友谊出版公司 1984 年版。

赖和:《赖和作品选集》,中国广播电视出版社 1987 年版。

杨逵:《杨逵作品选集》,人民文学出版社 1985 年。

吴浊流:《亚细亚的孤儿》,华夏出版社 2009 年版。

钟理和:《原乡人》,人民文学出版社 1983 年版。

洪醒夫:《黑面庆仔》,人民文学出版社 1992 年版。

洪醒夫:《傻二的婚事》,海峡文艺出版社 1988 年版。

王祯和:《美人图》,中国友谊出版公司 1987 年版。

王祯和:《王祯和小说选》,海峡文艺出版社 1985 年版。

黄春明:《瞎子阿木》,香港:文艺风出版社 1988 年版。

黄春明:《儿子的大玩偶》,河北教育出版社 2002 年版。

吕赫若:《吕赫若小说全集》,台北：印刻文学生活杂志出版有限公司 2006年版。

参考文献

一、研究著作类

1. [法] 罗曼·罗兰:《巨人三传》,傅雷译,安徽文艺出版社 1998 年版。

2. [奥] 西格蒙德·弗洛伊德:《弗洛伊德后期著作选》,林尘等译,上海译文出版社 2005 年版。

3. [德] 安德烈·冈德·弗兰克:《依附性积累与不发达》,高铦、高戈译:译林出版社 1999 年版。

4. [埃及] 萨米尔·阿明:《不平等的发展》,高铦译,商务印书馆 2000 年版。

5. [丹] 勃兰兑斯:《十九世纪文学主流》,张道真等译,人民文学出版社 1997 年版。

6. [美] 菲利普·李·拉尔夫等著:《世界文明史》,赵丰等译,商务印书馆 1998 年版。

7. [美] 丹尼尔·贝尔:《资本主义文化矛盾》,赵一凡等译,三联书店 1989 年版。

8. [美] 露丝·本尼迪克特:《文化模式》,王炜等译,三联书店 1988 年版。

9. [德] 马克斯·韦伯:《新教伦理与资本主义精神》,于晓等译,三联书店 1987 年版。

10. [英] 弗雷德里希·奥古斯特·冯·哈耶克:《通往奴役之路》,王明毅等译,中国社会科学出版社 1997 年版。

11. [英] 弗雷德里希·奥古斯特·冯·哈耶克:《自由宪章》,杨玉生等译,中国社会科学出版社 1999 年版。

12.［美］爱德华·W.萨义德:《知识分子论》，单德兴译，生活·读书·新知三联书店 2002 年版。

13.［英］T·H.马歇尔、安东尼·吉登斯:《公民身份与社会阶级》，郭忠华等译，江苏人民出版社 2008 年版。

14.［英］德里克·希特:《何谓公民身份》，郭忠华译，吉林出版集团有限责任公司 2007 年版。

15.［美］R.麦克法夸尔、费正清编:《剑桥中华人民共和国史（1966—1982年)》，中国社会科学出版社 1994 年版。

16.［美］托马斯·库恩:《科学革命的结构》，金吾伦等译，北京大学出版社 2003 年版。

17.［捷］米兰·昆德拉:《小说的艺术》，唐晓渡译，作家出版社 1992 年版。

18.［意］伊塔洛·卡尔维诺:《美国讲稿》，萧天佑译，译林出版社 2008 年版。

19.［美］金介甫:《沈从文传》，符家钦译，时事出版社 1990 年版。

20.［美］赫伯特·马尔库塞:《单向度的人——发达工业社会意识形态研究》，刘继译，上海译文出版社 1989 年版。

21.［美］马泰·卡林内斯库:《现代性的五副面孔》，顾爱彬等译，商务印书馆 2002 年版。

22.［美］明恩溥:《中国乡村生活》，午晴、唐军译，时事出版社 1998 年版。

23.［俄］康·巴乌斯托夫斯基:《金蔷薇》，李时译，长江文艺出版社 2008 年版。

24.［美］奥斯汀·沃伦、勒内·韦勒克:《文学理论》，刘象愚等译，江苏教育出版社 2005 年版。

25.［法］米歇尔·福柯:《规训与惩罚》，刘北成等译，生活·读书·新知三联书店 1999 年版。

26.［法］罗杰·加洛蒂:《论无边的现实主义》，吴岳添译，百花文艺出版社 2008 年版。

27.［法］丹纳:《艺术哲学》，傅雷译，安徽文艺出版社 1998 年版。

28.［德］康德:《实践理性批判》，邓晓芒译，人民出版社 2003 年版。

29.[美]伊恩·P·瓦特:《小说的兴起——笛福、理查逊、菲尔丁研究》,高原等译,生活·读书·新知三联书店1992年版。

30.[英]卡尔·波普尔:《二十世纪的教训——卡尔·波普尔访谈录》,王凌霄译,广西师范大学出版社2004年版。

31.古继堂主编:《简明台湾文学史》,时事出版社2002年版。

32.吕正惠:《战后台湾文学经验》,新地文学出版社1995年版。

33.陈映真:《陈映真文选》,生活·读书·新知三联书店2009年版。

34.李国鼎:《台湾经济高速发展的经验》,东南大学出版社1993年版。

35.赵刚:《求索:陈映真的文学之路》,台北:联经出版事业股份有限公司2011年版。

36.赵刚:《橙红的早星》,台北:人间出版社2013年版。

37.赵朕:《台湾与大陆小说比较论》,海峡文艺出版社1992年版。

38.王淑秧:《海峡两岸小说论评》,中国人民大学出版社1992年版。

39.杨匡汉主编:《扬子江与阿里山的对话》,上海文艺出版社1995年版。

40.朱双一:《台湾文学创作思潮简史》,九州出版社2010年版。

41.许倬云:《台湾四百年》,浙江人民出版社2016年版。

42.黄俊杰:《台湾"土改"的前前后后——农复会口述历史》,九州出版社2011年版。

43.白先勇编:《现文姻缘》,台北:联经出版事业股份有限公司2016年版。

44.曹锦清:《黄河边的中国——一个学者对乡村社会的观察与思考》,上海文艺出版社2000年版。

45.费孝通:《乡土中国 生育制度》,北京大学出版社1998年版。

46.赵园:《地之子》,北京大学出版社2007年版。

47.严家炎:《中国现代小说流派史》,人民文学出版社1989年版。

48.陈继会等:《中国乡土小说史》,安徽教育出版社1999年版。

49.钱理群等:《中国现代文学三十年》,北京大学出版社1998年版。

50.洪子诚:《中国当代文学史》,北京大学出版社1999年版。

51.於可训:《中国当代文学概论》(第三版),武汉大学出版社2009年版。

52.程光炜:《文学史二十讲》,上海:东方出版中心2016年版。

53. 丁帆等：《中国乡土小说史》，北京大学出版社 2007 年版。

54. 丁帆等：《中国大陆与台湾乡土小说比较史论》，南京大学出版社 2001 年版。

55. 王晓明：《潜流与漩涡：论二十世纪中国小说家的创作心理障碍》，中国社会科学出版社 1991 年版。

56. 薛毅编：《乡土中国与文化研究》，上海书店出版社 2008 年版。

57. 路遥：《路遥文集》（五卷），陕西人民出版社 1993 年版。

58. 於可训主编：《小说家档案》，郑州大学出版社 2005 年版。

59. 胡河清：《灵地的缅想》，上海学林出版社 1994 年版。

60. 雷达主编：《陈忠实研究资料》，山东文艺出版社 2006 年版。

61. 刘小枫：《拯救与逍遥》，上海三联书店 2001 年版。

62. 李洁非：《典型文案》，人民文学出版社 2010 年版。

63. 赵遐秋：《台湾乡土文学八大家》，台海出版社 1999 年版。

64. 尉天聰主编：《乡土文学讨论集》，台北：远景出版事业公司 1978 年版。

65. 方维保：《红色意义的生成———20 世纪中国左翼文学研究》，安徽教育出版社 2004 年版。

66. 洪子诚：《问题与方法》，生活·读书·新知三联书店 2002 年版。

67. 樊洛平：《冰山底下绽放的玫瑰：杨逵和他的文学世界》，作家出版社 2006 年版。

二、研究文章类

1. 陈晓明：《现代性与文学研究的新视野》，《文学评论》2002 年第 6 期。

2. 罗关德：《生成、繁荣与变迁——现代化进程中的大陆与台湾乡土文学》，《华文文学》2011 年第 3 期。

3. 丁帆：《作为世界性母题的"乡土小说"》，《南京社会科学》1994 年第 2 期。

4. 李陀、李静：《漫说"纯文学"——李陀访谈录》，《上海文学》2001 年第 3 期。

5. 蔡翔：《底层》，《钟山》1996 年第 5 期。

6. 汪晖:《当代中国的思想状况与现代性问题》,《文艺争鸣》1998 年第 6 期。

7. 王又平:《从"乡土"到"农村"——关于中国当代文学主导题材形成的一个发生学考察》,《华中师范大学学报》(人文社会科学版)2003 年第 7 期。

8. 温铁军:《"三农问题":世纪末的反思》,《读书》1999 年第 12 期。

9. 於可训:《小说界的新旗号——人文现实主义》,《文学评论》1996 年第 2 期。

10. 程光炜:《小说的读法——莫言的〈白狗秋千架〉》,《文艺争鸣》2012 年第 8 期。

11. 尉天骢:《小市镇人物的困境与救赎——黄春明小说简论》,《世界华文文学论坛》1998 年第 4 期。

12. 李遇春、贾平凹:《传统暗影中的现代灵魂——贾平凹访谈录》,《小说评论》2003 年第 6 期。

13. 贾平凹、黄平:《贾平凹与新时期文学三十年》,《南方文坛》2007 年第 6 期。

14. 朱双一:《"乡土文学论战"述评》,《台湾研究集刊》1994 年第 4 期。

15. 郭家琪:《试论两岸乡土文学得失——从台湾乡土文学谈起》,《文学评论丛刊》2012 年第 2 期。

16. 吕正惠:《六十年代的台湾"现代化"文化——基于个人经验的回顾》,《华文文学》2010 年第 4 期。

17. 昌切:《先锋小说一解》,《文学评论》1994 年第 2 期。

18. 陈晓明:《先锋派之后:九十年代的文学流向及其危机》,《当代作家评论》1997 年第 3 期。

19. 李静:《先锋小说:寄生的文学》,《南方文坛》1996 年第 5 期。

20. 胡河清:《论格非、苏童、余华与术数文化》,《当代作家评论》1992 年第 5 期。

21. 张清华:《关于先锋文学答问》,《文艺争鸣》2016 年第 3 期。

22. 谢有顺:《历史时代的终结:回到当代——论先锋小说的转型》,《当代作家评论》1994 年第 2 期。

23. 周昌义:《记得当年毁路遥》,《文艺理论与批评》2007 年第 6 期。

24. 杨扬：《先锋的遁逸》，（香港）《二十一世纪》1995 年 6 月号。

25. 关杰明：《中国现代诗的困境》，（台湾）《中国时报》1972 年 2 月 28 日—29 日。

26. 陈映真：《回顾乡土文学论战》，《文艺理论与批评》1994 年第 2 期。

27. 蔡翔：《何谓文学本身》，《当代作家评论》2002 年第 6 期。

28. 王晓明：《在俯瞰陈家村之前——论高晓声近年来的小说创作》，《文学评论》1986 年第 4 期。

29. 钱理群：《陈映真和"鲁迅左翼"传统》，《现代中文学刊》2010 年第 1 期。

30. 张剑：《革命文学、左翼文学概念的意义生成与辩析》，《齐鲁学刊》2012 年第 3 期。

31. 陈红旗：《中国左翼知识界的形成及其价值旨归》，《江苏大学学报》（社会科学版）2011 年第 6 期。

32. 解志熙：《胡风问题及左翼文学的分歧之反思——兼论胡风与鲁迅的精神传统问题》，《华中师范大学学报》（人文社会科学版）2012 年第 6 期。

33. 王富仁：《关于左翼文学的几个问题》，《中国现代文学研究丛刊》2002 年第 1 期。

34. 吴鹓：《台湾后乡土文学论》，《中国现代文学研究丛刊》2014 年第 2 期。

35. 黎湘萍：《另类的台湾"左翼"》，《中国现代文学研究丛刊》2002 年第 1 期。

36. 周晓燕：《新时期现实主义文学发展中的几个问题》，《中国人民大学学报》1996 年第 2 期。

37. 杨春时：《现代性与中国现实主义文学思潮》，《黑龙江社会科学》2007 年第 4 期。

38. 童庆炳、陶东风：《人文关怀与历史理性的缺失——"新现实主义小说"再评价》，《文学评论》1998 年第 4 期。

39. 刘再复、林岗：《中国文学的根本性缺陷与文学的灵魂维度》，《学术月刊》2004 年第 8 期。

三、学位论文

1. 刘海军:《乡土中国的续写——论新世纪乡村叙事的审美新变》,华中师范大学 2009 年。

2. 施战军:《中国小说的现代嬗变与类型生成研究》,山东大学 2007 年。

3. 赵允芳:《90 年代以来新乡土小说的流变》,南京师范大学 2008 年。

4. 张懿红:《1990 年代以来中国乡土小说研究》,兰州大学 2006 年。

5. 李莉:《论现代化进程中的新时期乡族小说》,山东师范大学 2006 年。

6. 范耀华:《论新时期以来"由乡入城"的文学叙述》,华东师范大学 2007 年。

7. 韩文淑:《新世纪中国乡村叙事研究》,吉林大学 2009 年。

后　记

这本书是 2012 年教育部社科基金项目的结项成果。九年前，得到项目获批立项的消息时，正忧心忡忡地在北京求医。那是刚迈入参加工作的第三个年头。转眼这些年过去，这本书也姗姗而至。

这本书是关于海峡两岸文学的比较。首先要感谢我的老师於可训先生。当年还在珞珈山读博士，毕业论文选定大陆乡村小说研究。於老师说，大陆作家在表现当代农民生存处境方面，远不如台湾作家有力。说这话时，清楚地记得，正和他走在夜色弥漫的珞珈山上……那之后，便零星地读了些陈映真、黄春明的小说。

毕业后，到郑州工作，幸遇樊洛平先生。樊老师是台湾文学研究的专家，也是我的博士后合作导师（另一位导师是后调至人民大学的徐正英先生）。知道我研究大陆乡村小说后，樊老师便建议我做海峡两岸乡村小说比较研究。有一次，她竟气喘吁吁地抱了高高一大摞《陈映真作品集》（十五卷本，人间出版社 1988 年版）给我。从那之后到现在，先后获批的教育部项目、国家社科基金项目等，都是台湾文学研究这棵树上结下的果子。而樊老师便是种树的人，感谢她百忙之中为本书作序。

感谢郑州大学文学院对本书的出版资助，感谢党委书记甘剑锋先生、院长李运富先生，以及常务副院长罗家湘先生、许志远先生等对本书出版的关心和支持。感谢评审专家武汉大学方长安教授、叶立文教授，华中师范大学李遇春教授，华中科技大学周新民教授、中国作家协会网络文学中心主任何弘研究员给本书提出的宝贵修改意见。

感谢老同学张娟对本书出版提供的帮助。特别感谢本书的责任编辑，九州出版社的邓金艳女士，感谢她在漫长的出版过程中所付出的辛劳。宋硕夫、席新蕾、周莹莹、李寅瑜、李曼，以及远在武汉和厦门的段玉亭、许晴等在读博士、硕士研究生，他们帮助校对和补充了书稿，在此一并感谢。

李勇

2020 年 12 月 21 日于郑州盛和苑寓所